ナポレオン街道
可愛い皇帝との旅
Napoléon Kaidō
Ijuin Shizuka

〝ナポレオン街道、ここに始まる〟。1815年3月1日、サン・ジュアン湾に上陸しパリを目指す

ナポレオンが幽閉されたエルバ島。コルシカ島とイタリア半島の間にあり当時はフランス領

エルバ島の「ムリーニ小宮殿」。1814年に流されてから299日間ここで幽閉生活を送った

ナポレオンが生まれたコルシカ島。地中海西部に位置し、広島県と同じくらいの大きさ

コルシカ島には地中海性気候に特有の「マキ」と呼ばれる低い灌木の密生地が広がる

コルシカ島に残る海賊を見張る監視塔

アジャクシオの広場に立つナポレオン像

コルシカ島のアジャクシオにあるナポレオンの生家には家具が残り、現在記念館になっている

フランス海軍の母港トゥーロン港。24才の将校ナポレオンは攻囲戦に成功し初戦に勝利する

ヨーロッパきっての避暑地として知られるイタリア北部にあるコモ湖。鐘の音が美しい

イタリア王ナポレオンはミラノに凱旋門を造らせるが失脚したため、「平和の門」として完成

ミラノのブレラ美術館にあるナポレオン像

ミラノに入ったナポレオンが滞在した建物

1805年フランス皇帝ナポレオンはイタリア王にもなり、ミラノのドゥオーモで戴冠式を行った

ナポレオン街道

可愛い皇帝との旅

目次

可愛《かわい》い皇帝との旅。

——ナポレオン街道を辿って——

五月になるとヨーロッパの街々はいっせいに花たちが開花する。フランス・パリならシャンゼリゼ通りにマロニエの花が開き、セーヌ河からそよぐ風にマロニエの花の香りが、通りを歩く人々にかぐわしい匂いを降りまく。

その五月にパリにはもうひとつ可愛い花を目にすることができる。それは少年たちが街頭に立ち、その手に小鈴のような花束を握って、売り歩く習慣がある。私も最初、それを見た時、どうして子供が大人たちに花を売っているのだろう、と不思議だった。でもその理由を知って、私は納得した。その花を売ることで子供たちは堂々とお小遣い稼ぎができるという。それを知ってか、大人たちも笑顔で花を買い求める。

私も何度か買った。宿に戻って、花をグラスに挿して置くと、まことに風情があった。花はスズランであった。淡い白い吊鐘のような花のカタチは可愛くてセンスが良かった。

なぜ、その季節に何度かパリを訪ねていたか？　それは、あの皇帝ナポレオンの命日が五月五日で、毎年、その日凱旋門《がいせんもん》潜門《くぐりもん》から大きなフランス国旗が吊され、三色旗が風にそよぐ中、フランス軍の総司令官と大統領がナポレオンを偲んでセレモニーをする。

ナポレオンのファンなのか？　と尋ねられれば、そんなことはなかった。

十数年前の私は一年の半分を旅の地にいた。中でもヨーロッパが多かった。ゴルフコースも行ったし、競馬場も訪ねたし、カジノで遊んだこともあるが、そんな滞在の日々で、何かヨーロッパ中をめぐる旅はできないものか、と考えた。知恵は絞るものである。頭のイイ編集者の一人が言った。

「どうでしょう？　ナポレオンの取材をしてみるのは。彼の歩いた道と時間は、そのままヨーロッパ中を巡ることができるんじゃないでしょうか？」

「ナポレオンか……。私は戦争を好まないので、どうだろうな」

「ナポレオンって征服者って言うより、可愛い皇帝って感じじゃありませんか」

「ふう〜ん」

調べてみると、ヨーロッパのあちこちに〝ナポレオン街道〟なるものがあるらしい。その上、ルーヴル美術館ができたのも、基はナポレオンがイタリア各地、ヨーロッパ各地から持ち帰った美術品らしい。

「たしかエジプト遠征で、ロゼッタストーンを持ち帰ったのも彼ですよ」

調べてみるとなかなか面白い人で、百科事典も、今の競馬のシステムも、彼のお蔭《かげ》らしい。

約一年にわたるナポレオン街道の旅は苦しいことより、楽しいことの方が多かったのは、彼が辿《たど》った時間の中、凄惨なものがひとつとしてなかったからではなかろうか。

その上、妻ジョゼフィーヌに気に入られようとする皇帝は何百通という手紙に愛の言葉を綴《つづ》り、それでも冷たくされたことは、何や可愛げがある。

今もパリのアンヴァリッド（廃兵院）の地下にお洒落《しゃれ》な棺《ひつぎ》が置かれ、永眠している。

彼が晩年を過ごしたセント・ヘレナ島へは行くことができなかった（日程が一ヶ月以上かかるからだ）。それでもナポレオンに関わる資料の多さに呆《あき》れ、ナポレオンのことを書いた本がいかにイイ加減かにも驚いた。

それでも奇妙な充足感が旅の日々にあったのはナポレオンの素晴らしい個性によるものだろうし、いつもどこかにユーモアを持ったちいさな巨人は歴史の中で、群を抜いた存在であった。

ずいぶんと前の文章、内容であったのに、いつもどこかみずみずしいのは、この皇帝の少年のごとき性格のせいにも思える。

アレキサンダー大王、ハンニバル、それぞれ征服者と呼ばれた人と比べて、ナポレオンは愛嬌《あいきょう》があった。

今、私たちはプーチンの動きで切ない時間を多勢の人が費やされている。この戦争がどこへ行くかはわからぬが、少なくとも、この皇帝が持つ魅力が何なのかを考え、また気軽にヨーロッパを訪ねる旅へ出かけて欲しい。

ではまず旅のはじめであった皇帝の誕生したコルシカ島へご案内しよう。

二〇二三年九月

伊集院静

街道は茂み《マキ》からはじまる。

飛行機は少しずつ高度を下げはじめた。雲が切れて地中海が姿を見せた。雨が降っているせいか海は濃灰色に沈んでいる。

――エメラルドブルーの地中海はどこへ行ったんだ？

旅の初日からこの天候で大丈夫なんだろうか……。白波の立つ海にいきなり岩が突き出したような島があらわれた。コルシカ島である。岬の突端が見える。コルス岬だ。そうするとあの岬を東の方へ進むと、コルシカ島で一番大きな街バスティアがある。しかし私の乗った飛行機は島の反対側にあるナポレオンが誕生したアジャクシオの街へ降り立った。それにしてもこの島のかたちはいったい何なのだ？　山脈がそのまま海から飛び出したようである。頂きから転んだらそのまま地中海へ落ちてしまいそうだ。飛行機が揺れはじめた。頭の中がくらくらして来た。ひどい頭痛である。二日酔だ。エヴィアンを右手に握りしめて窓から眼下を見下ろすと、またためまいがして来た。昨夜のパリのホテル・ド・ヴィニーのバーテンダーがこしらえたドライマティーニは少し美味《うま》過ぎた。これからはじまる旅への期待がふくらんでついつい乾杯を重ね過ぎてしまった。どうしてこう私は楽しいことがありそうな前夜に酒を飲み過ぎてしまうのか。愚問はよそう。今からはじまる旅の行手に待つ素晴らしい出来事のことを考えようではないか。

そう言えばナポレオンは酒を飲んだのか？　どれどれ彼の言行録を読んでみようではないか。

——愚人は過去を、賢人は現在を、夢見る人は未来を語る。

なんじゃ、これは。昨夜の酒を語り、明日の旅のことに想《おも》いを馳《は》せる私は愚人と夢見る乙女を足して二で割った存在ということか。嫌味なことを言ってるな。だから英雄って好きじゃないんだよな。（引き返そうかしら）

後悔しているうちに飛行機はアジャクシオの空港に着いた。

空港からの車で眺めるコルシカの山には高い木など一本もない。

「あれが〝マキ〟と言う灌木《かんぼく》です。あそこへ逃げ込んだら、まず追手が来ても見つかることはないそうです」

——なぜ逃げ込まなくちゃいかんのだ？

あれがナポレオンの賢母、レティチアが追手から逃れるために幼いナポレオンたち八人の子供を連れて潜入したマキの山か、遠目にも険しくて枝々が突き刺すと血が吹き出しそうな山である。

着いたホテルの名前が〝ＬＥ　ＭＡＱＵＩＳ〟。マキをそのままホテル名にしている。ホテルのシンボルがこれまたマキの山々で猟をしていた時代にコルシカ人たちが手にしていた銃である。なにしろナポレオンの母はコルシカ独立運動のために銃を持って戦闘に立った猛女だ。コルシカ人というのは侮辱を受けたらすぐに銃をぶっぱなし、刀を抜く性分らしい。そうして後はマキに逃げ込む。（厄介な連中だ）

——なんだか物騒なところへ来たな。

　迎えてくれたホテルの女主人マダム・キャサリン・サリーニのやさしい応対で胸をなで下ろした。美しい瞳が若かりし頃の彼女の華麗な遍歴を想像させる。

「マダムはコルシカへずっとおいでか？」

「いいえ、私は若い時はパリにおりました。その頃はパルチザンのひとりとして毎日銃を持ってナチスドイツと戦っておりましたの」

「えっ」

——おいおい、この島にいる女は全員銃を持っているんじゃないか。

　ともかくコルシカにいる間は女性に対して丁寧に接する方がよさそうだ。部屋に入ると目の前には地中海がひろがっている。女は怖いが海の眺めはいい。山の眺めもいいが一歩中に入るとマキに、女に、銃で大変らしい。

ナポレオンは一七六九年八月十五日にコルシカ独立運動の勇敢な青年、シャルル・ボナパルトと先に紹介した気性の激しいレティチア・ラモリーノの間に生まれた。ともかく頭が大きい赤児だったらしい。さぞ難産だったろう。難産の子供は将来出世をするというのはどうやら日本にある話だけではないようだ。

　ところがコルシカ人の間で流布している話のひとつにナポレオンの父親は別にいるというのがある。シャルルの上司であったパスカル・パオリなる島の英雄がいて、ナポレオンはパオリの子供ではないかと言う話だ。というのは母のレティチアもいっときはパオリと供に銃を手にしてフランス軍と戦いマキの中を駆けめぐっていたからだ。戦場は人間を刹那的にする。生と死が隣り合わせている戦場では人間は理性より感情で行動しようとする。誰かさんと誰かさんがマキの中、なんてことが事実としたら、これは愉快である。

　ナポレオン街道のはじまりはマキの中からであった。

ナポレオンは花が、美しいものが好き？

潮騒《しおさい》の音を聞きながら、ベッドに入った。

海外旅行へ出かける時は決って徹夜仕事が続く。そのお蔭で私には時差がない。ホテルのバーで飲んだグラッパの酔心地に波音が子守唄になって、地中海の波音の揺りかごでいい夢が見られそうだ。ナポレオンもあの気性の激しい母親レティチアの子守唄を聞いて眠ったのかしら。

ベッドのサイドテーブルにナポレオンの本が数冊積んである。読めば読むほど、このヨーロッパの英雄はいっときだって静かにしていないことがわかる。駆け抜けるような生涯である。この性格はどこから来ているのだろうか。三つ子の魂百までと言うが、三歳前後の幼児体験がその人の性格を決定づけることがあるらしい。ひょっとしてナポレオンはコルシカ独立運動に参加した母親のかたわらで、銃の音を耳にして育ったのではあるまいか。そうだとするとあの戦闘好きのナポレオンの性格もうなずける。

それにしてもナポレオンについて書かれた本は三十万点を超えるという。これほどの量はキリスト、釈迦《しゃか》とナポレオンくらいではなかろうか。これだけの数になると、当然ナポレオンに対する見解はまちまちになって来る。旅の前に読んだ数冊の本でさえ、英雄としているものもあれば侵略者、征服者として扱っているものもある。しかしいずれにしても歴史家も小説家も音楽家も画家も、ともかくこのコルシカ島の港町で生まれた小柄な男のことにこだわり創造欲をかきたてられている。私の方はどうかと言うと……、ナポレオンを読んでいると眠くなってしまう。だからコルシカの初夜は熟睡できた。

目覚めると、また雨である。

「よく降るね。いつもこんな天気なの？」

「いいえ、二日前までは快晴でした」

外国へ出かけて悪天候に遭遇すると、運が悪いのだろうかと思ってしまう。でも私は快晴より、ひと雨来そうな雲行きやしとしと降る雨の日を好む。二日酔の午後などカンカン照りだとひからびそうで表に出るのが怖くなる。雨の方がどこかうじうじとしていて心地良い。

雨が上ってホテルの周囲を散歩した。

花が多い島なのに驚いた。しかも日本でよく見かける花があちこちに咲いている。連翹《れんぎょう》、石楠花《しゃくなげ》に忍冬《すいかずら》に似た花もある。湿地帯で見かけた菖蒲などは日本とまるで同じである。

マキを囲んでいるのはこの彩りの花たちである。マキには棘《とげ》がある。そのマキを花が囲んでいる。コルシカは島全体が薔薇《バラ》の花のようだ。面白いもので都市の花は人の手によって美しさを増す。ところが自然がそのまま残っている場所は、傾斜地や沼地や渚《なぎさ》といったものが微妙に花のあざやかさを演出している。

　ナポレオンが花が好きだったとはどこにも書いてないようだ。花の風情がわかる人間では決してなかったのだろう。ナポレオンは情緒的な人物であったかという問いを歴史学者がしていたが、どうも芸術への理解はあまりなかったようである。しかし別に芸術を理解しないことがその人の欠点にはならない。その類いの人間の方が得てしてとんでもないことをしでかすことが歴史にはままある。

「なかなかのもんやないか……」

　同行の長友啓典氏はこの島が気に入ったようである。

「午後からナポレオンの生家へ行こうというんだけど、行きますか？」

「わし他人の家へ行くのは子供の時から苦手なんや」

「別にナポレオンがいるわけじゃありませんよ」

「そやけど……」

「何かしたいことあるの？」

「いや、さっきぶらりと歩いて来たらむこうの丘の方にグリーンが見えてたんや」

「グリーンって、あなた、まさかゴルフ場がこの島にあるって言うんじゃないでしょうね」

「それがそうでもないらしい………」

「えっ」

と言うわけでさっそく下見に出かけた。

「おうっ、あったぞ」

見ると草っ原の中にフラッグの付いたピンが立っているではないか。

「いや、ここまで来て、ナイスショットか」

「まあ、ものは試し、入ってみようやないか」

ゴルフ場に入ると、目の前をカートを引いた中年女性が二人通り過ぎた。

「へぇ、島でゴルフはポピュラーなのか」

驚いてコルシカのゴルファーを見送っていると、なんと足元は長靴である。おまけに少女二人と犬が一匹彼女たちの後を追って行く。

「呑気《のんき》なもんだね………」

「おい、あれはレッスンプロ違うか」

長友さんの指さした方角にスイングを教えてる雨合羽のおじさんがいる。このおじさんも足元は長靴である。

コルシカのゴルファーは長靴を履いて、ナイスショットだった。

ナポレオンは本当に眠らなかったのか？

前回、ナポレオンは花が好きだったのだろうかと書いたが、よくよく考えてみればその時代へタイムマシーンにでも乗って行ってみるしか本当のところはわからない。

ナポレオンに関する書物が多いのは、彼が戦場においても宮殿においても常に聞き取り難いコルシカ訛《なま》りのフランス語で夜半であろうが夜明けであろうが喋《しゃべ》り続け、それを秘書に口述筆記させていたからである。

何しろ一日三時間の睡眠をとれば、それで常人と同じように覚醒し我々凡人の何十倍もの仕事をこなしたことが伝説になっているナポレオンである。書記たちはナポレオンがふいに夜中に目覚め「書き給え」と声を出せば、すぐに筆記をはじめたと言う。ナポレオンに関する著書でヨーロッパの多くの読者を魅了した歴史家のジョルジュ・ルノートルの『ナポレオン秘話』（大塚幸男訳）にも運良くか悪くか、ナポレオンの書記に任命された若者の話が紹介してある。その若者がナポレオンのコルシカ訛りのフランス語に頭を痛めたことや口述筆記に疲れ果てて朝目覚めてみると旅行用簞笥の上に寝ていたとばかり思っていたのが、実は前日の戦闘で死んだ兵士の死体の上であったことなどが面白く書いてあった。

それにしてもわずかな睡眠しかとらずに働き続けると人間はどういう状況になるのだろうか。私を例にとると（例にならないのは承知しているが）三十時間、四十時間とぶっ続けで麻雀《マージャン》を打っていると、最後には（まあ六十時間くらいですかな）定期的に襲って来ていた睡魔がどこかへ失せて、大変な躁状態になって来る。

手の内に平和《ピンフ》のみの手牌《てはい》が来ると、

――ハハハッ、こいつ平和だ。平和だろう、おまえ。そらっ白状しろ、平和だな。

それが国士無双の手役でも、

――ヒヒヒッ、どうしたんだ、この牌のバラバラさ加減は？　あっ、わかった。おまえは国士無双だな。こいつ国士無双にむかってるんだろう。むかってるんじゃなくて和了するんだろうが、わかってるんだぞ。

と手役の大小は関係なしに笑ってしまう。その上奇妙なことに戦略に対して大胆になる傾向があらわれる。

――待てよ。ナポレオンの戦場における一番の特長は、その作戦の大胆さではなかったのか？そうか、これで少し読めて来た。かのアルプス越えも実は慢性的な睡眠不足から来ているのかもしれない。そうに違いないような気がして来た。この原稿もこれで三十時間余り起きたまま書いているから、終結まで見えるような気がする。

――どうなるのかって？

言ったところで詮方《せんかた》ないことです。紀行文の結論は〝青い鳥〟か〝野ざらし紀行〟になるしかないのだから。

ナポレオンは花を愛したか？　これは今回の旅のテーマのひとつとして置いておこう。

話を少し戻して、私たちが宿泊しているホテル・マキのマダム・キャサリン・サリーニの話をしよう。マダム・サリーニは優雅な女性であった。大変小柄な方で、それがまた彼女の赤いフラノ地のジャケットや白いシルクのブラウスに似合っていた。背丈からいうとジャンヌ・モローと同じくらいか。顔付きは少々アングロ・サクソン系が混ざっているように思える。昔話をしていても上品な、フランス語特有の抑揚を抑えた話し方で、

「そうですね、あの頃は大変でした。男も女もナチスドイツをひどく憎んでいましたし、命を賭けて戦いに挑んでいました」

「怖くはなかったのですか？」

「怖いですって？　若い時代に怖いものなんかないでしょう」

それはそうだが、ドアひとつ間違えてノックをしようものなら殺されていた時代である。

奇妙なもので、乱に生きた男は死に乱に生きた女たちは長生きをする。これは世界中どこでも共通しているようだ。その上戦い抜いて生還した女性の共通点は彼女たちが皆小柄で愛く

るしい少女のような表情を残していることだ。

――どうしてだろうか？

矢や鉄砲の玉に当りにくいのかもしれない。

――まさか……。

しかしジャンヌ・ダルクも小柄であったと言い伝えられている。ナポレオンの背丈から想像するに母レティチアもやはり小柄な女性であったに違いない。

海を眺めながら、マダム・サリーニの昔話を聞きグラッパの酔心地に揺れていると、いつの間にか地中海は黄金色に染まり、岬のむこうへ幼少のナポレオンが見つめたであろう夕陽が沈んで行く。

「そろそろ夜のコルシカを探険しようやないか。おもろいとこがあるらしいで」

昼寝、夕寝から目覚めた浪花《なにわ》のボナパルトがプールサイドを歩いて来た。

お立ち寄りコルシカ港

ナポレオンには花をめでるこころがあったのだろうかということについて、私観ながらこの戦争好きの英雄にはどうもそんな情緒はなかったのではと前回書いたが、一八一九年の夏の面白い話が見つかった。ナポレオンがセント・ヘレナ島へ流されて四年余りが過ぎ、ウィルクス総支配人に替わって島の総督になったハドソン・ロウのナポレオンに対する非礼な態度に外出することもせず、ひどい鬱状態に陥っていた彼が庭仕事に興味を見せたと記してあった。

――何？　庭仕事と言えば、そこに当然花があるではないか。

私はナポレオンを誤解していたのか。しかし意外ではないか。若い時に荒らぶれていた男が晩年庭いじりをはじめて花の世話をし、一輪の花の風情に己の過ぎ去りし時間を思い起こし枯淡の心境になるというのに似ているのだろうか。

そのナポレオンの庭仕事の記述を読み進んで行くと、やはり並の人間とは違っていた。

ナポレオンは庭仕事に必要な道具一式を買い揃《そろ》えさせて屋敷の住人すべてを庭仕事にかり出したとある。しかもナポレオン自身も五時半に起床し、木綿の上着とズボンに麦藁《むぎわら》帽子まで被って、すっかり農夫の装いで表へあらわれたという。

――やっぱり変わってる。

その上自分が庭へ出ると、まだ眠っている執事《しつじ》の窓に土のかたまりを投げるわ、鐘を鳴らし続けて起こすわで、早朝から大騒ぎであった。ナポレオンが実際土をいじったのかと思うと、これが庭をあちこち歩き回りながら働く人たちに指示ばかりを出していた。ところがそうしてはじまった庭造りにはちゃんとした別の意図があった。例えばバラの植込みをこしらえるために塀を外側に六メートル遠ざけ、他にも庭を囲むように樫の大木を植えさせた。これは自分の住居をイギリス哨兵の監視の目から遮蔽するためであった。

――やっぱりな……。

バラの花片を見つめて、

「ああ、私の一生は何であったのか。このひとひらの花より私の運命は哀れではないか」

こんな風情のあるせりふは決して言わなかったんだろうな。

この庭が整うまで一年余りかかった。当然さまざまな花が咲いたことだろう。それがどんな花であったかは、いずれセント・ヘレナへ行った折に調べてみよう。しかしセント・ヘレナ島はひどく交通の便が悪いらしい。私がナポレオン街道の旅へ出る直前に出版された城山三郎さんの『彼も人の子ナポレオン』（講談社刊）の中にも、セント・ヘレナ島へ寄港する船便を待つために日本から片道二、三週間を見ておく必要があり探訪を諦めたと記してあった。その船の中にカジノでもあればいいが、何もないようなら、私も諦めたい気分だ。

　そう言えば船旅で思い出したが、二十年近く前にバルセロナから北大西洋に浮かぶカナリア諸島へコマーシャルフィルムの撮影に飛行機で出かけた時、北大西洋でシロッコと呼ばれるサハラ砂漠の砂塵《さじん》が季節風で空を覆いつくす塵《ちり》に見舞われ飛行機が着陸できないことがあった。飛行機は何度か着陸を試みたが上手《うま》く行かなかった。（まあその時の怖かったこと。着陸態勢に入ってから不可能と判断するや急上昇をくり返すんだから）それで飛行機はやむなく隣りの島の飛行場に着陸した。島から船でカナリア諸島へむかった。ゆっくりした船で島までは八時間かかるという。その船の中に麻雀ルームがあって遊び好きのスタッフが麻雀をはじめた。その時、私は半荘戦（東風、南風とふた回りすること）で二回役満を上った。国士無双と緑一色である。

——おいおい、こりゃ事故にでも遭わなきゃいいがな。

　とその時冗談で話していたが、翌日カナリア諸島でＫＬＭ航空機の大事故があった。偶然ではあるが、得てしてギャンブルの珍しい手は世の中の大きな災害などとどういうわけか符丁が合うものである。

　そのギャンブルがないかとホテル・マキのフロントマンに聞くと、若い男はニヤリとして壁を指さした。壁を見ると、ＣＡＳＩＮＯの文字があるポスターが貼ってあった。

「長友さん、カジノがあるよ」

「何言うてんねん。最初から知ってたくせに」

「へへへッ、バレたか」

「どうせ勝負するにしても夜やろう。ともかく街へ一杯飲みに行こうか」

アジャクシオの街は地中海を航行する船が寄港する港らしい。〝La Méditerranée《地中海》〟と船体に記した大きな船が停泊していた。

「ここはお立ち寄り港ってとこかいな」

「ということは長友さん、当然遊び場があるね」

「遊び場って遊園地かなんかですか？」

パリから同行して来たコーディネーターのジャンヌが聞く。

「何を言ってるの。遊びと言えば、飲む、打つ、買うでしょうが」

「飲むはわかりますが、打つってゴルフですか。買うってのはショッピングですよね」

ジャンヌが嬉《うれ》しそうに言う。

「君、少し黙っていなさい」

桟橋へ行くと何やら人だかりがして騒々しい。派手なテントがいくつも設営してある。

「そうだ。明日この島でコルシカ・ラリーがあるんだ」

車好きのカメラマンの○君が言う。

「私には車で街道や砂漠を競走する人たちの神経がよくわからない」

酒場にむかって歩き出すと、ナポレオンの像があった。皇帝に就任した折の戴冠式のナポレオンの像である。像のナポレオンの顔がハンサム過ぎる。（これ以降、顔が美し過ぎるナポレオンの像を何度も見るようになるんだが……）

港の土産物屋にはナポレオン・グッズの多いこと。ナポレオンの皿。ナポレオンのスプーン。ナポレオンのキィーホルダー……。いずこも同じか、土産物屋は。

夕食はチャイニーズ・レストラン。とは言ってもベトナム料理と中華料理を足して割ったような味である。この手のチャイニーズ・レストランが地中海には多い。ベトナムはずっとフランス領でありましたから、それも関係しておるのでしょう。味は可もなく不可もなく。アジアを遠く離れて中華の味に不平を言ってはいけない。青島麦酒《チンタオビール》があっただけでも良しとしなくては。

「どんなカジノだろうね？」

「そうだ、港町のカジノやさかい結構満ちたり引いたりが激しいんと違うか？」

「さすが」

私たちはカジノにむかって歩き出した。

コルシカのカジノ

コルシカ島のアジャクシオの海沿いにあるベトナム風のチャイニーズ料理を食べながら、遊び人たちは胸の内でぼんやりと考える。

「さあ、今夜のギャンブルはどうなるだろうか?」

ある程度長い年月ギャンブルをやり続けて行くと、何となくその夜が上手く行きそうに思える夕暮れとそうじゃない時がある。覚えはじめの時のようにただギャンブルができるだけで嬉しくて何も考えずにギャンブル場に行くうちはまだいい。しかし段々とギャンブルにむかう時の気持ちに変化が生じてくる。ギャンブルを長く続けて来た人はギャンブルがそうそう勝てるものではないことを知っている。かと言って毎々敗れるものでもないことも知っている。だからギャンブルにむかう直前の心境に微妙な変化が起こる。

――所詮は遊びではないか。そう深く考えることもあるまい。

たしかにギャンブルは遊びである。ギャンブル場にいるほとんどの人はそれを半分承知で通っている。遊びではあるが少し他の遊びと違っている。

――何が他の遊びと違っているのか?

ギャンブルはリスクをかかえている。物質的リスクでいうと、金と時間である。精神的リスクでいうと、常習性と虚無である。前者の金には限りがある。どんなに金があるといっても無尽蔵に金はあるものではない。アラブの富豪であろうが複合企業《コングロマリット》の会長だろうが、物には限りがある。これが尽きると終る。時間の方は死ぬまではある。しかし迎えが来た時にその人のギャンブルは終る。後者は少しややこしい。遊びは昔から〝飲む、打つ、買うの三拍子〟などと言われて来たように、飲む—酒、打つ—賭博、買う—女。（この表現は人権擁護委員会から攻撃を受けそうだが、かつての慣用句として使わせてもらう）このうち女（これはセックスとしてもいい）はここでは長くなるので述べないが、酒の方はご存知のように深入りするとアルコール依存症という病人となる。

——ギャンブル依存症はないのか？

ギャンブル好きに、

「おまえそのギャンブル好きは病気なんだよ」と忠告すると、

「何を言ってるんだ。なぜギャンブルをするのが病気なんだ。聞いたこともない」

と一笑される。ましてや私が口にするせりふでもない。

ところが私の手元に一冊の小論文がある。〝九州神経精神医学〟なる精神科の医師たちの手で発行されている論文である。『THE KYUSHU NEURO PSYCHIAT

RY』とある。平成四年八月に発表されたものでタイトルは『病的賭博』となっている。八幡厚生病院の森山成彬先生の論文である。頁数にして十数枚の論文であるが、この内容は私の友人が読めば驚くべきもので、まずはじめに賭博行為の最初の取締りが行なわれたのは紀元前三〇〇年とあるのに、これが病的賭博として医学の診断分析に組み入れられたのは一九八〇年以降で、医学と臨床の介入対象となったのはこの十年に過ぎない。これは驚嘆に値する。（論文抜粋）

　この論文ではギャンブル常習が疫学として肯定してあり、その症状と診断が書かれていて、鬱症状、自殺企図、インポテンツ、離人症状がやがて身体症状にあらわれて、胃腸症状、睡眠障害、頭痛、息苦しさ、胸痛、喘息《ぜんそく》、背部痛に悩まされるとある。

　これを私の友人に当てはめてみると、

①A君はギャンブルで負けて帰ると酒場でよくふさぎ込んでいる。（鬱症状）そうして時折、もう駄目だ。僕は死にたいと口にする。（自殺企図）

②B君は徹夜麻雀の後で背中が痛いとよく言う。（背部痛）

③C君は麻雀と競輪を続けていて近頃喘息がひどくなった上に胸痛を訴えている。（胸痛・喘息）

　といった具合で、私の友人を例に取ってもまだまだ立証されるものはある。

　論文は病的賭博者の心理学的研究から生育史、家族症まで述べている。これには興味深いことがある。病的賭博者は発育過程において両親の死や離婚、同胞の死、虐待などの喪失を体験しておりそれが将来の喪失に対する耐性の低さを生んでいるとある。わかり易く言えば本人の過去に精神的苦痛を伴うなんらかの喪失（なくしたもの）があり、それがギャンブルをやり続ければ本人をも喪失して行くとわかっていても耐え切れない克己心の低さになっているという。

　論文はさらにアルコール依存症との関連から治療の具体例、法的問題へと続く。数年前私はこの論文を或《あ》る先輩作家から送付していただいた。読んでいてなるほどと思えるところが多かった。

——そうか、やはり私は病気なのか。

　という結論に達し、症状が進行しないようにするにはどうしたらよいかを考えた。しかし今のところ、これといった治療法がない。そのかわりに他人に感染させないようにすることにした。編集者の人たちにもギャンブルに手を出さないように常々注意をしている。

　この論文の中でＲ・Ｗ・ＷＩＬＤＭＡＮという医師がドストエフスキーの『賭博者』を読み直して論文を発表していた。病的賭博の理解に有益な示唆を与えている小説だと述べている。その論文を読んだわけではないが、主人公アレクシスはあきらかに病人であると断定してあるのだろう。私がこう書くと驚く人もいるかもしれないが、病的賭博に関する医師たちの関係論文は巻末に紹介してあるだけで九十冊余りある。おそるべきことだ。

私はギャンブルは人生の何の役にも立たないと思っている。しかし人生に役に立つものが何なのかと問われるとこちらもよくはわからない。しかしともかく病気であることは私自身に照らし合わせてもわかる。ならどこかの病棟へ隔離すべきなのかもしれないが、法的にもそうならないところがこの研究を進めている精神科医たちのジレンマでもあるのだろう。

話が逸《そ》れたが、このテーマもまたこの旅で考えて行こうと思っている。

アジャクシオのカジノはこじんまりとしたいかにも港町の賭場という感じだった。入場料は取らない。

――おかしいな。

カジノが入場料を取らないとは考えられない。中へ入ってみると右奥にカウンターバー。その手前にスロットマシーンが五十台余り。左手にはルーレットらしき雰囲気。そのルーレットの方へ行くと、これがこちらではブールと呼ばれているもの、ルーレットの原型である。すり針状になった⓪から⑨までの穴にむかってボールを投げ入れるゲームである。ほとんどの客はスロットマシーンの前にいた。

ナポレオンはギャンブルをしたか？

その夜コルシカの港町・アジャクシオのちいさなカジノに乗り込んだのだが、妙なことが急に頭の隅に浮かんで来た。

——ナポレオンはギャンブルをしたのか？

「そんなことはないでしょう」

「どうしてだよ？」

「だってナポレオンの人生そのものがギャンブルと同じでしょう」

人生がギャンブルそのものという言葉を時折口にする人があるが、私はこの発想が好きではない。生きるということを賭博行為と重ねては不遜である。

私が言う、ナポレオンが、ギャンブルをしたかどうかというのは遊技としてのギャンブルである。

「日々戦場で過ごしたナポレオンにギャンブルをする暇などなかったはずですよ」

そう思うのは素人である。実はそのことが知りたくて今回パリのナポレオンの墓があるアンヴァリッド（廃兵院）のミュゼ・ド・ラルメ（軍事博物館）を訪ねた折に彼の愛用した遺品をくまなく見てみた。カードでもサイコロでもないかと目を凝らしてみたが、それらしきものは見当らなかった。

――この時代、戦場での休憩時間に兵士たちはギャンブルをしなかったのだろうか？

と他の展示物を見ていると、これがありました。ちいさな革製の筒にサイコロが入っている兵士の持物が展示してあった。双六《すごろく》のようなものをしたのだろう。それはそうだろう。戦場での緊張した気持ちをなごませるのにギャンブルは最適である。ナポレオンの軍隊には或る種のギャンブルが流行していたに違いない。そのことがナポレオンのギャンブル好きには繋がらないとしても、一度や二度将校と一緒にサイコロを振っていても何の不思議はないではないか。これもまたおいおい調べて行こう。

　さてアジャクシオの港町カジノである。

中へ入るとちいさなカウンターバーとスロットマシーンにルーレットの原型ともいえるブール。

「これだけってことはないだろう」

　私が不満そうに言うと、コーディネーターのジャンヌが周囲を見回して言った。

「あの奥に入口がありますね」

――ほら、そうだろう。だから素人は……。

ところが入口へ歩み寄ると、

「今はまだ奥のカジノの季節じゃない。あと二週間後にオープンする」

と若いディーラーに言われた。

どうやら地中海の島々のカジノは夏場に入らないとオープンしないらしい。長友さんがお立ち寄り港と言ったが、そのお立ち寄りの観光客たちが多くなるのは夏場なのだ。

――ちえっ、ツイてないや。

スロットマシーンの方を見て回ると流行してるのはポーカーゲームだった。これじゃ日本と同じである。スロットマシーンもあれはあれで面白いらしいが、ラスベガスなどでも今はあのマシーンの確率に問題があって客離れが激しくなっている。客にとってスロットマシーンが旨《うま》みのあるものでなくなっているからだ。それでカジノ側も考えて新台をどんどん考案している。ほとんど日本のパチンコ業界と同じである。スロットマシーンのポーカーゲーム機は今に世界の主流になるだろう。

そう言えば以前新宿のフリー雀荘で打っていた頃、深夜になってポーカーゲーム屋の店長が麻雀に入って来ることがあった。

「どうでしたか、今夜は」

「まあまあですね。けどあのゲーム機本当に奇妙ですよ」

「何が奇妙なんですか？」

「ここ十日ばかり通ってくれている常連さんがいるんですが、この人がある程度のプラスになっているのに立ち上らないんですよ。いえね、それはこちらも儲かるから嬉しいんですか、長く顧客でいてもらおうと思ったら、やはり少しずつプラスとマイナスをくり返してもらった方がいいもんですから……」

「その立ち上れないところがギャンブルなんでしょう」

「そうなんですが、あの台にはやはりお化けがいるんでしょう」

最後にその男が言ったお化けという言葉が可笑《おか》しかった。ギャンブルに限らず人間を夢中にさせるものにはお化けが潜んでいることはたしかである。

結局マシーンではなくブールの方で遊ぶことにした。ところがルーレットと違って最後のボールのひと転がりが右か左かで賭けた目が的中したり外れたりする。もどかしくてしかたがない。スピード感も足りないし第一ボールを投げ込むディーラーもいい加減に思える。これでは金を賭けられない。

「ギャンブルだから何に賭けても偶然性が一番大きな要素でしょう」

そう考えるのはまたまた素人である。

一流のカジノのルーレットのディーラーはまず八割方狙った数字に球を投げ込む。アメリカにもヨーロッパにもカジノのディーラーの学校はあるし、その専門テキストもある。もう二十数年前になるが、私は東京の某所でカジノを開こうとした先輩に、香港から来たルーレットのディーラーを雇用するかどうかの現場を見せられたことがあった。二人のディーラー（白人系とインド人系）が来ていたが、一人の方は先輩が指示した数字にほぼ九割の確率で球を入れていた。

——これじゃ客は負けるわけだ。

とその時はまだルーレットのゲーム自体の攻略法を知らなかったので、ただただ感心した。

ルーレットのことは次の機会に話すとして、私はカジノに来ている連中を観察した。観光客はすぐにわかる。その他の連中は皆島の人間である。漁師風の人間ばかりかというとそうでもない。しっかり遊び人風情の兄さんもいれば男客を探している娼婦《しょうふ》らしき女性もいる。不良っぽい若者もいれば酔いどれの中年男もいる。ただ共通しているのは彼等の目が一様に鋭いことである。遊び場にいる人間の目はふた通りあって、獲物を狙っている猟師の目と、猟師を終えた、もしくはかつて獲物を狙っていたが今は何もない人の目である。このふたつの目が共存しているのが遊び場の面白いところである。以前一代で名を成した相場師に連れられて東京の蛎殻《かきがら》町にある商品取引の現場に行ったが、ここにいる人の目は皆猟師の目だった。しかし日本の競馬場や競輪場などへ行ってよく周囲を見ると、まだふた通りの目がいる。それがギャンブル場の面白いところである。

コルシカの人たちの目が鋭いのは、この島民たちの歴史にあるのかもしれない。あのジャン・ジャック・ルソーが十八世紀にヨーロッパで唯一独立運動が可能な場所はこのコルシカ島であると『社会契約論』の中に書いている。それ以前にコルシカでは何度も独立運動がくり返されていた。ナポレオンが生まれる一年前にこの島がジェノバ共和国からフランスへ譲渡されたことはナポレオンの将来に大きく影響した。そのことは次回書こう。

生家というのは怪しい。

アジャクシオのカジノは早々に切り上げて、ホテル・マキへ戻った。宵の口ホテルを出る時はロビーやバー、レストランに人があふれていたのに、この時刻（夜十二時）になると物音ひとつしない。夜勤のフロントマンがひとりいるだけで潮騒の音がかすかに聞こえて来る。

「一杯やって休みましょうか」

私が言うと長友さんもうなずく。

「そうやな、グラッパをちょっと引っかけて寝ようか」

フロントマンがバーテンダーになる。大きなホテルだとバーがクローズすると酒は飲めなくなるが、ちいさなホテルだとここらあたりの融通がきく。

グラッパ、スコッチ、コーヒー、ティーとそれぞれが違うものを注文する。グラッパは私には少し甘過ぎて喉の通りが悪い。長友さんはその点旅先で出逢《であ》った酒をそのまま楽しむ人である。アフリカの東海岸へ行って老娼婦と隣り合わせればラムを、スコットランドのリンクスで老キャディーとゴルフの後にはモルトウィスキーを、鹿児島の天文館で老芸者と二人

でしっぽり過ごしている時は焼酎で、

――ぼっけもんにはこいが美味《うま》か。

　と言うとか言わないとか。

　その夜は三時間程休んで名古屋へ電話を入れて競輪を買う。

「電話が遠いですが、今どちらからですか？」

「コルシカだよ」

「サルシカってどこですか」

「猿鹿じゃないよ。コルシカだって。地中海の島だ」

「地中海の島ね、えっ？」

　競輪を少し遊んでからまた休む。妙なもので競輪の夢を見る。見た夢では締切りのベルが鳴り響いているのに穴場に並んだ客が多くてなかなか車券が買えない。この手の夢を私はよく見る。どこかにギャンブルに対する強迫観念があるのかもしれない。

　目覚めると初めての青空である。

　地中海も空の青を映してエメラルドブルーにかがやいている。なるほどこうして眺めると地中海も美しい。しかしどうして海はエメラルド色になるのだろうか。夏に沖合に出て行くと海色は黒に近いような藍色になる。光と水と空の色の関係なのだろうか。これまで私は安易に〝海は空の青を映して……〟などと書いていたが、まるっきりうそを書いていたんじゃないだろうか。これも調べておきましょう。

午後よりアジャクシオの市中にあるナポレオンの生家へ行く。ちいさな家である。ヨーロッパの建築物は石で作られていて庶民の家でも耐久年数が日本より長いから、そのまま二百数十年前のものが残っている。この建物はそれ以前に建てられたものだろうし、本当にここが生家かどうかは怪しい。しかし路地を入った場所に残っているところがいかにもそれらしい。その路地から生家を見上げると三階建てにもう一階屋根裏のような階がついている。そこへは入ることができない。（本当はこういう禁じられた部屋が面白そうなのだが……）

私が生まれたところは山口県のちいさな海沿いの街だが、中国山地を越えると萩《はぎ》の街があって、そこにもいろんな人の生家やゆかりの地がある。吉田松陰の松下村塾の跡、高杉晋作の生家などである。二十年近く前東京の友人を萩に連れて行き案内をしたことがあった。この高杉晋作の生家が大変で、あの当時その家に普通の人が住んでいた。私が連れて行った東京の若い遊び人は、その家に住む老婆が庭先で何かを洗っているのを見て、

「おい、あれは晋作の娘じゃないか」

と私に聞いた。その友人の歴史の時代錯誤にもあきれたが、その後すぐにその老婆にむかって、

「高杉さん」

と声をかけたのにも驚いた。

住んでいる人は勿論《もちろん》晋作の子孫ではない。旧市街の路地を入った場所にその家はあり、低い塀越しのすぐ手が届く距離に障子戸がある。家の前にやって来た観光客が中はどうなっているのか、その障子戸を突然開けたりするそうだ。その時丁度昼食時で家族が食事をしていた時もあったらしい。昼寝などしていて、

――おやっ、よくある蠟《ろう》人形かな？

なんて顔をまじまじと見られたらたまらないだろうし、妙な観光客がいて厠屋《かわや》の小窓を覗《のぞ》いたりしたら逆上するだろう。今はさすがに何か対策がなされていようが、人が生まれた家を訪ねる感覚が私にはよくわからない。

入口を入るとすぐにナポレオングッズを売るコーナーがある。これはどこも同じである。黴《かび》臭い家である。人が住んでいない家はどこも同じ匂いがする。生家の番をしている人たちもこの家を綺麗《きれい》に保とうという意識はないように思える。そこが呑気でいい。私たちが入る直前に三十人ばかりの団体が入ったので案内板にある矢印の順番通りに見ているととてもじゃないが時間がかかるし、こんな黴臭いところに何十分もいられやしない。それで矢印とは逆方向に見て回ることにした。

いきなり壁に展示してあったのが子供がこの家を表敬訪問しているエッチングだった。

――何じゃ、これは。

説明書を読んでいるうちに、この子供がナポレオンの弟ルイの三男でフランス第二帝政の皇帝になったルイ・ナポレオンことナポレオン三世の息子であることがわかった。

ボナパルト伯父さんを敬愛してやまなかったちいさな支配者は伯父さんの生家をわざわざ軍艦に乗って訪ねたらしい。皇帝の後継者を出迎えた島の人々の賑《にぎ》やかな歓迎の様子の記事が展示してあった。派手な花火が打ち上げられていた。この生家の前で家来を引き連れて何やら島民と話をしている絵もある。それからボナパルト伯父さんのデスマスク。このデスマスクについては面白い話があるが、後日書くことにしよう。セント・ヘレナ島での憂鬱な顔をしたナポレオンと従者たちの絵。ワーテルローの戦い。パリ入城と百日天下……。こうして歴史を逆上って行くのもなかなか味合いがある。この辺りで団体客とすれ違う。大声で展示物の説明をしている案内係。この人はどうやらツアーのコンダクターのようだ。コンダクターの話を聞いているのはどこも一緒で三分の一もいない。あとはデスマスクを指さして夫に何か言っている老妻、勲章を指さして大声でひとり言を言ってる老人。

――あなたの寝顔と似てるわね。

――こりゃ、わしが持っとる勲章の方が貫禄があるわい。

とか勝手なことをぬかしておるのだろう。

最後に展示してあったのが、ナポレオンの母が使用していた拳銃であった。この拳銃はよく手入れがしてあった。高価なものに見える。ひょっとしてナポレオンが皇帝になってから母へ送ったものではないか。

歴史というものはほとんど改竄《かいざん》されているものである。ともかく早々にこの館を出た。

コルシカの娼婦

早々にナポレオンの生家を出て、カフェーで一服した。

長友さんも少し疲れた顔でティーを飲んでいる。

「やっぱり、あの手の家に入るのは疲れるね」

「いや、ほんまや。今回はどうも人の家へ行くのはあかんな」

私もそうだが長友さんも今回は他人の家へ行くのが苦手らしい。よく人を家に招き入れるのが好きな人がいる。そういう人と知り合いになると、いつ、

——ぜひ家へ遊びに来て下さい。

言い出されるかとビクビクしてしまう。それとは逆に人の家へ遊びに行くのが好きな人もいる。

「ねぇ、あの人の家へ一度行きませんか、いいものが見せてもらえるんだ」

「いいものって何ですか?」

「それは見てからのお楽しみ、ヒヒヒッ」

などと奇妙な笑い方をされると、家の主人が女装して踊っている姿を想像したりして気味

が悪くなる。

私が人の家へ行くのが苦手なのは、子供の頃人の家へ上ってよく粗相《そそう》をしでかしたからである。例えば屋敷町の友人に床の間を指さしてこう説明される。

「これは僕の家に昔からある壺《つぼ》でおじいちゃんのそのまたおじいちゃんが殿様からもらったものなんだ。×百万円もするんだ」

×百万円と言われても子供の私にはそれがどれほどの価値があるのかはわからなかった。とにかくたいしたものなのだということだけはわかる。ところがその壺をじっと見ているうちに、

――この壺が倒れて毀《こわ》れてしまったらどうなるのだろう？

と想像しはじめる。友人の青ざめた顔、一度ちらりと見かけた友人の祖父の怖そうな顔が熟したトマトのようになって震えている姿が浮かんで来る。やがて子供たちは家の中で鬼ごっこや隠れんぼを二度としなくなる。

――何があってもあの壺の近くへ行ってはいけない。たとえ友人たちの視界の中でその壺の背後が死角であろうとも近寄ってはいけない。祟《たた》りがあるぞ、祟りじゃ……。

と言い聞かせていたのにものの三十分もたたないうちに、顔が青ざめた悪ガキの輪の中心にこなごなに砕けた壺が散らばっていたりした。

海外へ行って困るのは何か仕事をひとつ終えて現地の人から家に招待したいと言い出された時である。相手は感謝の気持ちもあって招待をしてくれるのだろうが、こちらはそれが嫌でしょうがない。

だからというわけでもないが、長友さんも私もこれだけ長くつき合っていてお互いの家へ行った記憶はほとんどない。

カフェーで一服していると、むかいの方でちらちらとこちらに視線を送ってくる影がある。パラソルの下のテーブルに頬杖《ほおづえ》ついた女性である。サングラスをかけているから顔はよく見えないがテーブルの下から斜めに組んだ足が美しい。黒のミニスカートに胸の開いた黒のシャツ。

私が見ると女もちらりと見返している。サングラスの下の視線は確認できないが、だいたいは第六感でわかる。

「長友さん、あのタイプはどうなの？」

「あのタイプな……、タイプ言われてもこの頃はあんまり体力もないしな……」

「体力もないし、それに言葉がね」

「言葉はいざとなったら必要ないやろう」

「まったくそのとおりで……」

「けどさっきからよう電話がかかってくるし女からもかけとんな……」

「商売繁昌なんだろうね」

「ええこっちゃ」

「でもおしゃれな女じゃないの」

「あの商売の女はおしゃれじゃないとあかんわな」

「流行の最先端の技術《テクニック》もお見せしましょうってことですか？」

「そんなにいろいろ技術はないやろ」

「いや、そうでもないかもしれないよ。〝コルシカ谷渡り〟とか」

「おうそれは良さそうやね。コルシカなら〝コルシカ帆かけ〟言うのもあるかもしれんで」

「〝必殺アジャグシオ〟」

「何やそれ？」

「身体がもうアジャ、グシ、オーなんてなったりするんですよ」

「相変らずかわってんな」

港町と言えば娼婦はつきものである。コルシカからひと海越えればエジプトである。BC三〇〇〇年のエジプト文明の中でも娼婦はれっきとした仕事として記録されている。今取り沙汰されている戦争時の慰安婦とは違う。ヨーロッパで出逢う娼婦は彼女たちも客を選ぶ。

哀しい職業ではあるが、それを表へ出したりはしない。本当に娼婦の皆が皆哀しい職業と思っているかどうかは私にはわからない。一見社会の底辺で成り立っている職業のように思えるが、社会に底辺があるかどうかも怪しいものである。

〝職業に貴賤《きせん》なし〟と言うが、私はあると思う。それは眺める側にいつも存在している。賤と思われる方にはそれを撥《は》ねのけるだけの覚悟のようなものがある。己の肉体をぶつけて働くだけにどうしようもない哀しみはやって来る。しかしそれが三六五日続くとは思わない。どんなにせつないものにも光は当るし、人間は解消方法を身に付けている。だから嬉しいことがあると彼女たちはこころから明るく振る舞おうとする。時間の移ろいのあやふやさを知っているのかもしれない。

ナポレオンの精鋭軍隊にも娼婦たちはおそらく一緒について行ったであろう。なぜならそこには間違いなく上客がいるからである。だとしたら彼女たちもまたナポレオンと戦ったことになるのだが、アルプス越えなどのあの厳しい行軍に随行したのだろうか。案外彼女たちの方がしっかり進軍していたかもしれない。

ナポレオンの言葉に兵士たちは勇気付けられたとあるが、私にはひとりの娼婦の言葉の方がたしかな励みになった気がする。

塹《ざん》壕《ごう》で見たもの

ともかくコルシカはナポレオンの出発点であった。ナポレオンが生まれる直前にこの島がジェノバ共和国からフランスに譲渡されたことが、ナポレオンのあの波乱に満ちた人生のはじまりとなったことが興味深い。

ナポレオンは人生の大半を戦いに身を置いていた。生まれながらにしてコルシカ独立運動の波の中で、この赤児は泣いて笑って大きくなるのだが、面白いものでひとりの人間の一生を辿ってみると偶然に起こったあらゆる出来事が必然に見えて来る。考えてみれば人間がこの世に誕生することすらすでに奇跡なのではないかと思う。

生まれも育ちも違うひとりの男と女が何かの事情で出逢い、熱いものを発火し睦《むつ》み合う。いや別に恋だ愛だのがなくったって子供は宿る。ともかく何かの偶然で男と女が繁殖行為をなし、ひとりの人間がこの世にあらわれる。そこからして偶然が必然になっているのだろう。

コルシカの路地や海沿いを歩いていて感じたのは、ここにナポレオンがたまたま生まれたが、どこか別の島や山の中であってもナポレオンはあそこまで昇りつめていたようにも思える。しかしそれはナポレオンでなくともいい。混沌《こんとん》としたヨーロッパを統治する指導者をいずれにせよあの時代は輩出したに違いない。

明日はコルシカを出発するという夜に私たちはアジャクシオの街へくり出した。

「妙なもんや、数日おっただけで、いざ別れるとなると、なんやええ島に見えるし、歩いとるオッサンやらネエちゃんもええ奴《やつ》やと思えるな」

長友さんが街を歩きながら言う。

「今度、この島へ来る時はあの港に着いていた豪華客船で地中海の島々をめぐりながら来たいもんですね」

案内人のジャンヌが言った。

「すまんが船の話はやめてくれるか」

「どうしてですか？」

「船と聞いただけで、もう酔うてしまうねん」

「そうなんですか？　人は見かけによりませんね……」

「どういう意味や、こう見えてもわしはナイーブなんやで（失礼な女だ）」

カフェーのテーブルで昨日街角で逢った娼婦らしき女が、胸元のひろく開いた黒のブラウスから黒の下着を覗かせ、編目のストッキングに包まれた足を超ミニスカートからむき出して組み、煙草《たばこ》をくゆらせている。

女と目が合った。

――このまま流されるのも旅なのだが……。

しかしそういうわけにもいくまい。

男と女は人間がこの世に誕生してから、詮方なきことをくり返して来た。

歴史を見ると、人間は愚行を重ねてばかりいる。いい例が戦争である。私たちが歴史を学ぶ時、各々の時代に起こった戦争を教えられる。近代なら革命である。つまり人間の殺戮《さつりく》のくり返しをマスターすることが歴史の基本にあるのだ。

ナポレオンは〝戦争と革命〟のオーソリティーである。

イギリスの諺《ことわざ》に〝塹壕で見たものを語るな〟というのがある。どこの国とどこの国が戦って、どこの国が勝ったと教科書には書いてあるが、それは結局人間の殺し合いである。殺戮の現場というものは、そこへ身を置いた者にしかわかるはずがない。イギリス人が〝塹壕で見たものを語るな〟と言ったのは、そこで見たものは非人間的なことであるからだ。つい先刻まで生きていた戦友が血を流して悶《もだ》え苦しんでいたり、握り合っていた手が足元に千切れて転がっていたりする。泣き崩れてその場にしゃがみ込んで失禁をしている兵士もいるだろうし、半狂乱になって飛び出す兵士もいたはずだ。

王も思想家も革命家も、現場の悲惨さを知るものはほとんどいないだろう。しかし兵士たちは立ちむかう。それは戦争に敗れることが死を意味するからである。たとえ逃亡をしてもその末路は死とさほど変わるまい。

考えてみると戦場に行くのはほとんどが男たちである。男たちは戦場から戻り、つかの間の休息に子種を宿しまた戦場へ行く。女たちは子供を育て、彼等がいつの日かまた戦場へ行くようになる。ヨーロッパは或《あ》る時期、そのくり返しであった。

「私の一生は戦場へ出かける男のために汗水を流して来たのか」

と嘆いた女がヨーロッパ各地にいた。

ナポレオンを英雄とする人がいるが、私はむしろ称《たた》えられるべきは、兵士たちと妻や母ではないかと思う。（今はプーチンが愚かなことをくり返そうとしている）

コルシカを発《た》つ朝、私は少し早目に起きて海岸を歩いてみた。

海は澄んで、渚の砂には波に洗われた貝や美しい色の小石がいたるところにあった。まだサマーシーズンには時間があるので、渚に人影はない。渚を駆け上ると、そこはもう例のマキの茂みである。日本の〝都忘れ〟に似た花が海風に揺れている。茂みのむこうには山吹の花だろうか、あざやかな黄色の花を咲かせている。

ここがコルシカということを忘れてしまえば、瀬戸内海のどこかの小島の磯《いそ》に佇《たたず》んでいるのではと錯覚してしまう。

ふと少年のナポレオンが赤や黄色の花を見つめている姿が浮かんだ。さて明日は大陸へ戻る。

この人は泳げるんだろうか

コルシカを出発した飛行機は地中海の上を北へむかって飛行していた。往《い》きと違って帰りは天候も良く美しい地中海を眺めることができた。船の描く白い波紋がはっきりと見える。

——この飛行機が真《ま》っ直《す》ぐあの船にむかって墜《お》ちて行くと、船長は驚くだろうな……。

飛行機に乗る度に、私は他の乗客の顔をうかがう。何か特別意味があるわけではないが、それが癖のようになっている。普段とどこか違ったものがないかと出発ロビーにいる乗客の顔や搭乗する機体、ＣＡの様子を観察する。

私は天災であれ人災であれ、災難に遭遇する時には、その前兆があると思っている。例えば地震や津波がやって来る寸前に小動物たちが騒いだり逃げ出したりするのは彼等《かれら》の予知能力が何かを察知しているのだと思う。本来は人間も予知能力があったのだろうが、社会、経済、文明……といったものの中に段々と組み入れられるうちに、予知能力が後退して行ったのではなかろうか。（この事実を、私はこの連載を終えた数年後、自分の仕事場の窓から春なのにいっさい鳥の姿が失《う》せた昼過ぎに体験した。あれっ、あんなに毎朝いた鳥はどこへ行ったんだ?）

とは言え飛行機のドアが閉じてから何かを感じて、

「すみません。降ろして下さい」

とはなかなか言えるものではない。

それでもどこか様子がおかしいと思った時はそれなりの準備をする。準備をしたから助かるというものではないが、心構えがないのとあるのとでは咄嗟《とっさ》の判断や行動が違ってくる。

これはほとんど妄想であるが、海中に飛行機が突入した場合とか、雪原に不時着した場合とか、山中に幸運にも降りることができた場合とか……、私はさまざまなケースを想定して周りの人を見回したりする。

隣りでうたた寝している長友さんの顔を見て、

――この人泳げるんだろうか。

と考えたり、

――体重はどのくらいあるんだろうか。

と自分が水中とか、山の中を長友さんを背負って歩く姿を想像したりする。

大海原に二人っきりでさまよっていて、サメが近づいて来た時にどうするか。

「サメ君、長友さんの方が肉付きがいいから先に召し上がって下さい」

と言いたいが、無事救助された後のことを考えると、そんなことは口にできない。では本

人に直接、

「長友さんはもうすぐ老人だし、私にはまだ未来もありますから」

これも口にできるわけがない。

と考えると、したくはないが、私がサメにむかって行かなければならない。サメはどうやって退治すればいいんだろうかと海を見ながら思案したりする。まず腕あたりを食べさせるか。左腕一本ならまだ仕事はできる。けど先に足をパックリ行かれたらどうしようか？　それはマズイな、万が一上手く逃げおおせたとしても足一本では泳ぐ速度が落ちるし、第一出血多量で死んでしまうな……。やはりここは非情になって、長友さんを差し出すか。

「あんた何をさっきからぶつぶつ独り言を言うてんのや」

長友さんが声をかける。

「いや、次の小説の構想を……」

「ほんまかいな。またしようもないこと考えとんのと違うやろな」

ここのところ海外旅行の大半は長友さんと一緒である。この取材のように何度も飛行機に乗るケースがある。その度に私は妄想してしまう。

——空中爆発？　ミサイル攻撃。

それでも私は空中を飛びながら長友さんを探さなくてはならないのだろうか。しかしそんな状態でもなお生還しようという私の生への執着にも驚く。病気か何かで医師から、もう終りですと宣告された場合は、最初はジタバタするだろうが、それから自分がどうするかは想像がつく。仕方ないと諦めるだろう。しかし飛行機や船や、列車での事故は何とか脱出したいと思ってしまう。往生際が悪いんだろうか。

　飛行機が嫌いな人を何人か知っているが、この人たちもたいしたものである。

「あのね。物理的に考えて、あんな鉄の固まりが空を飛ぶわけないでしょう。たまたま上手いこと飛んだんですよ、あなたの乗った飛行機は……」

　その人たちに言わせると、たまたま上首尾に着陸できたことになる。しかしこれではまるで鉄の船が海に浮かびはじめた時の大衆の疑いよう驚きようと同じではないか。

　ついでに飛行機の話をもうひとつすると、私のギャンブルの先生が晩年、私と一緒に飛行機に乗ることをかたくなに拒んだ。

「ともかく乗りましょうよ。飛行機なら一時間半で東京まで戻れます。電車だと八時間はかかりますよ」

　と言っても、頑として首を縦に振らない。

「どうして飛行機は嫌なのですか？」

「う、うーん……。私が乗ると、どうも塩梅《あんばい》が悪いような気がするんだ」

「塩梅って？」

「だから、ここのところ妙なのに取りつかれていて飛行機が墜ちてしまいそうな気がして……」

その言葉を聞いた時、私は口をつぐんでしまった。相手は私より遥かに手数をこなした賭博者である。

——一緒に乗れば何かが起こるってことか。

そう言われれば黙るしかない。

その人はそれから半年後に亡くなった。

妄想から目覚めた時に恐怖は拭《ぬぐ》い去られている。とシェイクスピアは言っているが（本当かね？）、ともかく飛行機はニース空港へ着いた。

着いてしまえばもう陸の上である。

のちに皇帝となったナポレオンは一八一四年にエルバ島に流刑された。これは長年の戦いに疲れ果てたナポレオンの軍隊がロシア遠征に敗れ、その上フランス戦役に敗れた結果、ナポレオンは廃位し、称号とエルバ島を所有することを許され、彼はエルバ島へむかった。エルバ島での暮しはまたの機会に書くとして、このエルバ島に流されてわずか十ヶ月余り後にナポレオンは再び天下を目指して、フランスに上陸をする。これが、サン・ジュールと呼ばれるナポレオンの百日天下のはじまりである。

一八一五年の二月二十六日の夕刻、ナポレオンは七隻の船に一二〇〇人の兵士を乗せてエルバ島を出発した。三月一日にナポレオンはカンヌとニースの間にある海岸に上陸した。この場所には現在も記念碑が建っていて〝一八一五年三月一日、ナポレオンここに上陸す〟と書いてある。その碑から道路をひとつ隔てたカフェーの角に〝ナポレオン街道、ここに始まる〟と書いた標識がある。

このナポレオン街道を今回のタイトルにしたのだが、その場所に立ってみると、街道とは名ばかりのちいさな路地である。この路地がその当時どのようになっていたのかはわからないが、素っ気なさに驚くほどであった。

ナポレオンは早足で歩いたのか？

〝ナポレオン街道、ここにはじまる〟と記された標識のある細い路地の入口。そこから道路をひとつ隔てれば、舟が浮かぶサン・ジュアン湾である。

ナポレオンはこの浜辺で一二〇〇人の兵士を前に演説した。

「兵士らよ、我々は敗北者ではなかったのだ。……（中略）……鷲《わし》の軍旗は国旗とあいならび、鐘楼から鐘楼へとあまがけりゆき、ノートル・ダムの塔にいたるであろう」

ナポレオンの演説好きは有名だが、兵士の士気を高めるために、彼は実に的確に言葉を選択する。ここではナポレオンのこの小規模な軍隊の到達点が、ルイ十八世のいるパリであることをしっかりと告げている。パリの象徴であるノートル・ダム寺院の名前を挙げる。ノートル・ダム寺院は十一年前の一八〇四年、十二月にナポレオンが皇帝となるべく戴冠式を取り行なった寺院である。兵士はそれを百も承知している。

古今東西、だいそれたことをした人は総じて演説が上手《うま》い。気性が図抜けてイラチである。アレキサンダー大王、チンギス・ハン、ヒットラー、スターリン……しかし、この歴史上で重要な人物たちの巧みな演説で何が起こったのかと考えると、これは皆大殺戮があったということではないか。

　言葉による扇動はやはり怖いのだ。

　私も社会人一年生の時、就職しサラリーマンになった。この時にすぐそばにいた上司や部長から、会社に対する心構えを演説された。

「君たちが頑張って働けば、将来この会社の社長にだってなれるんだ」

――本当かよ？

　と新入社員たちは本気で考えた。

　しかし四十人足らずの会社で、五人の新入社員が全員社長になったら、大変ではないかと私は考えた。

「私も自分の命を賭けて、この会社で働いている。社員にとってこの会社は運命共同体なのだよ。わかるね」

　この運命共同体という言葉に騙《だま》されて、どれほど走り回ったことか。（もっとも私は驚異的なダメ社員であったけど……）

　私は子供の頃、祭りや縁日があると路上に出る露天商のおやじの話を聞くのが好きだった。先日亡くなった寅さんのあの口上である。言葉の意味はわからなくても、立板に水の流れるような口上は聞いていて興奮した。

「上手いこと言いやがるナ」

大人たちは感心したように聞いていた。あれには勿論、種本があるのだが、

「母さん、東京の練馬で万年筆の工場が焼けたんだって」

と家に戻って母親に言うと、

「東京の練馬ってしょっちゅう火事があるのね」

とやり返された。

テキヤの兄《あん》ちゃんと大人・子供でこの関係だから、英雄ナポレオンと兵士なら何をか言わんやである。兵隊さんは単純だからナ。本当に可哀相《かわいそう》だ。

サン・ジュアン湾には今は、豪華なヨット、クルーザーとほそぼそと漁をする漁船が浮かんでいるだけである。

私と長友さんは、ナポレオン街道のはじまる路地の角のカフェーでビールを一杯やって、この狭い街道を歩きはじめた。

「こんな道を千人もの兵隊が進軍して行ったのかね？」

「ほんまやな。混み合っとったやろな」

すぐに単線の鉄道線路があって、踏切りを渡ると、商店街へ出た。

肉屋、乾物屋、花屋、洗濯屋、食器屋、電気屋、不動産屋……商店街は日本にあるものと

変わらない。

この日はメーデーの前日で、花屋の軒先では鈴蘭《すずらん》の花を売っていた。

「どうしてメーデーに鈴蘭なのかね？」

私が長友さんに聞くと、

「そういうのを調べるのが、作家の仕事とちゃうのんか」

と切り返された。ムッとして、

「あっ、そうか。鈴蘭の花言葉は勤労に対しての感謝だったものな」

と私が言った。

「ほんまかいな、何や、うそっぽいな」

「あっ違った。団結だった」

「それで、うそと決りやな」

（妙に勘がいいんだナ、この人は。実はこの鈴蘭、日本のバレンタインデーのチョコレートと同じような意味らしい）

商店街を抜けると、日本のひと昔前の第二級国道のようなところへ出た。公園があった。

公園の脇にナポレオンの上陸のことが記してある石碑があった。

石碑の前にあるレストランの名前が〝ナポレオン〟である。

「ナポレオンだらけやな……。ナポ、ナポで疲れたわ。ちょっと休憩しよか」

それで二人してまたカフェーに座ってビールを飲みはじめた。

私たちの座ったテーブルは店の前の舗道にまで飛び出している。通り過ぎる人をビールをやりながら観察した。

昼間だから老人が多い。老人の歩調はゆったりしている。体力がないせいでゆっくり歩いているのかとも思うが、もう急いで歩く必要がないからだろう。その証拠にたまに若者や働き盛りの人が通ると、彼らの歩くスピードは驚くほど速い。何かを追っているのか、それとも何かに追われているのか。歩く速度で、その人が今置かれた人生のポジションがわかるのかもしれない。

そう言えば長友さんも私も走ったりすることがほとんどない。ハワイへ行こうと、成田空港に着いたら、飛行機がすでに出てしまっていたこともあった。

十二月を、師（偉い先生）までが走るから師走《しわす》と言うと聞いたが、偉くなってからも走っている人って本当は偉くないのではなかろうか。

ジョギングをやる人がいる。あれもよくわからない。朝早く起きて汗掻《か》いて、何が楽しいのだろうかと思う。

ナポレオンはどんな歩き方をしたのだろうか？　早足だったのかしら……。

ともかくサン・ジュアン湾に上陸してからのナポレオンの軍隊は驚くべき速さで、パリまで進撃している。

グラースに三月二日朝方、カステラーヌに三月三日正午、ディーニュ・三月四日、システロン・三月五日……、これがほとんど丘陵と山の中の小径である。コート・ダジュールからパリへ行くのにはマルセーユを経てローヌ渓谷を北へ上るのが一番速いのだが、この地方がルイ十八世を支持する王党派の地盤であったからだ。ともかくグルノーブルまでは昼も夜も進軍を続けている。

ナポレオンは馬に乗っていたろうが、それでも馬を降りなきゃならない山径もあったはずである。

やはり早足だったのだろう。そう考えると彼は何かに追われていたか、何かを追っていたのだろう。いずれにしても困った人である。

岬のホテル

旅に出てめぐり逢うもので、後々も述懐できるものは何だろうか？
若い時なら、訪ねた街や、国でそれまでの自分では知り得なかったことに触れ、世界の広さ、大きさを認識することになった出逢いだろう。異なった環境の中では、まったく異なった倫理観で人間が生きている。それが人間を知ることになる。

しかし今日の日本のようにテレビ・新聞・雑誌等で世界の情報が溢《あふ》れるほど送り込まれ、否《いや》が応でも今地球で何が起こり、なぜそんな情況になっているのかの説明まで聞くことになる。おまけに旅のガイドブックには、これでもかというほど情報が入っている。だから若者が旅へ出てもあらかじめほとんどのことはわかっている。

例えば、私が二十歳代の前半にニュー・オリンズへ一人旅に出かけ、白人に唾をかけられたような経験などは、今は皆無と言っていいだろう。

——白色人種の何十％かは、黄色人種を自分たちと同じ人間と考えていない。

こんな考えも、三十年近く経《た》った今では薄れて来ているのかもしれない。（そんなことは決してないのだが……）

つまり旅はそこに暮らす人間を見ることで何かを発見することなのだろう。

しかしこの頃の私は人間と逢って話をすることが億劫《おっくう》でしかたない。

ともかく、若い時代の旅と違って、ある程度旅慣れて来るし、美味い食べものと、美しい風景くらいしか思い出さなくなっている。

まあ、これは旅に限らず、日本での日常でも同じことが言えている。

——今日は何かいいことあったかな？

と考えて、

——ああ、吾妻《アズマ》橋のそばの洋食屋《アズマ》で食べたオムライスが良かったな……。

となる。

食通ではない私がこの程度なら、食事にうるさい人は美味い食べものにめぐり逢うたことはもっと印象に残るのだろう。

とは言え、食べもののことをしたり顔で話している男を見ると、私は嫌な気持ちになる。女性や子供、老人が口にするならわかるが、大人の男が自慢気に言うことでもあるまい。

旅の話に戻すが、私は美味い食べものも美しい風景も見られれば、それに越したことはないが、是が非でも旅先で求めるものではない。

「あの山の頂きから眺めるこの街の風景が最高なんですよ。是非行ってみましょう」

とガイド氏に言われて、山を仰ぎ見る。隣りに長友さんがいれば、すぐに顔を見る。

——あんた、あんな上まで行ったら疲れるで……。

という顔を長友さんはちゃんとしている。

「そうですか。さぞいい眺めでしょうね。でもよしときます」

「どうしてですか？　ここまで来て、あの眺望をご覧にならない手はないでしょう」

「そういう手が、私の得意手でして……」

「？、！」

登山家を尊敬する。

あの人たちは山を登ることが好きなのだ。

マラソンランナーを尊敬する。

あの人たちは走ることが好きなのだ。

トライアスロンをする人の神経などは、どういうふうになっているのか、想像もつかない。

そのせいか、外国へ行く前にガイド氏を選ぶ時、私は言う。

「本気になる人は避けて下さいね」

こうであるから、私の旅の希望は極めて少ない。

「ゆっくり休めるベッド、落着ける椅子があると最高ですね」

これが正直な希望である。

この後に続くものがあるとしたら……。

○いいバーを一軒。

○繁盛しているカジノを一軒。

○可愛い女性のいるアパートを一軒。

……となると、贅沢《ぜいたく》というものである。

結論から言うと、落着ける宿があればいいのだ。

「そこのホテルって、私も以前から一度泊ってみたかったんです」

空港からアンティーブの岬へむかう時に、ジャンヌが言った。

「マドンナもお忍びで泊ってたんですよ」

——ほうっ、そりゃ楽しみだ。

「ほう、あのマドンナかね……」

ジャンヌの言葉に、自分の部屋の隣りのテラスにマドンナが全裸で日光浴をしている姿を思い浮べたりする。

着いたホテルは門をくぐったあたりからなかなかの景観だった。アプローチがいい。

〝HOTEL DU CAP〟日本で言うと〝岬ホテル〟(正式名はオテル・デュ・キャップ・エ

デン・ロック）である。

チェック・インの間に長友さんと一階にあるバーで一杯。

広大な庭のむこうに地中海がかがやいている。ビールもよく冷えていて、

「なかなかやないの……」

と海を眺めている長友さんも満足気である。

さっそく昼食を〝ＥＤＥＮ ＲＯＣ〟なるレストランで摂《と》る。客たちがどこか気取っているのが嫌味だが、むしろこのくらいの方がホテルとしては過ごし易い。

食事の後に庭を散策する。

三〜四千坪はあると思われる庭にさまざまな木々と花が植えてある。

——ここなら一、二ヶ月居てもよさそうだ。

部屋に入って風呂に熱い湯をためて、汗を流す。ぼんやりしたところでビールを一杯やる。ベッドに寝転がって、『ナポレオン発掘記』（Ｆ・コクロー著、酒井傳六訳）を読みはじめる。ナポレオンの遺体を掘り出した記述がなかなか面白い。

〝そこに見えるのは、まさしくかれの顔であった。その顔を枕が幾らかもちあげていた。広い額、瞼《まぶた》の下に鮮やかにその眼球の形をみせ、数本の睫毛《まつげ》を残している両眼《りようめ》。両頬は鼻の下の方だけが、損なわれていた。口は半ば開かれており、非常に白い三本の歯がそこからのぞ

いていた。顎には明らかに髭《ひげ》の跡があった。両手はとくに、まるで生ける人のようであった。”

（「柩の中の皇帝と対面」より）

この時代の遺体処理が優れていたのに感心した。

ナポレオン生存説というのが、ナポレオンの死後もしばらくヨーロッパには流布していた。英雄にはいつもあることだ。

寝転がって、ビールをやりながら、ナポレオンの遺体のことを思うというのも妙ではあるが、優雅な気分もする。

外で乾いた音がした。

窓を開けるとテニスコートで一組の男女がプレイしていた。のんびりしていていい。

旅でめぐり逢うもので、何が一番印象に残るかというと、私の場合はやはり、何もせずにゴロゴロとして落着ける空間と時間である。

海辺の花の下で

〝岬ホテル〟の私の部屋は三階にあって、窓を開けると真下に花壇が見える。カトレア、アイリス、バラ、パンジー……、季節がら藤の花も咲いていた。

藤の花はずいぶんと昔からあるらしい。昔と言っても、人間が地球に誕生する以前ではなかろうか。

二日酔の頭を振りながら、花壇へ行ってみた。海からの風が広い庭の木々の間を抜けて来る。潮風と海辺に生える木々の匂いが重なると微妙な香りがする。私は海辺で嗅《か》ぐこの匂いが好きで、生半可な香水より、遥かに素晴らしいと思う。

このホテルのある岬から少し行った場所にグラースという街がある。カトリーヌ・ド・メディシスの時代から香水製造で繁栄した街で、フランスで最大の香水の生産地である。

人間が香水を身に付けるようになった原因のひとつは、体臭である。現代人のように風呂に入る習慣のなかった昔の人たちの体臭は現代人の想像を超えるものだったろう。これは火葬の風習を持たなかった遺体にも言える。先週、お話したナポレオンのセント・ヘレナ島の柩にも多量の香材が入れてあったはずである。死者が黄泉《よみ》の国へ行くという発想を持った昔の人にとって、死者の肉体が滅び、腐敗することは恐怖でもあったはずである。

その上彼等は現代人より、嗅覚が優れていただろうから、遺体もそうだが、他人の匂いに敏感であったと思われる。西欧人が香水を必要としたのは、彼等の食生活のためでもあった。肉食を中心にすると人間は脂肪量が増え体臭は強烈になる。

日本にも香道と呼ばれる、香を華麗に扱う作法がある。これも歴史は古くて、室町時代にはすでにはじまっている。宮殿の奥に暮らす姫君たちは普段十二単《ひとえ》などという、体臭を閉じ込め発酵させるような衣服を着ていたのだから、体臭は相当なものであったろう。

私は香水を使わない。私の周囲にも香水を使う人はあまりいないようである。日本人は匂いに鈍感だと言われるが、それは日本の風土、自然環境が、〝流れるもの〟に囲まれているからのように思う。海流は常に北へ南へ流れ、河も、風も流れ続けている。その中に立って生きて来た日本人は清潔であったのかもしれない。

藤棚の下に佇んで、ぼんやりとしていた。時折、海風に藤の花びらが舞い落ちて来る。手のひらに止まった。

私がたまたまこの国、この海辺へ旅に来て、花房を離れた花びらが、手のひらに止まった。

——なんだか、ロマンチックである。

もう二度と、この岬へやって来ることはないだろう。だとすると藤の花が咲いていたことも、この日の朝、花びらが落ちたことも、せつない出逢いに思えて来る。

藤の花を歌った、正岡子規の短歌があった。

〝甕《かめ》にさす　藤の花房《はなぶさ》短《みじ》かければ　畳《たたみ》の上に届《とど》かざりけり〟

これは晩年、子規がすでに病床にあった時の作品で、横臥《おうが》している子規は畳と同じ高さの視線で花瓶に活《い》けられた藤の花を見つめている。

あとわずかで、花の房は畳に届かない。このわずかなものが、もしかすると人間の生のすべてなのかもしれない。

私はこの歌を子供の時に知ったが、この歌を詠んで聞かせた教師が、

「人生の無情を歌っているんですな……」

と説明したが、悪ガキの上に癇《かん》の強かった私は、

「花房を引っ張りゃ、いいんじゃないのか」

と思った。（情緒のないガキである）情緒のない子供というか、感性のかけらもないというか、この手のものがほとんどわからなかった。それが歳《とし》をとって、いろいろと揉《も》まれているうちに、

——何かわかるような気がするな……。

となるから、妙なものである。

藤棚の下で、遠い日に出逢った短歌を思い出すのだから、旅はいいものなのだろう。

海辺の方から、若い男と女が花壇を抜けてホテルに戻って来る。女の肩にかけた白いショールが揺れている。楽しげに話をしている。女が笑っている。

若い男女が楽しげにしている光景は、まぶしく映る。〝しあわせの風景が、そこにある〟と、見ている方まで、おだやかな気分になる。

いずれにしても、ここはいいホテルである。静かなところがいい。

日本にはなかなかこの手のリゾート・ホテルがない。国土が狭いこともあるが、ホテルを作る人たちの発想も貧困なのだろう。

旅の暮しが長いせいか、これまでにさまざまなホテルに宿泊した。これは素晴らしい、とうなずけるホテルにはなかなか当らないものだが、それでもたまに、こんな所にこんないいホテルがあったのかというのに出くわす。そうなると外出はしないで、数日はホテルの中だけで過ごせる。好きな本を読み、酒を飲んで一日が暮れる。

私は二十歳代の後半から、三十歳代のなかばまで、海沿いにあるちいさなホテルで暮らしていた。偶然、そのホテルに出くわし、支配人やホテルの従業員たちから、家族のようにしてもらった。八年間のホテル暮しで、私はホテルでの日常に身体が慣れてしまった。

湘南の海に面していたから、夏などは騒がしかったが、それも日中だけであった。逆に冬になると、一日中波の音だけを耳にして過ごせた。

ホテル暮しで困るのは、食事である。シェフはいても、ホテルのレストランのメニューはさほど種類があるものではない。十日もすれば、飽きてくる。近くに美味いレストランでもあればいいが、日本のリゾート地にはそんな気の利いた店はない。私の場合はホテルの従業員の食堂で時折食べさせてもらった。これが美味かった。

私の場合は特別な例であるが、ホテルの長逗留《とうりゅう》者に、いいホテルは特別メニューを用意して、シェフの方で違った料理をこしらえる。勿論、ホテルの代金も割引きになる。これはホテル側が客の立場になって接待を考えるからだろう。

行き着くところは人である。いいホテルには、ちゃんとしたオーナーとマネージャーがいる。そこに働く人たちも自分たちの仕事が何であるかを理解している。面白いもので、人間の考えはホテルの景観にあらわれる。古い建物でもよく掃除がしてあり、調度品も手入れがしてある。ガーデンや玄関も自然と品が良くなるものである。

〝岬ホテル〟は夕陽《ゆうひ》も美しかった。

パブロ・ピカソがこのアンティーブの街を愛した理由もよくわかる。

己の復権のためにパリを目指したナポレオンには、おそらくこの海の美しさは目に入らなかったろう。

ピカソと皇帝

この〝岬ホテル〟のある場所から海沿いの道を東へ行くと、アンティーブの街がある。人口、七万人の港町だ。アンティーブの街が有名なのは、今もそこを訪れる人が後を絶たない、ピカソ・ミュージアムの存在がある。

二十世紀が生んだ巨匠、パブロ・ピカソは彼の生涯の後半を、このコート・ダジュールで過ごすことになる。

一九四六年、六十五歳のピカソはこの街のグリマルディの城と呼ばれる美しい城館の中で制作をはじめた。この城館自体が美術館であった。美術館の館長のドール・ド・ラ・スーシエール氏の好意で、一九四六年の九月から十一月まで、ピカソは美術館の中という特殊で、魅惑的な環境で制作に励んだ。四六年以前のピカソはブラックとともにキュビスムを創始し、〝青の時代〟から、〝バラ色の時代〟へ、そして近代美術の変革と呼ばれた『アヴィニョンの娘たち』（一九〇七年）、そしてスペイン人としての血が叫びとなって完成した『ゲルニカ』（一九三七年）と……、悲劇的な素材、攻撃的な素材を、絵画としての冒険を取り込み、表現して来た。

ところがこの時期の作品には、ピカソの企《たくら》みの部分が失せて、牧神たちが踊る姿やニンフたちの満ち足りた姿が、極めて軽やかなタッチで描かれて行く。

その原因は何から来ているのかとさまざまなピカソ研究者たちが考察した。彼等の総論としては、ピカソが引っ越す理由はふたつあって、ひとつは女性が変わる場合。（ピカソの引っ越しのほとんどは女性を変えるためだった）もうひとつは作品が転換期をむかえていたことである。ピカソのアンティーブ行きは、まさにこのふたつの理由が合致していた。

まずは女性。フランソワーズ・ジローとの関係がはじまり、彼女との間に二人の子供が誕生することになる。もうひとつはピカソの表現への興味が、溢れる陽光と三〇〇〇年来のギリシャ、フェニキアの神々にむけられ、彼は幸福について目をむけはじめる。

おどけた牧羊たち。陽気でにぎやかな牧神たち、ケンタウロス・ニンフといった伝説の存在にピカソは魅了される。

ピカソは夏の終りから冬の間、この街で制作に没頭し、絵画二十三点、デッサン四十四点を完成させ、美術館を去る。この時ピカソはこの作品群をすべて、この美術館に残して行くと告げる。仰天する館長にピカソはこの作品を常時展示するように言う。

彼自体が美術館であろうとしたのかもしれない。このひとつのエピソードにしても、ピカソが変容しているのがよくわかる。キュビスムを作り出した頃のピカソは画家とは絵画の媒介者であり、画家自体が作品に署名することを拒否していた。それが晩年には、己の作品が美術館になりうると考えている。この見事なほどの変容が、天才たる由縁《ゆえん》なのだろう。

ピカソの生きた土地は大きくみっつに分けられる。まずは誕生の地、スペイン。ピカソを絵画に目覚めさせ育て上げた、パリ。そして巨匠となっての後半生を過ごしたコート・ダジュールの街々である。

この日、私と長友さんはピカソ・ミュージアムへ出かけた。

なるほどミュージアムには大勢の観光客が訪れていた。

近くのスクールから来た子供たちがメモ用紙片手に、ピカソの作品に見入っていた。ヨーロッパへ来て、羨ましいと思うのは、子供たちが学習しようという気持ちになりさえすれば、そこに本物の美術品があることだ。

私は、絵画・彫刻、音楽といった類いの芸術を子供に理解させる一番の早道は、解説なしで本物と対峙《たいじ》させることだと思っている。あらかじめテキストで、その作品の先入観念が入った後でそれに触れるより、子供のゆたかな感性に真っ直ぐ作品をぶつけるほうが良い勉強になる。

「この女の人の目と鼻の関係おかしいんじゃないの？」

大人と違って子供は、そんなふうにピカソを見ない。

「あっ、こんな感じの顔をする女の人っているよね。なんだかとても楽しそうな絵だね」

とストレートに吸収するものだ。

おそらくそれが芸術を理解する基本であろう。

私が初めてピカソの作品に触れたのは、十歳の秋だった。当時、日本へ来たピカソ展が九州のデパートで行なわれていた。

それを息子に見せたいために、私の母は電車に四時間も乗って出かけた。ピカソを見た私は、何かを揺さぶられたらしく、翌日から絵を描くことに夢中になった。それでひとりの画家が誕生すれば、

——息子を画家にしたい。

という母の夢は叶《かな》えられたかもしれないが、この息子は絵に夢中になったあまり、病気になってしまい、両親を狼狽《ろうばい》させる。

ピカソ・ミュージアムの建物は地中海に面していて、庭に出ると海風が髪を撫《な》でる。

「なあ、ちょっと……」

長友さんの声がして、そちらへ行ってみると、館員のひとりが電気ドリルを手にして、ショーケースを分解していた。

「どうしたの？」

「このオッサンが、ケースの中にある皿を売ってもいいと言うとんのや」

「それでケースを毀してるわけ？」

「そうや、何やら価値がありそうやろ」

長友さんが得意気に言った。

「これって、金満家に見える日本人に対していつもここの館員が使っている手じゃないの？」

「そんな手の込んだことするかいな」

長友さんの見解に乗って、私も皿を二枚買わされた。

――旅の途中で、こういう毀れ物を荷物の中に入れたくないんだよね。

しかし買ったものはしかたがない。これから先、荷作りをする度に、この皿は私を悩ませることになった。

――ナポレオンは絵画に興味があったのだろうか？

私はなかったと思う。（但し、彼自身の肖像画に関しては違っていた）

イタリア遠征の折でも、彼は強奪した美術品をパリへどんどん送っている。美術品はナポレオンにとって、戦利品以外の何ものでもなかった。

――なら、ピカソはナポレオンをどう考えていたのだろうか。

おそらく興味すらなかったろう。ピカソの興味は、女性と絵だけであったはずだから……。

カジノの中をのぞいてみると

コート・ダジュールはヨーロッパのみならず、世界でも有数のリゾート地である。

地中海気候により、温暖であることもそうだが、それ以上にエメラルドの海と海岸線の美しさが、古来人々に愛されて来た。

人間の気持ちをなごやかにさせる風景は、昔から、山か海であったのではなかろうか。その山と海を比べると、月から地球を眺めてみればわかるとおり、絶対量が圧倒的に多い海の周辺で人々は暮らして来た。やはり人類は海のそばに佇むことを好んだようである。人類が海からやって来たという説もうなずける。

私自身も海のそばで生まれ育ったせいか、海を見ていると気持ちが安らぐ。山と海のどちらが好きかと聞かれると、やはり海とこたえる。山はどこか不気味な気がする。少年の頃、老人と二人で山の沢に分け入って渓流釣りに行ったことがあったが、ふとした拍子に老人とはぐれてしまい、老人があらわれるまでの小一時間、おそろしくて足が震えたのを今でもよく覚えている。かすかな音にさえ身体がびくついた。

やはり子供の頃、海水に入ると、身体が丈夫になると聞いた。夏の日、家の中でごろごろ

していると、

「ちょっと海にでも行って泳いで来たらいいんじゃないの。夏の間、海に入っていないと、冬に風邪を引くことになるわよ」

と母親が言っていた。

汐《しお》湯治と言って、昔の人は海に入って病気を治療していたから、やはり海水は人間の身体に良い影響を与えるのだろう。

その証拠に、海のそばのリゾート地へ行くと、老人たちの姿をよく見かける。

人が集まる場所には、当然遊び場ができる。

コート・ダジュールではカジノである。

中でも有名なのはモナコ公国だ。しかしこのモナコは、ここ数年今ひとつ景気がよくない。

これはヨーロッパの国々の経済不況が影響しているらしい。

昼間、ナポレオンの取材を終えた私と長友さんは、コーディネーターのジャンヌに、

「夜はくり出すよ」

と言っておいた。

「ここからならカンヌがいいですよ」

ジャンヌが嬉しそうに言った。

「何をニタニタしてるんだ？」

「へへへッ、カンヌへ行くと日本料理店があるんですよ」

「そりやいい。ひさしぶりに日本酒で一杯やりたかったところだ。ならステーキにトンカツでカジノにくり出すか」

「何ですか、それ？」

「ステーキの敵とトンカツの勝つで、敵に勝つと言うんだよ」

「へぇー、知らなかった」

「ひと昔前は皆そうして戦いに行ったんだよ」

「何の戦いですか？」

「高校野球とかね」

「そう言えば、昔はラグビーの試合の前も、そのパターンが多かったナ」

ラグビーで国体へ出場したことのある元・ラガーマンの長友さんが言う。

「二人とも体育会なんですか？」

「そうだよ。体育会系作家と体育会系デザイナーなんだ」

岬のホテルからカンヌまでは高速道路を車で飛ばすと、ものの三十分で着く。

「さあ、まずは日本食だ」

Ｆという名前の日本料理店に入った。店の中には有名俳優の写真が貼ってあった。

――そうか、カンヌでは毎年映画祭があったナ、それで俳優たちがこの店に寄るのか。

見知っている監督、俳優、プロデューサーの顔が見える。

ひさしぶりに日本食を食べた。少し料理が出て来るのが遅かったが、美味かった。

さてカジノと、建物の中に入ると、まだ時間が早いせいか客はまばらにしか見えない。

ルーレットの台に近づいて、ディーラーたちの顔を見る。ディーラーの顔を見ると、そのカジノのレベルがわかる。

ギャンブルに身を置く人間は肌の色に関係なく、或る種共通の表情をしている。映画や小説、コミックなどで描かれている鋭い目付きの怖そうな顔がギャンブラーというのは間違っている。形容がしにくいが敢《あ》えて言うなら、ギャンブラーは冷たい表情をどこかに持っている。冷血動物とは言わないが、ふとした時に見せるギャンブラーの表情には、やはりドキリとさせられるものがある。

そこのカジノのディーラーの何人かは、その表情を持っていた。

――ここはかなりのカジノだな……。

私はカジノの中にあるバーのカウンターに腰かけて、客が増えるのを待った。

ルーレットは客が少ないと勝負にならない。長友さんはすでにルーレットの台に座って遊びはじめている。

小一時間経過して、ようやくルーレットの方へ客が寄りはじめた。

若いディーラーがピンを投げている。

普通、カジノのルーレットのディーラーは数人（三人から五人）がチームになって、二十分から四十分働く。この中にチーフがひとりいて、彼が勝負のプラス、マイナスを把握していて情勢が悪くなると、ディーラーを交替させる。このチームが幾つかあって、ルーレット、ブラック・ジャック、バカラとローテーションをこなして行く。このチームには強弱があって、カジノの看板チームがある。猛者、強者のギャンブラーが大勝負を打ちに来ると、最強チームが登場する。その最強の中の看板ディーラーが、そこのカジノで一番強いディーラーである。このディーラーに若い者はほとんどいない。

やはりギャンブルで肝心なのは、経験なのだろう。

チームは休憩時間は奥で休んでいる。その時は監視カメラで客の張り具合や賭け方を見ている。

カジノで客に大金をなくさせる一番の方法は、まず勝たせることである。いちどきに百万円を勝った客は必ずと言っていいほど、その百万円でさらに大きく勝負をしようとする。肝心なのは、その百万円を取り込むパターンである。早過ぎても客は引いてしまうし、遅過ぎても逆に離れる。

波に乗せて、或るタイミングを見計らって一気に取り込む。そうすると客は懐から金を出すのに躊躇《ちゅうちょ》がなくなる。

カジノの方では、あらかじめ客が現金をチップに交換した時の金額が情報として入っている。客がどの程度、押し出して来るかは、はじめからちゃんとわかっているのである。

それでも客はカジノへ通う。ドストエフスキーのような人間がヨーロッパにはたくさんいる。それが面白い。

ルーレットの戦い

私はこれまで海外へ仕事で出かける度に、訪ねた国にギャンブル場があれば足をむけるようにして来た。

その国を知るには、私は遊び場を見て歩くのが一番だと思っている。遊びの中でも、酒場とギャンブル場には、如実にその国の人間の生き方があらわれている。

すべからく遊びは、余裕から生じるものだ。

例えば酒がどうして、この世に誕生したかと考えると、腹が減っているからと、木に生《な》っている果実をそのまま口の中に放り込んでしまううちは、人間はまだ他の動物と変わらなかった。ところがある程度、腹も満たされ、採って来た果実を洞窟の隅に貯めていたとする。それが知らぬ間に発酵して、指で舐《な》めてみると、何やら美味だし、ほんわかといい気分にさせてくれるものに変わっていた。

――うん、こりゃ、なかなかいけるぞ。

それを発見した人間が、仲間に教えてやる。

――おうおう、たしかにこりゃ美味い。おまけに気分も良くなって来たぞ。ウィッ！

そうなると果実を採ることには、別の目的が生まれる。それまで腹の足しだけに採っていた果実を寝かせて、発酵を待つことを覚える。この待つ行為が、すなわち余裕のはじまりである。本来、空腹を癒すものであった果実に、もうひとつの価値が生まれる。

ギャンブルとて、そうである。誰が最初にギャンブルをやりはじめたのか？　狩をして、種の保存のために子供をこしらえ、腹が減るとまた狩をした人間が、ギャンブルなどという、一見人間社会になんら必要のないものを生み出したか？

歌を歌ったり、踊りを踊ったり、洞窟の壁に絵を描いたりしはじめたことは、人間の感情や欲望の昂《たかぶ》りと関係しているから、その起源はわかり易い。狩での大収穫にせよ、耕作をはじめるようになっての大豊作にせよ、人間が悦《よろこ》びを表現しようとして大声を上げたり、叫んだり、踊ったりするのはごく自然の行為であろう。絵画とて、自分たちの捕獲したマンモスや勇ましい牛を、どこかに描き残したい気持ちは何となくわかる。

それがギャンブルとなると、私にはその起源には、人間のかなりハイレベルの余裕があったと思えてしかたない。

――それって、ギャンブル好きの勝手な考えじゃないんですか？

たしかにそれもある。しかしギャンブルのはじまりは、おそらくたわいもないゲームであったろう。猿のしゃれこうべを逆さにして、そこに小石を投げ合ったことがはじまりかもしれないし、マンモスの骨を穴に放り投げて、地面に落ちた骨の向きや恰好《かっこう》で遊んでいたかもしれない。

――おうっ、上手いね。

――待て、待て、俺の方が上手いって。

　そうこうするうちに、同じゲームをやるのなら、何か褒美《ほうび》のひとつもつけようじゃないか、となる。それがやがて、何かを賭けてゲームをやりはじめる。最初にギャンブルで賭けたものが何かというのも興味が湧く。やはり一番手は、食料とか毛皮とか生活必需品なのだろう。まさかいきなり、人間の命を賭けたりはしなかったろう。

　ともかくギャンブルの起源を考えると、そこに原始社会と決別する大きな人間の心理があったはずだ。

「この国にはカジノはありますか？」

　私は初めて訪れた国へ着くと、最初に、この質問をする。

「我が国では、ギャンブルは禁じられています」

　と素っ気なく言われると、

――そうなのか、つまらない人間が住んでいるんだな。

　と思ってしまう。

それからは何日滞在しても、退屈で欠伸《あくび》ばかり出て、部屋に閉じ籠り、帰国の日を指折り数える旅行になる。

カンヌでは、ルーレットで遊んだ。

ルーレットは穴をこしらえた円型の台を回転させて、そこにボールを投げ込み、どの穴に入るかを当てるゲームである。コルシカ島のカジノにあったブールはルーレットの原型である。

穴の数は1から36。それに0があって、37通りの数。カジノによっては0と00があり、38通りのタイプがある。0と00はカジノ側の余禄の数字である。ひとつの穴に入ったものを的中させると賭け金の36倍の金を得る。

——そんなもの当りっこないでしょう。

その通りである。ギャンブルの基本はリスクを少なくさせることである。丁半博打《ちょうはんばくち》のように、丁か半かの的中が50％の確率だから、ルーレットのひとつの数字に的中させることは、2.7％を狙っていることになる。この確率では客が勝つことは端《はな》っから無理に決っている。確率にリスクがあると思う客は、0以外の数字に赤と黒が付けてあって、赤と黒に賭ける方法がある。たまに赤か黒に、ドンと大金を賭ける客もいるが、それはルーレットの主客ではない。ルーレットで大金を賭ける客のほとんどは数字に金を賭ける。しかしそれはひとつの数字ではない。勿論、出鱈目《でたらめ》には賭けていない。

――たまたま、偶然、玉はその数字に入るんでしょう。偶然性に賭けてるんですか？

それは違う。ルーレットのディーラーは狙った数字に、まず80～90％の確率で投げ込める。この確率はディーラーによって差異がある。80％でアップアップしているディーラーもいれば、90％どころか、95％くらいの腕前のディーラーもいる。大半の客はルーレットの台が回転しはじめる前に、各数字にチップを張る。

――狙ったところにボールを投げ込めるのなら、客のチップのない数字に投げればいいじゃないですか。

ところが台が回転しはじめてからも、客は賭けることができる。台が回転すると、主客は一斉にチップを置く。

そのシステムでどのような賭けが成立するか？　客はディーラーが狙って行く数字を読んでチップを置く。私が見ていて、ルーレットで大勝負をするギャンブラーは、5通りから10通りの数字に賭ける。肝心なことはそのチップの配分である。それぞれの客には得意の数字がある。それでも最後の戦いは、0を基準の数字として争われる。客の方は0と両隣りの26、32に大量のチップを入れる。すると3または15にボールが落ちる。それでは0と15、3に賭けると、32に落ちる。ディーラーと客は紙一重のところで戦っている。この攻防をよく観察してみると、2.7％が50％以上の確率になっている。私の賭け方は、いろんなパターンで一晩賭け続ける。私にとって、5はラッキー数字である。ルーレットはディーラーとの勝負だが、最後は自分との戦いである。

他にもルーレットにはいろんな賭け方がある。それぞれ賭け率が違う。ルーレットの賭け率の多様性は、手本引きに似ている。ともかく面白いギャンブルではある。

フランス人は戦争好き？

旅に出てカジノなり競馬場に出かけて儲《もう》かったりすると、思わぬ余禄を授かった気がする。しかし大半の人は、損をして帰る。

そうでなければ、カジノは成り立つはずがない。面白いもので、一度勝った人はその次にそれ以上の金を賭けて、損をする。いずれにしても、ギャンブルは負けるようにできている。

二週にわたって、カジノとルーレットについて書いたが、ルーレットをテーマにした日本の小説では、阿佐田哲也こと色川武大の『ラスヴェガス朝景』という名短編がある。この作品を読むとルーレットのディーラーと客の関係がよくわかる。

二晩続いたルーレットを打ち止めて、岬ホテルを去る日、私たちはホテルの隣りにあるナポレオン博物館を覗いた。（本当にナポレオンの取材に来ているのだろうか？）

エルバ島からサン・ジュアン湾に上陸した時の資料や当時の兵士たちが使用していた銃や大砲が展示してある。

この展示物の中で私の興味を引いたのは、彼が民衆たちに配布したチラシである。上陸した一八一五年三月一日付けのチラシがある。れっきとした印刷物である。

「ジャンヌ、これ何って書いてあるの」

「ナポレオンが上陸したぞ。これから腐敗したフランスを強くて栄光のある国に変えるためにパリへむかうぞって書いてあります」

「ほうっ、じゃ、これは号外みたいなもんなんだ」

「そうですね。これってナポレオン御用達《ごようたし》の印刷屋さんが同行してたんですかね？」

「そういうことだな……」

「やりますね、ボナパルトさんは」

「そうだね」

ナポレオンは自己宣伝に長《た》けた人物だった。

例えば、外国での戦闘状況を本国へ毎日のように伝令を飛ばし、新聞に載せる原稿の内容まで、口述筆記をさせて送っている。

〝ナポレオンの見事な作戦で、またまた大勝利〟〝イタリアの民衆はナポレオンを歓喜の声で迎えた〟〝今ナポレオンは全軍を率いて雪の中を勇ましく進んでいる〟……等と、ともかく民衆が狂喜するような戦闘の報告をパリの新聞は毎日掲載する。

人々がナポレオンの勝利に酔い、フランスに栄光をもたらしているのは、ナポレオンのおかげだと民衆に焚き付ける。この宣伝効果は抜群で、ナポレオン軍に参加したいと申し出る若者が後を絶たなかったし、フランス国民にナポレオンがいかに偉大な英雄であるかを印象付けることに成功した。その証拠に、エルバ島からナポレオンが帰国した報告をするやいなや、国民の大半は彼の並外れた才智と力に、またフランスの将来を委ねようとした。島流しにされたナポレオンがいとも簡単に再び権力の座へつけたのは、民衆の支持による。

ナポレオンがパリへ入城する前に、すでにルイ十八世との戦いの決着はついていたのである。ここがナポレオンの非凡なところである。

彼が戦闘に長けただけの軍人ならば、後世にこれほど語り継がれる英雄にはならなかっただろう。彼は己の行動を演出し、装飾し、権威付けることにおいて、天才であったのだろう。アレキサンダー大王しかり、ジュリアス・シーザーしかり、自己宣伝に長けた人物が英雄として歴史に名を残している。

彼は将校時代にフランス革命を見て、民衆の持つ力の大きさを知っていた。

──衆を味方につければ、おのずから権力は引き寄せられる。

この基本理念がナポレオンの頭の中には常にあって、衆が欲するものは、強いフランスであり、栄光のフランスだと確信していた。

ナポレオンの戦闘報告を読むと、ナポレオン自身が自己陶酔している文面が多々うかがえる。権力者には得てして、このタイプの人間が多い。またそうでなければ、権力の座を保つことができない。

ナポレオンが人一倍ナルシストであることは、彼の生涯の行動を見ていけばわかるが、その中でもとりわけ彼が欲したのは、偉大な軍事能力を持つナポレオン像であった。政治家であるより、軍人であることを誇りに思っていたようだ。

見学に行ったパリの軍事博物館で見かけた、ナポレオンの戦闘における装備品の美しさには感心させられる。

戦旗ひとつをとっても、デザイン、色み、豪奢《ごうしや》さにおいて、当時のヨーロッパの軍隊の中で並外れて優美であったと思われる。

ナポレオン直属の近衛《このえ》兵の軍服、銃剣、大砲、馬具等は戦闘をするための道具というより、舞踏会へそのまま出られるような華奢《きやしや》なものである。

「海軍のあの軍服に憧れてね……」

戦前の日本においても若者が軍隊へ入る時によく口にしていた言葉だそうだが、軍隊というところは伝統として、〝伊達《だて》ぶり〟を大切にしていた。これは全世界共通である。

日本でも〝武者装い〟は、その典型だろう。およそ戦闘には無縁と思われる装飾が明治まで、鎧《よろい》、兜《かぶと》、刀には残っていた。武者たちのあの出《い》で立《た》ちを見ていると、私は極楽鳥を想像してしまう。極楽鳥の雄は雌の気を引くために、あんなに華麗な装いを身に付けてしまった。

ジャングルの中で極楽鳥が羽をひろげている姿と、戦場へむかう武者の馬上での晴れ姿はどこか似ていて、滑稽に映る。

ヨーロッパの博物館の中によくある展示物で、戦闘状況を説明したミニチュアの軍隊と戦場の模型がある。日本では、これが屏《びょう》風《ぶ》絵《え》などに描かれている。おそらく戦前までは日本にもこの手の模型がどこにもあったのだろうが、戦争放棄をし軍隊を持たなくなって、毀されたに違いない。

私はヨーロッパの土産品屋でよくミニチュアの家や人間を見かけて、

――どうしてヨーロッパ人は、ミニチュアが好きなのだろうか。

と奇妙に思っていたが、どうもミニチュアの起源は戦争のメモリアルを残すためにあったのではないかという気がする。

フランスが南太平洋で核実験を行ない、全世界のマスコミから批判を受けた。それでもフランス政府が強行した理由は、フランスが軍需産業大国だからだ。

フランス人はどうも戦争が好きな国民らしい。しかし、これはフランスだけではあるまい。もし日本が、あの戦争に敗れていなかったら、日本人は世界で一番戦争が好きな国民であったろう。それを考えると、空恐《おそ》ろしい。

フランス人の戦争好きは、ひょっとしてナポレオンから引き継がれているものかもしれない。

初陣を飾れば、すべてよし

　この連載がはじまってから友人に、

「ところで君はナポレオンのことを好きなのかい？　嫌いなのかい？」

と酒場で尋ねられることが何度かあった。

「読んだ感じはどう思う？」

「うーん、嫌いと見た」

「そうか……。正直言うと、好きでも嫌いでもない。しかしナポレオンのことでもう二度ヨーロッパまで行ってるし、資料も私なりに読んだからね。その時間を考えると、できれば好きになりたいとは思っている」

　しかし先はどうなるかわからない。

　ナポレオンの評価というのは実にまちまちで、お膝元のフランスでも賞賛する人もあれば酷評する人もある。それほどいろいろあった人物である。

　ナポレオンを支持した人たち、逆に反ナポレオンを標榜《ひょうぼう》した人たちのことを比較してみることは興味深いが、これは後の機会にする。

当時、ナポレオンをもっとも敵対視していた国は大英帝国である。ともかくイギリスはナポレオンをセント・ヘレナ島へ流してしまうまで徹底抗戦の構えを崩さなかった。この徹底ぶりが最後には、ワーテルローでナポレオンの息の根を止めることになるのだが、そこに至るまでのイギリスの反ナポレオン作戦はまさに国を挙げての攻撃だった。

そのイギリスのピット首相がナポレオンを、

「革命騒ぎの宝くじを最後に引き当てた男」

と蔑《さげす》んだ表現をしている。よほど頭に来ていたのだろう。

しかしピット首相の、最後の宝くじを引き当てた、という言い方は、ある側面で見ると間違っていない。

彼の年譜を見てみると、二十四歳から三十五歳までの出世の仕方には驚かされる。士官学校を出て少尉となり、生まれ故郷のコルシカ島でぶらぶらしていた頃のナポレオンはただの士官であった。フランス革命が勃発した時でさえも、まだ海のものとも山のものともつかない風采《ふうさい》の上らない若者だった。ヴァランスのジャコバンクラブに加入したり、パリでテュイルリーの示威運動に参加したりしているが、先行きはよろしくなかった。

それが突然歴史の晴舞台に登場するのは、ヴァンデミエールの反乱を鎮圧した時だ。これはナポレオン研究家の一致した考えだ。しかしその前に伏線がある。彼の戦闘における初勝利だ。

ナポレオン二十四歳の十二月。トゥーロン港においての攻囲戦に成功した戦いである。

ナポレオンがブリエンヌ兵学校へ入学し、雪合戦で戦闘指揮官としての天才的な能力を発揮したというエピソードが残っている。私も少年の頃読んだナポレオン物語では、雪合戦の最中、同じ歳の子供たちを少し高台から指揮しているさし絵を見た覚えがあるが、そんなことが実戦に結びつくはずはない。これはナポレオン英雄説に華を添えるために後の人が作ったものであろう。

とはいえ、初戦に勝つということは人生において重要なことである。日本でも戦国時代の武将は、彼の後継者になるべき継嗣《けいし》の初戦《はついく》さには相当気を遣っている。〝初陣を飾る〟という表現が現代にも残っているくらいだから、戦闘に勝つ感覚を身体に教え込むことは何より大切であるのを武将たちは知っていた。

相撲やボクシングなどで、親方やトレーナーが言うところの〝勝みを覚えさせる〟というやつである。

しかしプロスポーツなら、

「なかなか勝みを覚えんな……」

で済むが、戦争の場合はとっくに死んでしまっている。縦《よ》しんば何度かの敗戦に運良く生きのびたとしても、その指揮官と兵隊は、負けパターンを身体で覚えてしまっている。この手の軍隊はちょっとした戦闘の動静で、すぐに浮き足立ち、たちまち総崩れとなる。あとは身体で覚えている大逃亡である。

これとは逆に、劣勢の中での戦闘を勝ち切った指揮官と兵は強くなる。日本で言うなら〝桶狭間《おけはざま》の戦い〟で今川義元《いまがわよしもと》を打ち倒した織田信長の軍隊だろう。後の織田軍の飛躍は史実の語るところである。

ナポレオンはトゥーロンにおいての戦闘で、この飛躍パターンを手にしている。

一七九三年の八月にトゥーロンがイギリス・スペイン艦隊の支援を受けた反革命軍に占領された。これにあわてた国民公会が、すぐに鎮圧部隊を送り込む。この時、暇を持て余していたナポレオンに命令が下る。

この折のナポレオンがとった戦略は後の彼の戦いを象徴していたと言われるが、私は戦争に興味がないのでここでは書かない。ともかくナポレオンは初戦を見事に勝利した。

当時トゥーロンの港はフランスの地中海における重要な軍港であった。それは現在もフランス海軍がトゥーロンに最大規模の軍事力を置いていることでもわかる。

余談になるが、トゥーロンは日本の横須賀港のモデルとなった港でもある。私はこのことを旅の前に、ニューヨークに住むイラストレーターの黒田征太郎氏の手紙で知った。

「ぜひ、トゥーロンを見て来て下さい」

昔、船乗りだった黒田氏の熱い文面を長友さんから見せられた。

「ぜひともトゥーロンには行かなあかんな」

旅の前から長友さんは言っていた。

「そうですね。トゥーロンの戦いはナポレオンの出世街道のはじまりですからね」

私もトゥーロンへ行くのを楽しみにしていた。港町で生まれたせいか、海外へ出て港を見ると、なぜか安堵《あんど》する。

朝目覚めると、港巡りには絶好の快晴である。朝食の席でジャンヌが、

「昨日調べたのですが、すぐそばにいいゴルフ場があるらしいですよ。つい一ヶ月前に、そのゴルフ場でトーナメントがあったんですって」

とクロワッサンを食べながら言った。

「何やて？　もういっぺん言うてくれるか」

長友さんと私の目の色が変わる。

「ですから、ゴルフ場です」

「なんで、そないな大事なことを早う言わんのや」

「えっ、皆さんゴルフなさるんですか？」

「なさるやて？」

朝食が終る頃には、涙を呑《の》んでジャンヌとカメラマン氏にトゥーロンにむかってもらうことになった。ホテルの玄関で二人を送り出す長友さんと私の手の振り方の元気なこと。

「わしらの分まで、しっかり見てくるんやで」

「長友さん、なんか戦場へ可愛い兵隊たちを送り出す指揮官の気分ですね」

「ほんまや。できることなら替わってやりたいね。辛《つろ》うて、〳〵」

と言いながら、私たちはすでに着換えを終えたポロシャツのボタンをかけ直し、

「縦横斜めに、ラスベガスと金銀銅やろう、それにフランスやから、ナポレオンもやろか」

「それって何なの？」

「勝ったもんが、英雄で総取りや」

美しい日本人が醜くなったのは？

岬ホテルに別れを告げて、海岸沿いをニース空港へむかった。

「なんや、楽しい時間はすぐに過ぎてしまうもんやな」

長友さんが地中海を見ながら呟《つぶや》く。

海岸通りに大きなポスターが見えた。

「あれ、長友さん。あのポスター、ジンガロじゃないの？」

私が言うと、長友さんもうなずいた。

「ほんまやな。ちょっと見て行きたいな」

ジンガロは馬の曲芸団である。団長のバルタバスを中心に、調教された馬を巧みに操って、その芸を見せる。元々はジプシーの人たちで構成されていた。サーカスのように思われがちだが、その芸はしっかりとアートになっている。馬の美しさをこれほど引き出しているアートは見る人を魅了する。写真でしか、彼等の芸を見ていない私は以前から一度本物が見たいと思っていた。

「ジンガロが来るのは来月ですよ」

ジャンヌがポスターを見て言う。どうも文字が読めないというのは不便である。

二十数年前、フランスに来て、最初にぶつかったのが言葉の問題だった。

空港を降りてタクシーに乗り、運転手に英語で話しかけたが、まるで通じなかった。

フランス人は英語を積極的に話そうとはしない。空港や一流ホテルなら、英語はなんとか通じるが、一般の人はほとんど理解しない。若かった私は英語が世界共通語かと思って、フランス人に英語で話しかけたのだが、フランス人はフランス語をヨーロッパを代表する言葉と信じている。実際、フランスは産業革命が起こるまで、ヨーロッパ最強の国だった。今でもヨーロッパの社交界の人たちはフランス語が話せることがマナーのひとつになっている。

このフランス語を英語が追い抜いたのは、フランスがイギリスとの植民地争いに敗れたからだ。〝七年戦争〟である。イギリスがヨーロッパの大国・フランスに勝てたのは、ひとつはイギリスが産業発展を国政として推進し、国力をつけることに専念したからだ。ふたつ目の理由は植民地に渡っていたイギリスからの移住者がフランス人移住者より遥かに多かったからだ。そしてみっつ目が、フランスは世界における自国の威信を保つことが国政の第一義だったことである。フランスが考える世界とはヨーロッパ大陸だった。だからフランスは陸軍に軍事費のほとんどを費した。それに対してイギリスは植民地政策を第一義として海軍の育成に力を注ぎ、それが戦争の勝敗を決めた。

勝利したイギリスは広大な植民地を手にし莫大《ばくだい》な富を国にもたらす。その富がさらに産業革命を充実させた。一方敗れたフランスは植民地を失い財政難に陥る。そして窮迫した国の財政を救うために国民へ重税を課した。これがフランス革命へ繋がって行く。ナポレオンが生まれるほんの数年前のヨーロッパの状況だ。この植民地政策をフランスが失敗していなかったら、世界の第一共通語はフランス語になっていたかもしれない。私たちも学校で英語を学ぶのではなく、フランス語を学んでいただろう。

ヨーロッパの言語のルーツは同じである。英語、フランス語、イタリア語、スペイン語しかりである。英語もフランス語も同じ幹から出た枝だが、フランス人はフランス語を〝世界で一番美しい言語〟と思っている。少し極端な言い方だが、語彙の豊富さ、形容詞、冠詞の多さを見ると、フランス語には華やかさがある。それに実際、会話を聞いていて、言葉の響き、語感もいい。語感が良く思われるのは、言葉の韻の問題である。これは日本語にも共通している。

ナポレオンが話すフランス語はコルシカ訛りがひどくて、大変に聞き取り辛かったと書記たちが書き残している。フランス人に限らず、人間はその人の話し方で器量を判断することがある。都会へ出て来た田舎の人間を、その言葉遣いで嘲笑する人がいる。私はそういう人間を軽蔑する。日本語の方言は小説の表現の中でも大変に重要な位置にある。例えばひと口に京都弁、京ことばと言っても、古くから殿上人《てんじょうびと》が使っていた都ことば。商人たちが使っていた一般の商いことば。そして廓《くるわ》街の中だけで使われていた廓ことば、これにさらに左京区の北側や亀岡では北陸の言葉の影響がある。これらの言葉が使い分けられながら、京ことばは成立している。

フランス語には方言はあるのだろうか。おそらくあるのだろう。

「あの女性は南の出身よね」

「あの老人はバリバリのローザンヌ出身だね」

とかパリの人は言ってる。

いずれにしても、フランス人のフランス語に対するこだわりはたいしたものだ。

ニースの空港から、ミラノにむかう飛行機へ乗ろうと出発ロビーで待っていたら、

「ここや、ここやで」

といきなり関西弁が遠くから聞こえて来た。

見ると日本人の観光客らしき一団が、私たちの待つロビーにむかって歩いて来た。

「ほんまや、ミラノって書いたるわ」

元気な一団である。ひと昔前だと、海外で見る日本人は皆おとなしかった。言葉の問題もあっただろうが、何となく隅っこにいる感じがした。しかしそれはそれで物静かな国民に見

られて、良い点もあった。ところが近年、日本人旅行者の態度は堂々として来た。堂々までなら良かったが、近頃は態度が大き過ぎるのが目立つ。そういう人は決って団体旅行でやって来た人である。この集団における日本人の行動は目に余るものがある。

「そや、ここやで。なんや、ちいさい飛行機やな。大丈夫かいな」

静かだったロビーがたちまち日本語で溢れる。読書をしていた婦人が驚いて、彼等を見ている。

「長友さん、おたくの親戚ちゃうの？」

「いや、あれは生駒《いこま》とか河内《かわち》の方やな」

関西弁も微妙なニュアンスがある。

その中のひとりが禁煙の場所で、煙草を吸いはじめた。注意をしようと思ったが、ほどなく煙草をくわえて灰皿のある方へ行った。先刻の婦人が眉間に皺《しわ》を寄せていた。

「ジャンヌ、この人たち何系だろうね」

「ミラノだから、繊維関係じゃないですか。日本人の買付け方ってすごいらしいから」

——そうか、それで態度が大きいのか……。

チェック・インがはじまると整列せずにカウンターに集まって行く。

——醜い日本人だな。日本人はいつからこんなにマナーが悪くなったのだろうか？

一六一五年、ローマに日本から遣欧使節団が到着した時、ヨーロッパの人たちは日本人の礼儀の良さに驚嘆した。ローマ人は美しい人々と記している。これがほんの四百年で、この醜さである。

経済大国になり、海外旅行へ出かける人間が増えはじめ、旅行代理店の添乗員を顎で使い、漁《あさ》るように買物をする。この下品な旅のパターンが日本人の海外での行儀の悪さに繋がった気がする。

今や日本人はアジアで一番マナーの悪い人種になっている。まあ、正しいことですが。

ナポレオンはイタリアがお好き？

夕暮れのミラノの街に飛行機はゆっくりと降りて行った。

ニースからの飛行時間はわずか五十分である。国境を越えて飛んで行くというより、国内を往来している感覚だ。歴史の中で、フランスとイタリアはそれまで何度も諍《いさか》い合って来た。フランス人としてはヨーロッパ一の大国は自国だというプライドがある。イタリア人にすればルネッサンス以来芸術・文化・工業に関して、自分たちが常にヨーロッパの先駆者となって来たという自負がある。

ナポレオンは生涯で三度、イタリア遠征を行なっている。イタリアはナポレオンにとって幸運の国であった。

二回前に、この欄で書いたトゥーロン港の攻囲戦のナポレオンの成功の後、彼は梲《うだつ》の上らなかった下士官からいきなり陸軍少将に任命され、イタリア遠征軍に参加している。これがナポレオン・二十四歳の時である。遠征軍砲兵司令官としてジェノヴァに派遣された。ジェノヴァといえば、ナポレオンが生まれたコルシカ島が元々はジェノヴァ共和国の支配にあった。ナポレオンが誕生する一年前にジェノヴァ元老院によってコルシカはジェノヴァ共和国からフランスの統治下になった。だからほんの少しナポレオンの誕生が早かったら、彼はイタリア人であった。

陸軍少将でジェノヴァに派遣されたナポレオンは、戦争の作戦を決定する公安委員会にもっとイタリアに攻勢をすべきで国境防衛を強化しなくてはならないと提案するのだが、まるで耳を傾けてもらえない。それどころかジェノヴァからパリに戻って来たナポレオンは、転機にさしかかっていたフランス革命の派閥闘争に巻き込まれ、二週間余り投獄される羽目になってしまう。ほどなく、かけられていた疑いが晴れる。釈放後、公安委員会は反革命派の鎮圧のためにナポレオンを歩兵旅団長に任命するが、彼は歩兵への配属を屈辱と考えて拒否をする。公安委員会はいとも簡単にこの生意気な少将を除名してしまう。

無職となりパリの街に放り出されたナポレオンは彼の人生の中で最悪の日々を過ごすことになる。この時のナポレオンのみじめな様子はさまざまな記録に残っている。その日のパンにさえ不自由した二十五歳の困窮した青年、ぼろぼろになったフロックコート、薄汚れたシャツ、すり切れた靴……。身体は痩せ衰えて、見るも無惨であったという。

ところがこの除名がナポレオンに大吉運をもたらす。公安委員会の陸地測量部に勤めた先でテルミドールのクーデターで活躍した悪名高き政治家・バラスと知り合う。このバラスを、混乱をきたしていた国民公会は国内最高司令官に任命する。一七九五年十月四日のことである。革命暦でいうヴァンデミエールの十二日。この時すでに国民公会に叛旗《はんき》を掲げていた反乱軍、亡命貴族、軍人の兵力は二万から二万五〇〇〇人。これに対して国民公会の兵は正規軍五〇〇〇とパリ郊外に集結していた愛国者による志願兵一二〇〇であった。状況はすでに臨戦体勢にあった。しかもあきらかに反乱軍が優勢だった。政治的手腕に優れていても、バラスには軍事的才能はなかった。そのバラスが思いついたのが、あのみすぼらしい、たった一度の戦勝であるトゥーロンの攻囲戦の思い出をくどくど語る若者だった。バラスは弱冠二十六歳の青年将校を副官に任命する。副官とはいえ、ナポレオンの立場は軍事面から見ると国内最高司令官となった。

この戦いの（ともあれナポレオンの率いる軍隊が砲撃をくり返しただけだが）直後にナポレオンはバラスにかわって国内軍最高司令官になり、三週間後には師団長になる。イギリスのピット首相がナポレオンを揶揄《やゆ》して言ったところの〝革命騒ぎの宝くじを最後に引き当てた男〟となるわけである。

歴史の檜《ひのき》舞台に登場したナポレオンは翌年イタリア遠征軍司令官となって、一七九六年三月十一日にパリを出発する。その二日前の三月九日に彼は六歳上のボーアルネ子爵の未亡人のジョゼフィーヌと結婚している。新妻を持ったナポレオンはジョゼフィーヌに毎日のごとく伝令を走らせて便りを送っている。しかしこの時のジョゼフィーヌはナポレオンに他の新妻のように初々しい興味を示さない。その理由は彼女が男を、しかも洗練された大人の男を熟知していたからである。しかしそんなことはおかまいなしに、ナポレオンは恋文のような便りを戦場から送り続ける。純情である。

この戦場への関門が、あのアルプスである。アルプスを越えたナポレオン軍は快進撃を続け、五月十五日にはミラノ市に入城する。この戦いで、ナポレオンは厖大《ぼうだい》な戦勝金と食糧、馬匹を得る。アルプスを越える前のナポレオン軍は、軍隊と呼ぶより〝ぼろを着た荒くれの集団〟であった。その軍隊がわずか一ヶ月に満たない戦いで潤沢で華麗な軍隊に一変する。ナポレオンは自軍に必要な物資をすべて敗戦国から調達した。このシステムはその後ナポレオンの戦争のやり方となった。

翌年十二月五日、ナポレオンがパリへ凱旋した時にはすでに彼はフランスの救世主になっていた。

二年後、ナポレオンは執政政府を作り、その第一執政となる。しかしどうも今ひとつ彼の思うにまかせない政治情勢が続く。それを打開するのが一八〇〇年のイタリア戦役である。この遠征に出て、ナポレオンはまた活き〳〵とよみがえる。二年後ナポレオンはイタリア共和国の大統領となる。それが一八〇四年の皇帝の道へと及ぶ。皇帝となった翌年、彼はイタリア王にもなる。ともかくナポレオンにとってイタリアは幸運を呼んだ土地であった。

ミラノへ着いた夜、私は、皆して日本レストランへ出かけた。

「さすがミラノやな。豆腐が美味いわ」

長友さんが言う。

「この焼鳥もなかなかの味ですよ」

「うん、トンカツもいけるで。刺身の盛付けもお洒落やで、やっぱりイタリアやなあ……」

（なんのこっちゃ）

私たちがミラノへ行った時期は繊維関係の買い付け時なのか、日本人の姿が多かった。行儀の悪さは相変らずだが、街に出かけてふらついていると、ブランド品の大きな紙袋を手にしたオバサンたちが目に付いた。時折女性ブランドの袋を持ったオジサンもいた。（これはよくわからなかったナ）

翌日は市内にあるブレラ美術館の中庭にあるナポレオン像を見学に行った。像を見て驚いた。こんなハンサムなナポレオンの顔を見たのは初めてである。イタリア人はナポレオンにこれほど好意を持っていたのだろうか。そんなはずはあるまい。ともかくナポレオンの方はイタリアが好きではあったに違いない。

女性はどうして買い物が好きなのか？

ミラノのブレラ美術館の中庭にあるナポレオン像はえらくハンサムだった。
ギリシャ彫刻を思わせる目鼻立ちもそうだが、均整のとれた像の体躯《たいく》に私は驚いた。ヨーロッパ人の理想とする八頭身で、しかも鍛えられた無駄のない筋肉を持つ男性像になっていた。英雄に対する敬意とも畏れとも思えるこの強靭《きょうじん》で、美麗で、聡明《そうめい》なナポレオン像の傾向は、彫刻だけではなく何点も描かれたナポレオンの肖像画にも見られる。その代表は画家ジャック・ルイ・ダヴィッドが描いた『ナポレオンの戴冠式』であろうが、フランス新古典主義の代表的画家であるダヴィッドの作品にはまだ表情の中にナポレオンの面影がうかがえるし、体躯もさほど誇張が加えられていない。（とはいえかなりのデフォルメはあるが）それよりもアントワーヌ・ジャン・グロが描いたナポレオンは、その顔付きからしてナポレオンと同一人物とは思えないほど美男子に描いてある。グロの描いたナポレオンは今でもナポレオン縁《ゆかり》の場所へ行き土産品屋へ寄ると、必ず絵葉書の一枚になって売っている。（英雄好きに人気があるのだろう）
ダヴィッドもグロも（グロはダヴィッドの弟子のひとりである）ナポレオンと同時代に生きている。

ナポレオンはダヴィッドに肖像画を依頼するが、ナポレオン本人はグロが描く自分像の方を好んでいたらしい。理由は二人の画家の描いた顔を見れば一目瞭然である。

ナポレオン本人に一番近いものは、セント・ヘレナ島でナポレオンの柩《ひつぎ》を発掘し、開棺時の様子を聞いて描かれたスケッチであろう。五、六頭身のナポレオンの体軀がリアルに描いてある。世の英雄とは皆、美男に描かれてあるものだ。伝説の女性もしかりである。皆美女になっている。ジャンヌ・ダルクがそうである。

「こんなにいい男じゃありませんよね」

ジャンヌがナポレオン像を見上げて言う。

「実物はもう少し小柄だったろうな。けど仕方ないよ。彼は当時イタリア国王だったんだから、正確に、そのままを彫っていたら首を落されてしまったはずだよ」

私が言うと、

「裸の王様ってわけですね」

とジャンヌが言った。

「そういうことだ（上手いこと言うもんだ）」

ブレラ美術館は宗教画が多かった。ラファエロの『聖処女の結婚』、ルイーニの『バラ園の聖母』など名作がある。館内で、美術学校の生徒だろうか、名画を模写している若者を見かけた。

「長友さん、こういうところがヨーロッパと日本の美術の力量の差なんだろうね」

「そうやな。俺もミラノあたりに生まれてたら、今頃はダ・ヴィンチやミケランジェロクラスの画家になってたかもしれへんな」

――ほんまかいな？

美術館を出て、少し疲れたので、ティー・タイムにした。

「どこか綺麗な通りで飲みましょう」

モンテ・ナポレオーネの一角で皆してお茶を飲みはじめた。

すると目の前を日本人の中年女性の一団が足早に通り過ぎた。

「こっちやて。こっちにあるんちゃうの」

リーダー格のオバサンがガイドブック片手に通りのむこうを指さしている。完璧な関西弁である。そのリーダー格が小走りに歩きはじめると、皆が一斉に付いて行く。目がかがやいている。いや、かがやくというより、彼女たちの異様な緊張が伝わって来る。戦場の兵たちに似ている。さしずめあの声高のオバサンがサンダース軍曹というところか……。

ほどなくさきほどの集団が引き返して来た。手に手に大きな紙袋を持っている。

「こっちちゃうの？　×××の店は」

「あかんあかん、そっちへ先に行ったら△△△の店が仕舞ってまうがな」
「○○○の店はついでに寄ったらええんちゃうの」
「あかんて、△△△が先やないと」

×も△も○も、すべて一流ブランド品の名称である。しかしこのオバサンたちに、そのブランド品が着こなせるとはどうしても思えないし、着て行く場所もないような気がする。（失礼）よく見ると、その集団には中年のオジサンも加わっている。彼等の手には持ち切れないほどの袋。

――担ぎ屋さんかいな？

その集団と交差するように日本の若い女の子たちがやはりたくさんの買い物袋を持って歩いて行く。若い男の子の姿もちらほら見える。通りを歩いているのはほとんど日本人である。どうして日本人とわかるかというと、日本人の服装にはある種のパターン化されたものがある。それは彼らがブランド品を着ているからである。他のアジア人旅行者たちには、この傾向はない。その上奇妙なもんで外国で出会う日本人は言葉を交わさなくても、同国人だとすぐわかる。

――あれって、どうしてだろうか。

その上、日本人同士というのは外国で逢っても言葉を交わさない。これも妙な現象のひとつである。おまけに買い物袋を下げて走っているからよけいにわかりやすい。

今や世界の一流ブランド品メーカーにとって日本人は最大の得意先である。総売上げの十％を日本人が買っているブランドもある。実際街角やホテルのロビーなどで頑張って外出してきたオバサンを見るとほとんどが高価な一流ブランドのハンドバッグを持つなりスーツを着るなりしている。しかし哀しいかな、それがお洒落として身に付いている人は百人に一人か二人である。それでも彼女たちは海を渡ってブランド品を買い漁る。

私が残念に思うのは若者たちがオバサンたち同様にブランド品に夢中になることである。世界中どこの国へ行っても貴族の令嬢とアラブの一族以外あれほど高い服飾品を身に付けている若者はいない。若い時はもっと他に見なくてはならないものがある。物が容易に手に入らないことが、若者の思考の原点にある。だからこそ革新はいつも若者の手によってはじまるのだ。しかしどうしてかくも女性は買い物が好きなのだろうか。世の男性は女性の買い物好きで何百年と懐を痛めて来た。

先日、フランス近郊にあるナポレオンの妻、ジョゼフィーヌの館マルメゾンへ行った時、館の展示物の中にジョゼフィーヌが買った衣類や化粧品の請求書があった。今なら億の単位の請求書だった。ナポレオンはこの請求書の支払いに頭を痛めていた。

それを考えると、ナポレオンにも愛着が湧いてくる。

湖畔を響く美しい鐘の音

「さあ、明日は一日、美しい湖でも眺めて、ゆっくり休んで下さいね」

ジャンヌがディナーの席で言った。

「湖だけかいな？」

長友さんが言う。

「いや、あのそばにはカジノもあるらしいよ」

私が言うと、

「ほんまかいな。イタリアはカジノはないんと違うか」

長友さんが訝《いぶか》しそうに私を見た。

「それが、いったんスイスに入って、そこに〝飛び地〟でイタリア領があるんですよ。カンピョーネという街なんですがね」

「なんやそれ？　寿司《すし》屋のネタみたいやな」

「いや、本当に。私も初めその名前を聞いた時、干瓢《かんぴょう》ならひとつ巻かれてみようかって、思いましたからね」

「ふぅーん、なら期待しようやないか」

翌朝早く、ミラノから車を飛ばして、コモ湖のある山中を目指して出発した。

「少し出発が早過ぎるんとちゃうか」

「はい、それが昨夜新企画が出まして、途中にゴルフ場があるので見学して行こうということになりまして」

ジャンヌがニヤリとして言った。

「ほんまかいな？」

「本当です」

私がはっきりと返事をすると、

「なんで、そんな大事なことを早う言わんのや」

と長友さんは車の中でストレッチ体操をはじめた。

「いや、早くに教えて、子供の遠足の前夜状態になるといけないと思いまして」

「うん、そりゃ言えとる」

立ち寄ったゴルフ場は〝ＲＯＹＡＬ　ＣＯＵＮＴＲＹ　ＣＬＵＢ〟。

クラブハウスも立派である。ところがプレーをしているゴルファーはこの界隈《かいわい》の人が多く、皆田舎のオッサンばかりである。

イギリス以外のヨーロッパの人は近年までゴルフというスポーツにまるで関心を示さなかった。どこかでイギリス人の作ったスポーツをすることに抵抗があったのかもしれない。プロゴルファーの数も少なく、プロのヨーロッパのツアーもひどいゴルフ場で行なわれていた。それがここ数年少しずつ注目されるようになったのは、今はすっかりゴルフの本場になってしまったアメリカのツアーでセベ・バレステロス、ベルンハルト・ランガー、イアン・ウーズナム、ニック・ファルド……、といったヨーロッパの選手が活躍し、高額な賞金を稼ぎはじめたからである。では昔からヨーロッパ人はゴルフをしなかったかというと、そうでもない。フランスでさえゴルフ場は百以上ある。但し、そのほとんどが草は伸び放題で、6ホールとか9ホールのゴルフ場が多い。私の予測ではこれから先ヨーロッパ大陸にゴルフ場は増えるだろうと思う。ゴルフは他人と上手くつき合えなくなった現代人がプレーするには、陰鬱な面もあり大変適したスポーツだと思うからだ。実際、女子のプロゴルファーではスウェーデンの選手がこれから世界の中で活躍すると言われている。

ただヨーロッパのゴルフが発展できないとすれば、それはヨーロッパ全体の慢性的な不景気によるものだろう。不景気〳〵といっても、経済という怪物は金が集まるところには集まるようになっている。ヨーロッパは益々貧富の差が激しくなって行くのだろうし、階級闘争がそのうちはじまる。これが何十年に一度ヨーロッパ大陸で起こる戦争へむかうパターンである。

戦争には人間の持つ業が一番顕著にあらわれる。戦争こそが最大の消費市場であり、景気回復に繋がると考えている人間が上の方には、まだたくさんいる。

ゴルフを終えて車は北を目指し、少しずつ山の上へむかって走って行く。長いトンネルを抜けて目の前が開けると、そこに美しい水をたたえた湖があった。コモ湖の一帯は良質で豊富な水のために、繊維産業が発展し、その関係で日本人もよく訪れる土地である。

ジャンヌが選んでくれた、〝ヴィラ・デステ〟というホテルは湖に面した品のあるホテルだった。やはり日本人旅行者が数人いた。何やら大きな買い物袋を手にして、ロビーをうろうろしている。

――やれやれ、ここまで来て、買い物狂騒をやるか。

それを除けば、部屋の窓からの眺めといい、散策したホテルの庭もなかなかのものであった。

――ここなら仕事もゆっくりできそうだ。

そう思ってフロントに降りて、長期滞在の様子をマネージャーに尋ねたが、特別な割引はなく、わずかに二週間単位のディナーがついた割安プランがあるだけだった。

ディナーまで原稿を書いて、ファックスで日本へ送る。

――まったく誰がファックスなんてものを考え出したのだろうか。

ディナーは村のレストランで摂った。野菜がことのほか美味《おい》しい。さすがに水がいいのだろう。私は魚を食べたが、コモ湖で捕れたものなのか。

ディナーが終ると、ジャンヌの運転するワゴン車でスイスへむかう。ナポレオンはこの道を越えて来たのか。あの頃、ナポレオンが自動車を持っていたら、彼に続く兵隊はさぞ大変だったろう。スイス国境で兵隊たちにチェックを受ける。

さあ、カンピョーネで頑張るぞ。カンピョーネに着くと、道端にぎっしり車が駐《と》まっていた。

「まさか、これが皆カジノの客だったりしてね」

と冗談を言っていたら、これがそのまま客たちの車で、どうもイタリアからやって来ることがわかった。ギャンブル好きは本当にマメである。

カンピョーネのカジノは規模といい、レートといい、ヨーロッパでもかなりのものだった。思わぬところに良いカジノがあった。少々勝って帰りは深夜タクシーで戻った。

翌朝、鐘の音で目覚めた。

まともな生き方をしていないから、とうとうご臨終かと一瞬思ったが、窓を開けると、朝陽にかがやく湖畔に澄んだ鐘の音が木霊していた。数キロ先の対岸から水の上を滑って届く鐘の音は実に敬虔《けいけん》な響きをしていた。

今まで聞いたどの鐘の音より、美しく聞こえた。これだけでもこの地を訪ねた価値があった。

ナポレオンの耳

北イタリア、ロンバルディア州にあるコモ湖の湖畔で聞いた鐘の音はまことに美しい音色だった。これまで旅へ出てさまざまな場所で、海潮音、滝の音、牧歌、讃美歌……などの美しい音色を聞いて来たが、この鐘の音は、その中でも最上級の音色だった。

私は対岸から届いて来る鐘の音を聞きながら、どうしてこんなにこの音色は美しいのだろうかと考えた。

勿論、鐘そのものが美しい音を奏でているのはわかる。しかし対岸の古くてちいさな教会の鐘の音がイタリアでも名だたる美しい音色という話は耳にしてはいない。

それなら、私が鐘の音を聞いた場所に、美音の恩恵があったのではと思った。

その恩恵の要因を探ってみると、まずひとつには、コモ湖がかなり高地にあり空気が澄んでいて、音の伝達に適していたこと。

ふたつには高地にある湖の特徴で、四方が山に囲まれていて、私が鐘の音を聞いたホテルが湖畔にあり、丁度擂《す》り鉢《ばち》の底で音を聞く恰好になっていたこと。

みっつめは、対岸の教会が私の立っていたホテルの最上階の部屋より、やや高い場所にあって、湖水に斜めに当って跳ね返った音の角度が上手い具合に窓辺に届いたのではないかと思われること。

よっつめは、音を反響させたものが水であったこと。これは推測だが、しかも硬質な水であったのではと思われる。その上、その朝は微風で波もざわめいていなかった。

いつつめは、水以外で音を反響させるものに、水際まで生えた大きな針葉樹林があり、その樹林にホテルが囲まれていたこと。

むっつめの要因は、おそらく風向きが対岸から、ホテルにむいていたからだろう。（これはその日の午後、ホテルのマネージャーに聞いて、この季節、風はアルプスから吹いて来るので、対岸からこちらへむかうということだった）

そうしてななつめの最後の要因は、何といっても早朝であったせいだろう。人のざわめきも車のエンジン音も、ホテルの庭先やロビーから届く雑音がなかった。

まさに早起きは三文の得であった。（とはいえ早くに目覚めたのは、ひどい時差のせいではあったが）

このななつの要因のうち、よっつめの水のことだが、波もなく、むろん風音もせずほとんど音のしない沖合いで、ヨットのデッキか何かに佇んでいると、遠くからの音がまことによく届く。船影はまだ見えなくとも、船笛の音だけが聞こえ、それから一時間後に船を目にすることがある。音が水の上を滑るのだろうと、私はその時に思った。かたちもなく目に映らない音が青い水の上を滑っているのを想像するととても叙情的に思える。

次にいつつめの、木の反響のことである。

こちらは先日、岐阜県の山間にある恵那《えな》郡（現中津川市）付《つけ》知《ち》町という場所を訪れた折、そこで木工家具を製作していらっしゃる早川謙之輔氏から伺った。

「都会にある最先端の技術で完成させたコンサートホールで聞く音より、森の中で聞く音の方が素晴らしく澄んで、真っ直ぐに耳に届くものです」

「どうしてですか？」

「それは木の幹、枝、葉、地面に舞い落ちた枯葉……、すべてのものが、音を浄化させてくれるからです」

「ならコンサートは森の中でやるといいわけですね」

「しかし森の中へいっぺんに大勢の人は入れませんから……」

なるほどと思った。

その夜、私は山間の旅館にひとり横になって、物音のしない時間を過ごした。山の音がかすかに耳の底に響いて来るような気がした。

少年の頃、近所の老人と二人で渓流釣りに行き、途中はぐれてしまい、私は小一時間ひとりで老人が探しに来てくれるのを待ったことがあった。

——山の中ではぐれたら、その場を動かないように。

そう言われていたので、ひたすらその場で待つことにした。そのうち雨が降って来た。この山の奥での雨の音というのが、まことに奇妙だった。森の中だから、空から真っ直ぐに地面に落ちて来る雨は少なく、ほとんどが枝や葉をつたって落ちて来る。その音色が皆違っていた。町中で聞く雨音には強弱くらいしかないが、森の中で聞く雨音は、誰か人が話しているふうに聞こえた。それが子供ごころに怖かった。

雨音に混じって、背後から獣の足音のようなものがふいに聞こえると、思わず身体が竦《すく》んだのを今でもよく憶えている。

これまでに数度、音を意識して小説を書いたことがあるが、どれもたいした出来映えにはならなかった。

今は酒と普段の放埒な暮しで身体のあちこちが悪いが、少年の頃は元気だけが取柄の子供だった。しかし唯一患っていたのが中耳炎だった。最近はほとんど見かけないが、私は長い間、耳鼻科の医者がよこす耳に被せる布製の黒い菱《ひし》形のカバーを右耳に付けていた。風邪を引けば、白いマスクで済むし、怪我《けが》をすればこれも白い包帯である。しかしあの黒い布には、どこか陰湿な病いの雰囲気があった。同じ歳位の少年が同じものを付けて歩いている姿を見ると、目を背けたくなった。

耳なりをよく聞く少年だった。

地虫が鳴いている声に似ていると言われたが、以前地虫の鳴く声をテープで聞かされて、本当に似ていると思った。だから聴覚には自信がない。なのに私はよく音色のことを書こうとする。聞こえないからよけい焦がれるところがあるのかもしれない。

音楽の時間に、#、♭と言われて、半音上がる下がると言われても、まったく理解できなかった。それで音楽のデモテープをもらい作詞家として、いっとき暮らしていたのだから、今から考えると大胆な仕事をしていたと思う。

ナポレオンの耳はどうであったろうか。

コルシカ島にいた少年時代は別にして、彼は士官学校での専門が砲兵戦である。

砲兵のほとんどは、その爆音で耳をやられている。おそらくナポレオンは難聴の人であったろうと思われる。

その上、日々戦場で聞く音は砲撃の音と突進する兵の半狂乱に近い雄叫《おたけ》び、鼓笛の音、馬の蹄《ひづめ》の音、馬車の軋《きし》み……、どれを取っても静かに耳を傾ける音色は存在しない。

ナポレオンの肖像を見ていると、少し首をかしげて相手の話を聞いているようなポーズが多い。思慮深くも見えるが、あれは難聴のせいではなかったのだろうか。

ナポレオンのお正月

さて読者の皆さんはどんなふうに正月を過ごされたろうか。

正月が楽しいのは子供だけだろう。

大人になると、正月ほど厄介で面倒なものはない。明けましておめでとう、と言われても何がめでたいのか、さっぱりわからない。

自分のことを振り返って考えてみても、楽しい正月などはなかったように思う。

ナポレオンはどうだったのだろうか。

彼の生涯のうちで、楽しかった新年はあったのか？　もっともナポレオンの時代には新年を祝う風習がなかったし、暦が革命暦であったから、今とは事情がまるで違っている。

それを承知で、現代の暦で彼の年表を見て行くと、素晴らしい一月一日は、第一回イタリア遠征を終えて、パリへ凱旋した後に迎えた正月である。

一七九七年十二月五日の夕刻、ナポレオンは二十一ヶ月の長い不在の後に、パリへ到着する。ナポレオンが凱旋することは、イタリア遠征を機に発刊された「軍報」に逐次書き立てられ、この記事がパリの新聞に転載されていたから、これを読んでいたパリ市民は熱狂して、英雄を迎えた。パリの店という店のショーウィンドーにはナポレオンの肖像画が飾られていたという。

翌十二月六日、ナポレオンはバラス邸で夕食を摂り、その後に続く歓迎式典にほぼ毎日出席することになる。

イタリア遠征時から議会の命令にいっこうに耳を傾けないナポレオンを快く思っていなかった政府も、熱狂した市民に対しても、彼の盛大なセレモニーを催さざるを得なかったらしい。凱旋将軍にはさまざまな名誉が与えられる。フランス学士院は彼を物理と数学部門の会員として迎える。このことをナポレオンは大変に喜んで、アカデミーに対して破格の援助をしている。

当時、ナポレオンとジョゼフィーヌの屋敷があったシャントレーヌ街は、勝利を祝して〝ヴィクトワール街〟と改称したほどだ。

パリ市民たちは一目だけでも英雄の姿を見たいと、毎日この屋敷を取り囲んだそうだ。

イタリア遠征中に勝利を重ね、ほとんどイタリアで王のごとく振舞って来たナポレオンだったが、やはりパリで市民たちに囲まれて過ごしたいっときは、彼をことのほか満足させたに違いない。

これがまずナポレオンが初めて体験した素晴らしい元旦であったに違いないと思われよう

が、それがそう上手く行かないのが、ナポレオンなのである。

これほどの祝福を受けていたにもかかわらず、ナポレオンがイタリアからほぼ毎日のように手紙を送り続けていた新妻、ジョゼフィーヌは不在だったのだ。

夫の執拗《しつよう》な誘いに仕方なしにイタリアを訪れていたジョゼフィーヌは、パリへ凱旋する夫にローマへ行ってからパリへ戻ると告げて、イタリア各地をのんびりと旅をしていた。ナポレオンからは早くパリへむかって旅発《たびだ》てという命令が毎日届いていた。それでも彼女はなかなか旅発たなかった。

理由があった。彼女の愛人、イポリット・シャルル大尉がその旅に同行していたからだ。ミラノからパリまでは一週間もあれば充分に行ける。しかし彼女がシャントレーヌの屋敷に着いたのは、ナポレオンが帰ってから一ヶ月後の一月二日だった。

翌一月三日の夜十時半に外務大臣タレーランがこの一ヶ月の間で三度も中止した祝宴が催された。

タレーランと五百人の招待客が待つ、バック通りの外務省のサロンに、軍服を脱いで学士院会員の緑の服を着たナポレオンと黄色地に黒の刺繍《ししゅう》のほどこされたギリシャ風のチュニックを着たジョゼフィーヌが腕を組んであらわれた。

真夜中の祝宴だった。食事の間もオーケストラが演奏を続ける。食事が終ると、ダンスがはじまる。もし当時新年を祝う習慣があったなら、ナポレオン夫婦にとっては、さぞ有意義な松の内であったろう。

ジョゼフィーヌが一ヶ月もかかって旅をしたミラノからパリを、私たち一行は空からアルプス越えをして小一時間で飛んで行った。

シャルル・ド・ゴール空港からパリに着くと、私は甘いものが食べたくなって、市内にある甘味処《どころ》へ行った。

「葛切りと抹茶を下さい」

私が言うと、白玉あんみつ、ぜんざい、大福餅、とかたわらから声がかかった。

「あんなにお酒を召し上がる方が、よく甘い物を食べられますね」

ジャンヌが言う。

「私は両刀でね。日本の酒場で一杯飲む時もチョコレートやゼリーをけっこう食べるんだよ。それに疲れていると甘い物が欲しくなるらしいよ」

「お疲れなんですか？」

「ああ、今朝方までカジノにいたからね。少し寝不足だ」

「へぇ～、朝までカンピョーネにいらしたんですか？」

「旅も終るんでね」

「まだパリ滞在の日数はありますよ」

「わかってるさ。イタリアの旅が終るんで、少し踏ん張って遊んだのさ」

「ハハハッ、それってすごく強引な遊びの言い訳ですね」

「言い訳はどんなものにも無理があるもんさ」

「で、今夜はどうなさるんですか？」

「せっかくパリまで来ているんだから、今夜は〝リド〟か〝クレイジー・ホース〟へ出かけてパリジェンヌのショーでも見物してみようか？」

「ハハハッ、中年のおのぼりさんみたいですね」

「歳から言えば充分に中年だろう」

「いや、長友さんもそうですが、皆さん年齢より若く見えますよ。私、パリへ来てからいろんな日本人の方のコーディネートをしましたけど、自分で仕事をしている人は企業に勤める方よりずいぶん若く見えますよ。あれって、どうしてでしょうね？」

「さあ、どうしてだろうな……。ただ私の田舎の母などは、近所の同年齢の人より若く見えるよ」

「はあ……、家系で若く見えるんですか」

「そうじゃないよ。たぶん近所の人はもうとっくに隠居して、静かに暮らしているのに比べて、私の母はまだ働いてるからじゃないかな。仕事っていうのはほとんどが厄介事だからね。その厄介をさばくには気持ちが張ってないといけないんだろうな……。働くってことは気持ちが張っているんだよ」

「なるほど、気持ちが張りつめて、お肌にも張りが出るってことですね。私、早く仕事をやめて、何もしないで過ごすのが夢なんですが、早く老けてしまいますかね？」

「さあ、どうだろう」

今の考えが少し的を射ていたとすれば、ナポレオンは晩年まで若者のように見えた人ではなかったろうか。

ナポレオンと若き詩人

ナポレオンとほぼ同時代に生きたフランスの詩人にアルフレッド・ド・ヴィニーという人がいた。

一七九七年に生まれて一八六三年に没しているから、ナポレオンがフランスを揺るがした時代に青年期を生きていたことになる。

ユゴー、ラマルティーヌ、ミュッセと並んでフランス浪漫派の四大詩人のひとりとして挙げられる詩人である。日本に紹介されている彼の著書は少ないが、フランスにおいては著名な詩人だ。

彼の作品の中でとりわけ優れているのは、『軍隊の服従と偉大』という小説であろう。この散文色の濃い小説はヴィニー自身が十四年間勤めた軍隊生活がモチーフとなっている。ヴィニーは己の軍人としての姿勢を問いながら、当時の軍隊に対する批判、軍隊の日々の暮しが人間の性格に与える影響、そして最後には戦争そのものに対しての批判を述べている。

ナポレオンの時代にこのような作品を書くことは勇気がいっただろう。ヴィニーの讃美者のひとりであったユゴーは彼が一八二九年にコメディー・フランセーズのためにシェイクスピアの『オセロ』を翻訳した時以来、彼の作品と人柄を称讃し続けた。

現代でもヴィニーがフランス人に愛されているのは、彼の人生観、人間的な謙虚さにあるように思われる。彼は当時の権力に迎合する他の詩人たちとは行動を共にすることをよしとせず創作活動を早々に引退し、余生を質素に送ったからかもしれない。

今回はどうして、日本では知名度の低いフランスの詩人の話からはじめたかというと、このナポレオンの旅でのパリ滞在の時もそうだが、ここ数年パリでの常宿にしているホテルの名前が〝ホテル・ド・ヴィニー〟だからだ。

私がこのホテルに宿泊しはじめたのは六年前の晩秋のことである。それまで私はパリに仕事に出かけた時、旅行会社やコーディネーターに用意してもらったホテルに泊まっていた。仕事優先のホテルはやはり戻って眠るだけのビジネスホテルのようなところが多かった。

パリにはホテルが多い。それも感心するのは、超一流ホテルから五流・六流と思われるホテルまで、ちゃんと客がいて、ホテルが機能しているところだ。中にはシャワーもないホテルも存在する。

シャワーがなければどうして身体を洗うか？

盥《たらい》一杯の湯を部屋に持って来てくれるのだ。元々、近年までフランスの庶民には日々湯に入るという習慣はなかった。それは日本人も江戸前期までは同様であった。

しかしどうしてこのようなホテルが現在も存在するかと考えると、中世からパリはヨーロッパの中の都であった。当然、さまざまな夢を抱いてパリへヨーロッパ各地から人々が集まって来た。その人たちが泊まったり、いっとき暮らすためにパリには下宿屋が増えた。下宿は宿とは違う。部屋を貸すだけの商いである。だがパリの下宿の婆さんたちは親切であった。下宿人や旅人をつかの間持て成す人情味があった。勿論その時代だからシャワーなんぞはない。盥一杯の湯を提供した。その名残りが現代もあるのではなかろうか。

私はかねがね、そんな人情味のあるホテルに泊まりたいと思っていた。しかしなかなかそんな機会は訪れなかった。

そんな折、私は〝バルザック〟というホテルに宿泊した。このホテルは当時、パリに勉強に来ていた私の妹が見つけたものであった。

「兄さんはホテル・リッツやホテル・ド・クリヨンなんかの一流ホテルより、こんなホテルの方がいいんじゃないのかしら」

妹に案内されて泊まったそのホテルは満更でもなかった。ホテルの前の狭い通りが、ＲＵＥ ＢＡＬＺＡＣ、バルザック通りであった。たしかに通りの入口には、あのバルザックの像があった。

一週間余り泊まっていた夜、バーでホテルのマネージャーから、

「数日後にとても感じのいいちいさなホテルが目の前にオープンします」と聞かされた。

ちいさなホテルと聞いて興味が湧き、オープン前に見物に行った。

そのホテルはバルザック・ホテルから通りをはさんだ（もっとも通りといっても道幅は五、六メートルだが）斜め前にあった。

しっかりとした英語を話せる新ホテルのマネージャーが案内してくれた。部屋数は三十部屋そこそこのプチホテルで内装も洒落ていた。パリで問題のバスルーム、湯の出具合も良かった。最後に案内されたのが、マネージャーも気に入っていたのだろう、バーだった。ここはもう仮営業をしていた。バーテンダーたちの顔付きもなかなかである。バーのインテリアや調度品はアールデコでまとめてある。

「何かお飲みになりますか？」

「そうですね。ドライマティーニをステアで」

私の声をすでにバーテンダーは聞いていて、ちいさくうなずいた。

このドライマティーニが美味かった。パリ中のバーを探しても、これほどのドライマティーニを出せるバーテンダーはそう何人もいまい。もうひとつ気に入ったのが、バーのカウンターにいた客が〝ＰＡＲＩＳ　ＴＵＲＦ〟紙を読んでいたことだ。〝ＰＡＲＩＳ　ＴＵＲＦ〟

紙は競馬新聞である。

――よし、このバーはいい。

「ところで、このホテルの名前は？」

「〝HOTEL DE VIGNY〟。ヴィニー・ホテルです」

「ヴィニーとはどういう意味ですか？」

「フランスの有名な詩人の名前です」

「ほうっ、バルザックの後がヴィニーですか」

翌日、仕事でスペインに行ってパリに戻って来る私は、この〝HOTEL DE VIGNY〟を予約して旅発った。

この詩人はあのナポレオンのことを、一八二二年に詩作「モーゼ」の中で、あの全能のモーゼとナポレオンを重ね合わせて称讃している。

この時、ナポレオンはすでに亡くなっている。

ナポレオンは当時の詩人にとっては、神のような存在だったのかもしれない。

勿論ナポレオンはバーなどとは無縁だが……。

酒には、救いの手があるのか？

外国へ出かけて、ちょっと気の利いたバーへ入ったら、ドライマティーニを注文する。ドライマティーニはカクテルの中で、バーテンダーの技量がもっとも顕著に、その味にあらわれるからだ。ドライマティーニでなければ、サイドカーでもよい。サイドカーは、カクテルの起源と呼ばれている酒だ。ドライマティーニは言わば、訪ねた家で出されるお茶のようなものかもしれない。お茶の味を見れば、その家なり、会社なり（料亭でもいいが）がどの程度のものかわかる。

ともかく、ホテル・ド・ヴィニーのバーのドライマティーニは絶品であった。おそらくもっと美味で称讃に値するドライマティーニが他のパリのホテルのバーにはあるのかもしれない。しかし私はパリで一流と呼ばれるホテルのバーへ足をむけてきたが、これ以上に美味いドライマティーニは飲んでいない。とは言え人間の味覚の基準ほどあやふやなものはない。この頃、日本のテレビで料理の名手？　と呼ばれる調理人の腕比べの番組をやっているが、あれは調理を仕上げるまでの過程が面白いのであって、出来上った料理を吟味する輩《やから》がとてもじゃないが味などわかる顔付きをしていないし、それは所詮日本人には無理な注文である。

料理の味などというのは嗜好《しこう》が偏向するし、これが本物の味だと断定するには、やはり子供の時からそれらの料理を舌がうろ覚えをしていないとわかるはずがない。

私は雑誌などでグルメ評論をしている人間にいつも疑問を感じている。本物の味を彼らがわかっているのだろうか。あれは一種の詐欺ではないのか。その詐欺が必要なのが、今のマスメディアなのだろう。

酒の味はまことに難しい。

私も何度か、ワイン通と呼ばれる人たちの会へ嫌々参加して、一流と呼ばれるものを賞味してみたが、ワインも或《あ》るレベルに達して来ると皆目味のことはわからなかった。元々食生活が違う日本人にはワインの味覚が、十年、二十年でわかるはずがない。ワインの学校があると聞くが、それも怪しいものである。

味は三代と言うらしい。味にこだわった祖父が孫に少しずつ良しとするものを味合わせて、その孫が成人し、壮年になった頃に、

——そういえば祖父《じい》さんの言っていたワインの味はこれかもしれない。

この程度であろう。

味は別として、酒が紀元前からあることは歴史の事実である。私が想像するに、人間が生存するために必要最小限の要素が満たされた後に、いくつかの余事が誕生し、その中のひと

つに酒があったのではと思う。酒がチーズやヨーグルトのように偶発的に誕生したとは思われない。酒はやはり古代においても人間にとって必要なものではなかったのだろうか。酒は古代から人間の友であったし、これからもそうあり続けるだろう。

酒の味を、いや正確に言うと、酔うという行為を知らない人もいる。それはそれでいいと思う。しかし私は酒の味を知ってしまったから言うのではないが、酒は上手に手の内に入れて、人生のかたわらに置いて生きて行くと、なかなかの友であることは間違いない。

人間が生き続けることはかなりしんどいことである。酒はそのしんどさを時折、やわらげてくれる。

先日、オリックスのイチロー選手と対談した折、彼から、

「酒って、本当においしいんですか？」

と聞かれた。

「はい。勿論酒はおいしいし、その上、人間を救ってくれることがあるんです」

私は断言した。イチロー選手は、うなずきながらも、やはり今ひとつ理解していない表情をしていた。この人には今のところお酒は必要なものではないのだろう。

ところが私はこれまでの半端な人生の中でさえ、何度も酒に助けられて来た。うさを晴らすとか、嫌なことを忘れるとか、世間一般で言われていること以上に、酒は私の危険な性格

やごつごつした感情の流れを、ほろ酔い、はしゃぎ酔い、泥酔の中で、やわらげてくれた。

酒ほど人間のこころの奥底が表出する鏡はない。

ひとりの人間がこころの奥底で考えていることは、他人には到底わからない。

ひょっとすると当人でさえわからないのではと、私は自分のことと照らし合わせて、そう思っている。時折人は想像もしなかった出来事に遭遇し、思わぬ行動をとってしまうことがある。

——なぜ、あんなことをしてしまったのだろうか？

たとえ突発的にとった行動であっても、まさか自分があんなふうにするとは思わなかったと、己のことを何もわかっていなかったのに驚くことがある。その行動が残忍であったりすると恐怖を覚えるだろうし、慈悲深い行為であった時は逆に面喰《めんくら》ってしまう。

ともかく人間は大人になる過程でさまざまなものを抑制して行く。或る人は信仰でそれをコントロールし、或る人は道徳的に生きることを良しとして、己をかたち作ろうとする。その正反対の人たちもいる。すべての欲望や衝動を、そのまま行動に移し実行する人たちである。憎悪をそのまま暴言、暴力で解決したり、愛情をそのまま、独りじめにしたり溺愛というかたちで表現する。自己中心で他人の迷惑など考えもしない人間と言ってしまえば、それまでなのだろうが、必ずしも気持ちに素直であることが、社会の中で問題になるのかと周囲を見てみると、そのまま生きて行けている人もいる。しかしそれで生をまっとうできる人は、よほど恵まれた環境に居るか、その人を受け入れる大きななにかが（例えば才能とか財力とか）生まれつき備わっている人である。

私たちはそういうものを、幸か不幸か持ち合わせていない。何らかの方法で、己の奥底から頭を持ち上げて来そうな怪しい感情を抑制して生きている。他人を憎んだり恨んだりすることが増幅すれば、やがて殺戮や戦争に及んで行く。

それほど危険なものを抱いて生きている人間にとって、酒はやはり救いの手を差しのべてくれる友なのだろう。下戸の人が不幸なのだと言ってるのではない。

「いや、私も酒が飲めたらと思ったことが何度もあるよ」

下戸の人のこの言葉は何度も耳にした。

私はでき得れば、酒の味は少しわかった方がいいと思う。

人間の厄介なものを、少し盃《さかずき》なりグラスに溶かしてしまう行為は、大人の上手な生き方の術《すべ》ではないかと思う。

ヴィニーのバーの話を書くつもりが、妙な酒飲みの弁護になってしまった。

ナポレオンが酒を好きだったのかは、今はまだわからない。おそらく、酒は彼の愛すべき友ではなかったろう。名誉、権力、征服欲……、彼には酒より酔いごこちのいいものがあっただろうから。

フランス人は愛人がお好き

パリの街を歩くと、カフェーや公園で恋人と思われる男女が、人の目もはばからず抱き合ったりしている光景に出くわす。若い時に初めてパリを訪れた時、この光景に私は少し面喰った。話には聞いていたが、たぶんそんな光景は映画の中だけに存在するものだと思っていた。パリの人たちは仲睦まじくしている男女を街の風景のひとつくらいにしか思っていないかのように、恋人たちのそばを通り抜けて行く。

恋に堕《お》ちた男女は相手のことしか目に映らないし、四六時中そばにいても飽くことがない。或る種の病気と言ってしまえば、そうなのだろうが、恋愛の只中《ただなか》にいる二人にはお互いのことが世界のすべてだ。

フランス人は恋愛をしている男女に寛大である。

日本人とフランス人の恋愛・愛情に関する考え方の違いが顕著に出た例が、ミッテラン大統領の隠し子が発覚した時のフランス人の受け止め方だった。週刊誌パリ・マッチが望遠レンズで隠し撮りした大統領の愛人の娘の写真を掲載し、政治家のプライバシーを扱わないことを伝統としてきたフランスのメディア界に賛否の論争を巻き起こしたが、その記事を読ん

だフランス人（主に男性だが）たちの反応は、

「まあ、そのくらいのことはあるだろう。ミッテランとて男だものな」

「けどちゃんと面倒を見て、子供もしっかり育っているのは、彼らしいな」

といった具合だったらしい。

これが日本の首相であればどうだろうか。マスコミは上を下への大騒ぎになり、テレビのワイドショーのレポーターたちが愛人と子供を探し出し、悲劇のヒロインに仕立て上げる。これが日本の首相たる人間のする行為か、女性蔑視だ、許されない……と囂々《ごうごう》たる非難であろう。首相退陣にまで発展してしまうに違いない。下半身のことは問わず、という言葉が日本にあるが、どうもそれとはニュアンスが違っているようだ。

〝愛人《ラマン》〟。

どうもフランス人は愛人の存在に対して寛大のような気がする。

「それは君、男と女が出逢って恋に堕ちたら、それはしかたのないことだろう」

「そう、そのとおりさ。自分たちにもひとつやふたつそんな経験があるものな」

そんな会話がカフェーでなされていたのでは……。たしかミッテラン大統領の愛人は彼よりかなり歳下であった。

「ミッテランが羨ましいわい」

新聞記事を読んで主人がつぶやく。

「あんたとミッテランさんじゃ、男の格が違うでしょうが」

台所から女房の声がする。

フランス映画を見ていると、何年かに一度の割で必ず製作される映画がある。それは年老いた男と若い女性の恋愛映画である。またか、と思いつつもつい見てしまうのは、そこに男の夢のようなものがあるからだろう。この男と女の図式を、きっとフランス人は好んでいるに違いない。日本の映画でいうと、ひと昔前の忠臣蔵のようなものではないかと思う。

日本人は勧善懲悪が好き。

フランス人は（善悪は措《お》いておいて）歳の差のある恋愛が好き。どうもこのあたりに、日本人とフランス人の恋愛というものへの考えの違いがある。愛人はフランスのお家芸らしい。

ナポレオンの時代にも、社交界では愛人たちが華麗に生きていた。

ナポレオンの最初の妻・ジョゼフィーヌも愛人の代表のような女性だった。

若き士官、ナポレオンが初めてジョゼフィーヌに逢ったのは、その当時パリでもっとも著名なテレジアのサロンであったと言われている。この時ナポレオンは彼の軍事的能力を高く評価していた国内軍司令官バラスに連れられてサロンに出むいた。そこでナポレオンは社交界の華であったボーアルネ将軍の未亡人を一目見てこころを揺さぶられる。この二人の子供を持つ未亡人こそが、後の皇帝夫人であるジョゼフィーヌだった。ところがナポレオンとジョゼフィーヌの間に立つ、バラスがジョゼフィーヌを愛人にしていた。そんなことはうぶなナポレオンはまるで知らなかった。

ジョゼフィーヌは社交界では〝陽気な未亡人〟と呼ばれ、恋愛だけが彼女のすべてのように生きていた。

この未亡人とナポレオンの縁結びとなるのは当時総裁政府の命令で行なわれていた武器狩りだった。或る日、ナポレオンのいた参謀本部に十四歳の少年がやって来て、ナポレオンに、共和国の将軍だった父のサーベルを返してもらいたいと申し出た。この少年がジョゼフィーヌの息子、ウジェーヌ・ド・ボーアルネだった。ナポレオンはこんなに幼い少年が父親の剣を欲しいと願っていることに感激して、そのサーベルを少年の家に届けさせる。少年は泣いて喜んだ。翌日母親であるジョゼフィーヌがナポレオンのところへ礼を述べに行く。ナポレオンも彼女の家を訪れる。これが二人の交際のはじまりである。もっとも優雅な子爵夫人にこころ奪われたのはナポレオンだけで、二人の関係は一方通行のかたちではじまった。

ナポレオンは美しい未亡人に贈り物を送り続ける。高級な首飾り、ダイヤモンド、ショール……。しかし未亡人はいっこうにこの風采の上らない軍人に興味を抱かない。彼女はバラスの愛人であり、社交界の華として夜毎《よごと》の逢引きの相手と闇に消える日々を送っていた。ジヨゼフィーヌがナポレオンに興味を持つのは、彼がバラスから国内最高司令官に任命されてからだ。この時初めてジョゼフィーヌはナポレオンに手紙をしたためている。と言っても親しくしておいて損のない友人のひとりへのメッセージとしてである。ところがこの手紙を読んで、ナポレオンは感激し、彼女の家を訪れる。やがてジョゼフィーヌはナポレオンに身をまかす。これでナポレオンは完璧にジョゼフィーヌに籠絡されてしまう。なにしろ、ジョゼフィーヌは男性方の快楽のための手練手管に長けた女性であった。ひとたまりもなかったろう。

ナポレオンは彼女と結婚することを決意する。それを聞いて、バラスは驚く。

——愛人として接しておけばいい女なのに。

バラスはその頃、ジョゼフィーヌに飽きて他の若い愛人に想いが行ってしまっている。この結婚はバラスにとって好都合だった。

それで二人がすぐに結婚をしたかというと、そうでもない。ジョゼフィーヌが迷った。

——なぜか？

「だって私はあんな軍人の妻になるより、こうして社交界でいろんな男と恋をして、愛人として生きていた方が楽しいのに……」

どうやら愛人とは、フランス女性にとってひとつのちゃんとした生き方だったらしい。

知らぬはナポレオンばかりなり。

パリの中のナポレオン

パリのあちこちにはナポレオン所縁《ゆかり》の建造物が多い。

その筆頭は凱旋門だろう。

現存する凱旋門は、皇帝に就任し栄華を極めていたナポレオンが、一八〇六年に全世界に誇れる建築物を作ろうと、建築家シャルグランに命じて建設をはじめた。

しかし五年後の一八一一年、五メートルの高さまで建築したところでシャルグランが亡くなり工事は中断した。工事が再開しはじめた頃ナポレオンの凋落《ちょうらく》が見えて来た。この未完のままに放置された凱旋門を完成させたのは、オルレアン公フィリップ＝エガリテの子ルイ・フィリップであった。

一八三六年に完成した凱旋門を、ナポレオンは一八四〇年十二月十四日、セント・ヘレナから棺の人となってくぐり抜ける。

何とも数奇な運命である。

しかしパリを訪れる人たちはパリ市中の地図を眺めて、パリの街がこの凱旋門を中心にひろがっていることを知る。パリは凱旋門の位置とセーヌの川景を頭に入れておけばいい。

それは東京が皇居を中心に街並みが作られているのと同じである。都内の番地を決定する時、一丁目と二丁目の基準は皇居に近い土地が一丁目となる。

このことを私はタクシーの運転手に教えてもらった。パリはどうなのだろうか。私はフランス語が話せないので、タクシーの運転手に聞くことができないのでわからない。

この凱旋門から真っ直ぐシャンゼリゼ通りを抜け、コンコルドのやや東側からオランジュリー美術館の脇を抜け、チュイルリー庭園を過ぎると、ルーヴル美術館の入口に辿り着くのだが、このルーヴル美術館の前に建つガラスのピラミッドのすぐ手前に、ミニ凱旋門がある。

このカルーゼルの凱旋門から丘の上に立つ本舗・凱旋門を覗くと、ちいさなアーチの中に可愛い玩具のように凱旋門がおさまって見える。

カルーゼルの凱旋門のアーチが銃の照門、コンコルド広場のオベリスクが照星、そのむこうの凱旋門が標的となっていて、遠大な照準線をなしている。

観光客はこの手の仕掛けがお好きらしく、大勢の観光客がここで記念撮影をしている。

天の橋立を股の間から眺めるのに少し似ている。

ガラスのピラミッドは世界的建築家である中国系アメリカ人のI・M・ペイが建てたものだ。ひと昔前のポンピドゥー・センターにしても、シャルル・ド・ゴール空港にしても、フランス人は建築物に対して他の先進国よりこだわりがある。パリ市内で新しい建築物を作る時、その法規制の厳しさは世界一だと言われている。京都などあれだけ住民や寺院が反対しても、街の真ん中にどうしようもないホテルを建ててしまった。要するに文化などというものは、とうの昔に日本人とは無縁となっているのだろう。

本舗・凱旋門とミニ凱旋門の仕掛けを書いたが、これとは逆の方角のラ・デファンスに新凱旋門が出来ている。この新凱旋門は建築される折、パリっ子たちの猛反対にあった。特に年老いた頑固なパリっ子たちはパリ市長を攻撃した。しかし新凱旋門は建設された。京都もパリもさしては変わらないわけである。

そう言えば、この凱旋門はミラノにもあった。

「ミラノにも〝平和のアーチ〟と呼ばれる凱旋門がありますけど、ご覧になりますか?」

ミラノを出発しようという朝にジャンヌが突然言い出した。

「そりゃ君、ナポレオンの取材で来ているんだから、見とくべきでしょう」

「どんな凱旋門ですかね? パリみたいかしら、楽しみですね」

ところがこの凱旋門がなかなか見つからない。やっと見つかった凱旋門は何やらいつ打ち毀されてもしかたのないような状態でひっそりと公園の端にあった。

これから美しく修理がなされるのか、工事の土台が組んである。

「なんか淋《さび》しいもんやな」

長友さんが言う。

「堀を埋められた大阪城ってとこですかね」

「ほんまやな。栄華の夢やな」

パリ市内をナポレオンの軌跡を辿って歩いた。ナポレオンが出世する発端となったヴァンデミエールの反乱の折、押し寄せる群衆めがけて砲を構え、榴散弾《りゅうさんだん》を撃ち込んだ場所をたしかめると、そこは今買物のために走り回る日本女性があふれる通りになっていた。砲を構えた教会の前には、買物でくたびれた日本女性がしゃがみ込んでいた。

コンコルド広場には、エジプトのオベリスクが建っている。私はずっと、この塔はナポレオンがエジプト遠征の戦利品に持ち帰ったものだと信じていた。まったくのまちがいであった。塔の下には、この塔をどうやってパリまで運んで来たかを説明する図解が刻まれてある。

大英博物館もそうだが、ヨーロッパの博物館はほとんどが略奪の戦利品の陳列だ。

これほど文化の認識が変容した現在でも、なぜ博物館がそれらの文化遺産を略奪した国へ返却しないのか、私にはよくわからない。

ヴァンドーム広場には、ナポレオンがアウステルリッツの戦いに勝利をおさめた記念柱が立っている。一八一〇年というからあの凱旋門をナポレオンが建てようとした頃である。これはローマにあるトラヤヌス帝の記念柱をモデルに作られた。このモニュメントは、アウステルリッツの戦いでオーストリア・ロシア軍から奪った一二〇〇門の砲を溶かして作られている。いかにもナポレオン好みの製造法である。

パリの中でナポレオンの形見が残っているのは、アンヴァリッド廃兵院であろう。

ここにナポレオンの棺も安置されている。

廃兵院に入ると、フランス軍の歴史がすべてわかる。そうしてフランス軍の栄光のほとんどが、ナポレオンそのものであったことがわかる。

廃兵院の周囲には、ナポレオンの時代の砲が陳列してある。

私たちが廃兵院を訪ねた日、ちょうどフランス陸軍のセレモニーのためにナポレオン時代の銃やサーベルを借りるために陸軍の小隊が来ていた。

軍服を着た伍長《ごちょう》のような壮年の兵と、私よりふた回り近く若く見える青年がかしこまって廃兵院のスタッフの話を聞いていた。

彼等の腰には本物の銃があった。

——そうか、フランス陸軍は今も生きているんだったな。

若いフランス兵にとって、ナポレオンはいかなる存在なのだろうか？

「昔の夢だよ」

そう言ってくれると嬉しいのだが……。

ナポレオンを悩ませた浪費癖

パリのアンヴァリッドの軍事博物館に展示してあるナポレオンの遺品の数々を見たが、さして興味を抱かなかった。

コルシカ島のアジャクシオにあったナポレオンの生家を訪れた時も同じ感想だった。

それは例えば、ここがモーツァルトが作曲をした家と部屋ですよと言われても、ずいぶんちいさな机だなと思ったくらいで、特別感慨が湧くわけではないのと同じだ。

日本の中を旅していても、

――川端康成が『伊豆の踊子』を執筆した部屋です。当時の机も執筆に使った文具もそのままです。

と旅館の番頭さんに言われても、そこにあるのは古い文机《ふづくえ》だけで、それ以上の情は抱かない。

ただ或る人の生家などを訪ねて興味が湧くのは、二、三百年では大きく変わってはいないだろうと思われるその土地の地理、気候、風土、住んでいる人々の様子などである。

この連載の旅のはじめにコルシカ島を訪れて、地中海に浮かぶこのちいさな島が、なぜあのルソーまでにコルシカ独立論を唱えさせたかと考えてみたが、コルシカがヨーロッパの歴史における特別な島（勿論、ナポレオンがここで生まれたことが最大の要因だが）であったのは、地理的条件もそうだが、私にはコルシカの海から山が突き出した地形にあるように思えた。島は決して沃野ではなかった。沃野に生きる人間はどこか穏やかである。自然の恩恵に抱かれていれば何とか生きて行けるからだ。それとは逆に何もない土地は攻撃的な性格の人間を輩出させる。現に今でもコルシカ独立運動はこの島で起こっている。あの切り立った山に生い茂るマキと呼ばれる灌木を見た時、あの木々の中に潜み、権力の転覆を狙う人々の血の継承にうなずける気がした。

人間の人格形成にとって、その人が何を見て来たかは極めて重要なことだ。

歴史の中に名を残す英雄・偉人と呼ばれる人たち（両方とも好きではないが）は皆その人の自己形成期に、その後の生き方へ影響を与える何かを見ている。

ナポレオン少年が賢母・レティチアに手を引かれて、このマキの灌木の中を彷徨《ほうこう》した姿を想像し、その折少年が何を見たのかを、私は考えた。それだけがコルシカ島の印象であった。

パリの中をナポレオンの軌跡を辿って歩いたが、あまり興味を引かれるものはなかった。たぶんに連夜のカジノ通いの疲れもあったかもしれない。

その中に唯一面白いと感じたのは、あのジョゼフィーヌそのものと思える、マルメゾンの城館を訪ねた時だった。

マルメゾンはパリから西へ車で三十分、副都心ラ・デファンスにほど近い位置にあった。

「また雨ですね。先週来た時も雨で撮影ができなかったんですよ」

ジャンヌがフロントガラスに映る雨空を見て言った。

「そんな場所がよくあるね。何度訪れても、この街は雨ばかりだって土地が」

私が言うとカメラマン氏も、

「そうなんですよね。あれってどうしてでしょうね」

と呟いた。

「単純に運が悪いってことですかね？」

ジャンヌがハンドルを切りながら言った。

「それって、私たちが運が悪いってこと？」

私が聞くと、

「い、いや、そうじゃなくて。日本からみえる撮影スタッフでも天気にツイていない方がいるんですよ。一般論ですよ」

ジャンヌがあわてて言った。

——そりゃ、運が悪いってことじゃないか。

マルメゾンは別名〝ローズの館〟と呼ばれている。

館の主のジョゼフィーヌがバラを愛したからである。

ジョゼフィーヌがバラを好んだのは、少女の時、両親が彼女をローズ、ローゼットと呼んでいたせいもある。ジョゼフィーヌと愛称を付けたのはナポレオンである。生まれた時の彼女の名前は、彼女の誕生の地である西インド諸島のマルティニック島のトロワ・ジレ教区の台帳に残っている。マリ・ジョゼフ・ローズ・タシェ・ド・ラ・パジュリだそうだ。このローズの名で少女は呼ばれていた。

雨の中、観光バスが数台駐車場に見えた。今なおジョゼフィーヌの化身のようなマルメゾンはパリの観光名所のひとつらしい。

ここにはジョゼフィーヌの幼少の頃からの愛用品、各地から寄せられたナポレオンの愛用品、そして皇后になってからの贅を極めた服飾品の数々が展示してある。

他にはナポレオンを描いたダヴィッドとグロの肖像画がある。館の周囲は花で囲まれている。ジョゼフィーヌが世界各地から取り寄せて栽培し育てた花が今も温室の中に咲いている。花の方は庭が工事中で見ることができなかった。もっとも人の手でこしらえられた花は気味が悪いので見るつもりもなかった。

この館で、私の興味を引いたのは、ジョゼフィーヌ宛に送られて来た請求書だった。

宝石類の請求書、ワインなどの食料品の請求書もあった。この請求書の金額が今のお金にすると、どれほどの価《あたい》になるのかは正確には聞かなかった。案内をしてくれた館の青年は、〝Ｔｒｏｐ　Ｃｈｅｒ〟（ものすごく高い！）とだけ目を丸くして言った。

ともかく金をよく使う女性であったようだ。

ナポレオンはジョゼフィーヌの浪費癖に対して、時折怒りに満ちた言葉を残している。フランスで一番、いや当時のヨーロッパで一番の権力者でさえが呆れるのだから、ジョゼフィーヌの金遣いの見事さは相当なものだったのだろう。

男にとって悲劇は幾種類もあるが、金遣いの荒い（凄《すさ》まじいの表現の方がよりいっそう悲劇に拍車をかけるが）女を養わねばならない立場に立った男ほど悲劇はなかろう。

「どうしてあの女と別れっちまったんだ？」

「いやあ、ともかく金遣いが並じゃない」

「そうか、そりゃしようがない」

十人中九人は男がその女と別れた理由に納得するだろう。

「わあ、こんなに可愛い靴を履いてたなんて、ジョゼフィーヌってしあわせね」

背後でジャンヌの声がするが、私はじっと請求書を見ていた。

――ナポレオンもこの請求書を見たのだろうか。

おそらく彼はこれを見て深いため息をこぼし、或る時は逆上したに違いない。

――わかるよな。

今回、人間が何を見て来たかで、その人の後の人生が決定づけられると書いた。ジョゼフィーヌは少女の頃から、長い時間鏡を眺めたり、水浴の後で澄んだ水に自分の姿を映して、優美なポーズをとったりしていたらしい。そんな自分を西インド諸島の現地の少年がうっとり見つめるのを楽しんでいたという。

この少女はコルシカの少年とは端っから違うものを見ていたのだろう。

咲いているうちが花

「あらっ、こんな素敵な靴をジョゼフィーヌは履いていたのね。このデザインは今でも充分通用するわ」

ジャンヌがマルメゾンの城館の二階にあるジョゼフィーヌの装飾品を眺めながら感嘆の声を上げている。

私は展示コーナーの隅にあった古い請求書の明細を見ていた。

それはおそらくジョゼフィーヌに来た途方もない量の請求書のほんの一部であろう。

「よくこんなものが残っていましたね」

と私が案内の青年に尋ねると、

「これは請求書を出した商店から控えのものをいただいて展示してあるのです」

と彼は笑って答えた。

――なるほど、ナポレオンやジョゼフィーヌが世を去り、栄華も夢のあとになっても、商人はちゃんと生き残っているのだ。

マルメゾンを見学して感心したのは、ベッド、テーブル、ソファー、椅子、カーペット、壁紙、ドレス、マント、ショール、帽子、髪飾り、靴、室内履き、アクセサリー……といった当時の生活用品が現代のものと比較しても見劣りがしないほど完成していたことだった。

「あっ、これ下着だ」

ジャンヌが笑いながら言った。ジャンヌが覗いているケースを見ると、そこに麻製のブラジャーとショーツがあった。当時としては最高級下着といったところだろう。宝石類は現代のものよりデザインが優れているものもあった。

隆盛を極めたヨーロッパで一番の権力者の妻の持ち物であるから、贅を尽していて当り前だろう。香水入れのガラスの小瓶、ワイングラスにデカンター（勿論、ナポレオンとジョゼフィーヌのネーム入りだが）を見ていると、これらの工芸品を制作した工房があり職人がいたことを知らされる。そうしてこの豪華な商品群を取り扱った商人がいたのである。

買い続けた方も買い続けた方だが、売りつけた方もたいしたものである。

しかしことお金に関しては無頓着であったナポレオンが、この湯水のごとく金を使う妻に毎々金を与えていたのだろうか？　答えは、ＮＯＮ《ノン》である。その証拠に、ジョゼフィーヌがイタリアにナポレオンを訪ねた折、どの町でも王侯や将軍たちが彼女に厖大な量の贈り物をした。或る日、宝石や真珠、絵画などが入り切らなくて中から溢れていた箱をナポレオンは発見し、妻に誰からの贈り物かと激しく詰問して参謀副官に返却させている。

ところが権力者の妻が得た余禄は贈り物だけではなかった。彼女の口ききでナポレオンのあの大軍隊に商品を納めたい商人がいた。軍の御用商人たちである。政府の要人、官吏、武器の仕入れ役人……、これらの人間と親しかったジョゼフィーヌは商人たちとの仲介にすすんで立った。

ジョゼフィーヌの金の出処はこの御用商人たちだった。彼女は彼等からたびたび高額な借金をしている。商人にすれば皇帝の妻に金を貸し与えることは、免罪符をもらったようなものである。そのお蔭でナポレオン軍への武器弾薬の補給が遅れ、毛布・食料といったものまで納品が出鱈目になり、将軍たちを激怒させることが何度も起こった。

いつの時代にも軍需産業を扱う商人たちはあらゆる手を使い軍の上層部へ食い込み巨万の富を得ている。泣くのは兵士と大衆である。

戦争好きで、戦勝によって頂上まで昇りつめたナポレオンは、彼等にとってはまさに金を産む〝黄金の雄鳥《おんどり》〟であったのだろう。その鳥の雌鳥《めんどり》は金を使う〝黄金の雌鳥〟であったわけだ。

——女性は買物が好きであるらしい……。

らしいどころじゃない。理由もなく買物をするのが女性だという殿方もいる。

近頃の女性は借金をしてまで買物をする。その結果、破産をする女性もいる。

——どうしてそんなに買物をするのか？

これが私にはわからない。例えば人間が生きて行くのに現代社会は家の中にたいがいのものは揃っているはずである。毎日の食事は近所で間に合う。冬物のコートとて夏物のワンピースとて二、三年は着られる。いや上手く着れば十年は持つ。それがどうして毎年新しいものを買うのか？　流行がありますから。タレントじゃあるまいし、着飾ってどこへ行くというのだろうか。ともかく私には解せない。

――ジョゼフィーヌはどうしてあれほどの買物を次から次にしたのだろうか？

ジョゼフィーヌは十六歳で最初の結婚をして、二十歳で二児を連れて離婚している。彼女がパリに出たのは都への憧れもあったが生活のためも半分あった。ジョゼフィーヌはパリの社交界へ出て、愛人の暮しをする。女の魅力を振り撒《ま》きながら手練手管を使って、力のある男たちから金を貢がせた。その中でもっとも力のあった愛人が総裁であったバラスである。やがてバラスを通じてナポレオンとめぐり逢うのだが、愛人の暮しの時でも、彼女はいつも金策に駆け回っていた。社交界へ顔を出すにしても金はかかる。絹のストッキングが一足七百フラン、ショールが千二百フラン、ドレスにいたっては二万フランと、ともかく金が必要だった。

ジョゼフィーヌの半生は借金に追われていた。借金地獄からようやく解放してくれたのが、最初結婚することを嫌がった小男で風采の上らないナポレオンだった。

――反動ではなかろうか。

ジョゼフィーヌの浪費癖は借金地獄から解放された反動のように思えてしかたがない。

日本でもよく街中でキラキラ光る装飾品に身を包んだ中年女性を見かける。

――あの人はきっと欲しいものが何も買えない苦しい時代があったに違いない。

そう考えると、眉を顰《ひそ》めることでもない気がする。日本の若い女性が外国へ出かけて半狂乱的に買物をするのは、そんな母親が育てた結果が生んだと思えばいい。

ナポレオンの旅でジョゼフィーヌのことを調べて行くうちに興味深い考察に触れたものだ。

こう書きすすめると、ジョゼフィーヌにもどこか功績はないものかと思うのは、浪費癖の女性の被害にあった経験のある作家としての温情であろうか。

――ジョゼフィーヌの温かなもの？

ありました。温室である。マルメゾンには温室があり、そこでジョゼフィーヌは世界各地から花の苗や種を取り寄せ栽培している。

ジャスミン、ハイビスカス、ダリア、ゼラニューム、椿《つばき》、漆……、これらの花は彼女がマルメゾンの温室で育て、フランスに根付かせ、花を咲かせるようにしたものだ。

――咲いているうちが花よ。

とジョゼフィーヌがナポレオンに請求書を送った手紙に一言あったとか、なかったとか。

英雄待望論

ナポレオンのことを書こうと机に座って、さあパリのナポレオンだと年表を睨《にら》みはじめると、いきなりテレビが中国の指導者であった鄧小平《とうしょうへい》氏の死を報道した。

以前から鄧氏の容態については、さまざまな憶測が飛び交っていたが、この人はいつも中国の権力の舞台に不死鳥のようによみがえって来る人だったから、また健康状態が良くなって、元気な姿をあらわすのではと中国の人々は思っていたのではなかろうか。

鄧氏が亡くなった途端に、テレビ番組で中国の今後の行方について、中国通と思われる人物が発言していた。彼等の発言の内容は、北朝鮮で金日成《キム・イルソン》が亡くなった時と同じで、残った指導者の中で誰が軍隊を掌握できるかが焦点になっている。〝巨星墜つ〟と言うが、中国の歴史の中で大きな権力を持っていた指導者が亡くなると、必ず政治は乱れる傾向にある。鄧氏没後、中国がどのようになるかは世界の注目するところである。特に今、中国へ厖大な投資をしているアメリカ、日本などは今後のなりゆきを凝視しているのだろう。

鄧氏の死で、ナポレオンがセント・ヘレナ島に流刑されて以後のフランス国民の様子を調べてみた。

——フランスがこんなに苦しいありさまになったのはナポレオンのせいだ。

——ナポレオンの戦争〳〵の明け暮れで、国民はほとほと疲れた。戦争はもういい。

——コルシカ島生まれの元々砲兵隊長だった男に大国フランスの政治は無理だったんだ。

とか、ともかくナポレオンに対するさまざまな酷評が露出した。

では国民のすべてがナポレオンに対して批判的であったかというと、そんなことはない。むしろナポレオン人気は根強くフランス国民の中に残っていた。

それがやがて、ナポレオン三世によるフランス統治へと繋がって行く。

ではどうして懲りたはずの皇帝の再来を国民が望んだか？

どうもこのあたりが歴史の中で重要な点のように、私は思う。その答えを探ることが、国家というものの本質を見定めることになるのではないかと思う。

例えば近代において、その当時おそらく世界の中でトップレベルの教育水準にあった国家とその国民が戦争をはじめている。

ナチスを支持したドイツ国民、そして日本人である。

ヨーロッパにおける第二次大戦はヒットラーがはじめたと思っている人があろうが、いくら独裁者とはいえヒットラーひとりで戦争がはじまることはない。

戦争がやがてはじまるであろうとドイツ国民の大半は予測していたはずである。ドイツ軍が電撃的にポーランドに侵入したと言われているが、その作戦に対しての予行演習は勿論なされていただろうし、第一軍隊が総力を挙げて敵国へ攻め入ろうとすれば、それにともなう大量の軍事物資が必要となる。食料ひとつを取っても、通常の供給量とは比較にならない食料を軍隊は用意したであろうし、ましてや武器弾薬の類いの発注はポーランド侵入の半年前から極端に多くなっていたはずである。そこにはおのずから工場で働く労働者が存在していたわけだから、衆の中では口から口へ、

「おい、もうすぐ何か大きいことを軍隊がやらかすぞ」

と伝わっていたはずである。

その折、

「おい、そりゃまずいよ。戦争をしちゃいけないじゃないか」

という意見は少数しかなかったはずだ。

国民の大半は、

「そうか、いよいよやるか。きっと我々の軍隊なら勝利をおさめるはずだ」

そんな意見が一晩経たないうちに、

「そうさ、もうもたもたすることはないんだ。一刻も早く攻め込むべきだ」

となる。

「そうだ、そうだ」

と相槌《あいづち》を打つ人の方が多くなる。

国家が急成長して、力を付けると大半の国民は傲慢になる。自分たちが世界の中心であると錯覚してしまう。それがやがて戦争を肯定し、後押しするようになる。

このパターンは戦前の日本でも同じであった。日清、日露戦争と、日本はそれまで敗戦を経験していなかった。

〝戦えば勝つ〟

〝神国・日本には神のご加護がある〟

〝元寇《げんこう》の時のように神風が吹く〟

それが神風特攻隊という、世界の戦争史の中でも考えられない非合理な戦法を、あたかも有益な戦術として軍隊の中から発想させる。

その傾向はすでに日清、日露戦争の折に日本軍の戦術として表面化している。ともかく夥《おびただ》しい数の兵が死んで、日本は戦勝国となったのである。

しかし日本が敵国を打ち破り、国力を世界に示すことを一番喜んだのも日本人なのである。

戦争は軍隊が起こしたものだと言うが、それは間違っている。

戦争に至るまでにジュネーブやロンドンで軍縮会議が開かれて、日本の軍事力を削《そ》ぎ落されることに憤怒したのは、日本軍と日本人なのである。勿論、それを助長、煽動《せんどう》したのはマスコミであるが、戦争が起こる前夜というものにはすべからく、それを肯定した世論というものがある。マスコミだけの責任ではなく、その方向性を支持した日本人の大方の意志がそこに存在していたのだ。

ナポレオンが戦争好きであったことは歴史の事実であろう。しかしそのナポレオンを支持したのは当時の大半のフランス国民である。そうでなければ、戦争に疲れ果てたはずのフランス国民が、ナポレオンに取って代わったルイ十八世の王政復古から、ものの四十年も経たないうちに、ルイ・ナポレオンを帝位につかせたりはしなかったはずだ。

つまり大衆はどこかで英雄を待ち望み、絶対権力に抱かれて暮らすことで安堵をしているのではなかろうか。しかしそうだとしても、それは大衆の弱さではなく、元々集団で生きるということは、そういう形態を取らざるを得ないのではなかろうか。

英雄待望論というものがある。

ナポレオンの書物が三十万点余りあるのもヨーロッパ人の英雄待望のあらわれかもしれない。偉大と言うが、私にはこの英雄のそばに夥しい兵の屍《しかばね》があったことが、彼を支持できない理由である。

ナポレオンと画家

マルメゾン宮には、皇帝の首席画家として後世にその名前を残す、ジャック・ルイ・ダヴィッドの作品『サン・ベルナール峠を越えるボナパルト』が壁にかかっていた。ナポレオンの肖像画は数あるが、おそらくこの作品がもっとも象徴的にナポレオンを語っているのではないかと思われる。

この作品の背景になっているのはアルプスの山々である。これは一七九六年の軍司令官としてアルプス越えをした一度目のイタリア遠征の折のナポレオンではない。それから四年後、ナポレオンがフランス執政政府の最高権力者、第一執政ボナパルトとして、アルプスを越えた時の武勇の姿である。しかも北イタリアのマレンゴでオーストリア軍を破り、大勝利をおさめた折の晴れ姿だ。

この作品と同じ構図の作品が数点描かれたと言われている。マルメゾン宮で私が見た作品は初めスペインのカルロス四世がダヴィッドに注文したものらしい。白馬に乗って（よく見るとぶちが混ざっているが）赤みがかった黄色いマントを着ている。この作品は世界中に知られているが、まったく同じ構図で、栗毛の馬に乗って赤いマントを着ているナポレオンもある。

こちらは現在ベルリンのシャルロッテンブルク宮にある。この他に弟子が模写したものも残っている。

ダヴィッドがナポレオンを描いた作品はまだたくさんある。有名なのはルーヴル美術館にある『ナポレオンの戴冠式』であろう。

それでもあの馬上のボナパルトをナポレオン贔屓《びいき》が好むのは、あの肖像画にナポレオンのすべてがあらわれているからだろう。戦場にいるナポレオンがもっとも彼らしい。

ナポレオンは妙に現実主義なところがあって、芸術家たちが彼をモデルにして制作した作品を一言で好き嫌いと判断している。

例えば彫刻家がナポレオン像を制作した時でもそうである。一八〇六年にカノーヴァという彫刻家がナポレオンを古代神話の軍神・マルスと重ね合わせて見事な裸体像を制作した。しかしナポレオンは己の像が全裸であるのを一目見て、

「こんなもの見たくない」

と捨てておくよう言ってしまう。

革命後、戦勝に続く戦勝を重ねていた時のナポレオンは当時のヨーロッパの芸術家たちにとって、まさに英雄であった。ベートーヴェンが、ゲーテが、スタンダールが彼を賞讃し、ナポレオンをテーマにして作品を制作する。

ナポレオンはそれを耳にして、いっときは喜ぶが、それだけで終ってしまう。このナポレオンの感覚は面白い。コルシカ島で生まれて戦場で生き抜き、芸術というものを理解できなかったのだろうと言ってしまえばそれだけだが、私にはどうも理解力の乏しさ故にナポレオンがそんな態度をとったとは思えない。

——その手のことに興味がなかったのだろう。

そういう人間は現代社会にもたくさんいるし、逆にそういう人の方が信用できる場合が多い。むしろ危険なのは生半可なことしか知らないのにわかったふりをして、芸術至上主義風なことを語る輩である。

ナポレオンのこんな性格に、皇帝の首席画家であるダヴィッドはかなり翻弄されたのではないかと思われる。

このダヴィッドなる画家はフランス新古典主義の代表的画家として、今もフランス美術史に君臨している。

ナポレオンが登場するフランス革命以前に彼はすでに歴史画の復興を自ら実践し、ヨーロッパを代表する画家になっていた。

ところが革命が勃発すると、ダヴィッドはまるで革命家のごとく、乱世に身を投じる。国民公会議員になり、ジャコバン党のクラブ議長、そしていっときは国民公会議長にまでなっているし、一七九三年のルイ十六世の処刑を決定する折も進んで賛成票を入れている。ルイ十六世は彼が所属していたアカデミーの後見者である。ともかく絵を描いていれば済むのに急進的思考をするタイプの人間であったらしい。そのせいもあって一七九四年のテルミドールの反動期にはリュクサンブール宮に幽閉までされている。釈放されて三年後、ダヴィッドはアルプス越えをしてフランスの救世主となった若きナポレオンに心酔し、肖像画の制作を申し入れた。

その日以来、ダヴィッドとナポレオンの奇妙な関係がはじまる。

ナポレオンが芸術に興味がなかったと書いたが、それは彼が芸術家を冷遇したこととは違っている。むしろナポレオンは彼等を優遇した権力者だった。イタリア遠征中もナポレオンは従軍芸術家の必要性を述べている。その証拠にその時イタリアに暮らしていたダヴィッドの弟子、アントワーヌ・ジャン・グロに遠征軍に入るように頼んでいる。その結果、グロは青年時代のナポレオンの戦場での雄姿を描いている。それがパリのルーヴル美術館にある、少しハンサム過ぎる『アルコレ橋頭のボナパルト』であり『アイラウのナポレオン』である。この他にも『ナザレトの戦い』『ヤッファのペスト患者』『アブキールの戦い』と、ナポレオンの戦史の中の貴重な作品が制作されることになる。

ナポレオンが軍隊の中に芸術家を招いたのは、もうひとつ大切な理由があった。それは遠征軍がイタリア各地で略奪した美術品の品定めをする人間が必要だったからだ。

ナポレオンは戦勝する度に、その地で収奪した美術品をフランスにせっせと送っている。この手の戦利品をパリに残っている役人や大衆が喜ぶのをよく知っていたからだ。戦利品としての美術品を喜ぶのはいつの時代も同じである。植民地時代の英国、第二次大戦中のナチスドイツ、スターリン時代のロシア……、ヨーロッパの美術品はすべからく略奪の象徴であった。

ナポレオンとダヴィッドの関係がはじまるのは、ナポレオンがイタリア遠征中も国内は政治的混乱をしており、ダヴィッドも幽閉されたり、暗殺の危険にさらされている時、ナポレオンがそれを察してか、彼を遠征軍に招く手紙を出したからだ。このナポレオンの好意をダヴィッドは喜んで受け、遠征から帰国した将軍の晩餐《ばんさん》会に出席し、ダヴィッドはその場で肖像画の制作を申し入れている。

その肖像画のポーズをとるためにルーヴル宮内のダヴィッドのアトリエを訪ねたナポレオンが立ち去った後、ダヴィッドは弟子たちにむかって、

「彼は私の英雄だ」

と興奮して語ったと言われる。

しかしこの肖像画はナポレオンが一度しかポーズをとらなかったために上半身だけが、そ

れも線画で残り、彩色は顔の部分しかされていない。ルーヴル美術館で、この『ボナパルト将軍』と題された作品を目にすると、誰もが、この未完の理由を聞くらしい。

ポーズをとったナポレオンを描いた折、ダヴィッドはナポレオンの頭部が、古代の美術の中に描かれてある英雄と同じかたちをしていると絶賛した。

ここら辺りから、もう少し変ですナ。

一枚の絵の中にある歴史

私たちが史実を探求して行く上で重要なものは過ぎ去って行った時間を伝えてくれる資料であろう。

現存するさまざまな資料から、歴史学者は過去に何があったかを解明して行く。そうしてその資料の中から思わぬ事実が発見されることがある。

トロイアの遺跡を発見したドイツの事業家ハインリヒ・シュリーマンなどはその典型だろう。シュリーマンは貧しい牧師の息子として生まれた人だが、後に事業を起して成功をおさめた。しかし子供の時に読んで聞かされたホメロスの叙事詩にあるトロイアの地のことが忘れられず、彼はその詩に基づいて発掘をはじめる。それが私たちが今日、目にすることのできるトロイア、ミュケナイ、オルコメノス……に代表されるエーゲ文明の遺跡と歴史的事実である。この発見でシュリーマンは考古学者として、後世に名を残すことになる。

ひとりの少年が、読んで聞かされた古代の叙事詩から夢を描き、その夢を信じ発掘にむかわなければ、あの古代遺跡はまだ土の下に眠っていたかもしれない。

日本においても、私たちが子供の頃に学んだ歴史は、遺跡の発見などでかなり変わって来ている。縄文時代などはまるで違って来たし、縄文人の暮しはかなり高度な文化を持って営まれていたらしい。邪馬台国についての歴史学者の畿内説と九州説の史観の相違などは、これからもし思わぬ資料が発見されれば面白いことになるのだろう。

ホメロスの詩などは特異な例だが、古代の史実を知るには遺跡の発見が重要な鍵となるが、文字が作られて以降の史実は文献資料が学者たちの大切な鍵になる。その鍵で扉が開き、部屋に足を踏み込んだ時に見ることができるものは、たとえ歴史学者でなくとも大変に興味のあるものだ。

文献資料と少し性格が異なっているが、絵画や彫刻も歴史を知る重要な資料である。古代遺跡の壁画で考古学者は文献とは違うものを発見して行く。

絵画から得られるものは文献と異なり、そこにリアリティーが生じる。当時の風俗を知る上でも絵画は大切な役割を果している。

室町時代の京都の風景を描いた『洛中洛外図《らくちゅうらくがいず》』はその代表だろう。

ナポレオンを描いた絵画からもいろいろなものが見てとれる。

皇帝の首席画家、ダヴィッドはナポレオンが皇帝に即位する前後の行事をいくつか描くことを、ナポレオンに提案した。

四つの作品の提案があり、それは『聖別式』『即位式』『鷲の軍旗の授与』『皇帝の市庁舎到着』であった。このうち『聖別式』と『鷲の軍旗の授与』が完成した。『聖別式』が今日、ルーヴル美術館に展示してある『ナポレオンの戴冠式』である。

　この絵にはよく見てみると、歴史の事実とは違っている点がある。戴冠しているナポレオンを正面の観覧席から見ているナポレオンの母、レティチアは息子が皇帝になることに反対して、この戴冠式には出席せず、イタリアへ行ってしまっている。ダヴィッドがこの絵を制作するために描いた何点かの素描には、当初皇太后の姿はない。もしかするとナポレオンの方で皇太后を描くように言ったのかもしれない。ナポレオンの背後で、椅子に座って戴冠を見守る教皇・ピウス七世の隣りに並んでいるのはカプララ枢機卿《すうききょう》であるが、彼もまた当日病気のために欠席していた。

　次に、ノートル・ダム寺院でこの戴冠式は行なわれたのだが、レティチアが観覧している席から、ナポレオンのいる中央ステージまではかなりの距離があるのに、すぐそばにいるように描かれている。これはたぶんに画家の意図でそう描かれたのだろうが、ダヴィッド自身が絵画の遠近法が不得意だったこともあるようだ。

　読者の方ももし時間があってパリへ行く機会があれば、ルーヴル美術館へ行き、この戴冠式の絵を見た後、ノートル・ダム寺院へ行き観覧席と中央ステージとの距離を実際にご覧になるといい。

しかしこの戴冠式の絵、歴史の事実も物語っている。

ナポレオンの背後に座る教皇ピウス七世の描き方だが、これほど教皇の立場を蔑《ないがし》ろにした絵は珍しい。まるで式の添え物のような扱いである。この教皇の描き方でダヴィッドが伝えたかったのは、フランス皇帝の戴冠式という、それまでの歴史の中に前例のなかった儀式をナポレオンがどう執り行なおうとしたかである。それまでの歴代フランス国王の聖別はランス大聖堂で行なわれていたのだが、それに対抗してかナポレオンはノートル・ダム寺院を選んでいる。その上、新皇帝は教皇によって戴冠されるのではなく、国民の支持を得て自らの力によって皇帝になるというナポレオンの強い意志がそこにあった。この絵に描かれている教皇は右手を少し上げて、ひとさし指と中指を突き出している。これは祝福のポーズである。この絵が完成された時、ピウス七世の両手は膝の上に置いてあった。それを見たナポレオンが、

「私は教皇が何もしないでいてもよいと思って遠くから呼び寄せたわけではない」

と言ったために、変更された。教皇の表情そのままに、彼はミサを行ない、皇帝夫婦の額に聖油を塗って聖別し、ナポレオン自らが冠を頭に載せた後、ジョゼフィーヌにも皇妃として戴冠するのに立会うと、すぐに退場させられている。実際ピウス七世は戴冠式に出席を要請された時、最初健康上の理由でローマからパリまで行くことを断わったという。嫌々式に

立会わされた彼の胸の内を、ダヴィッドはさすがに見逃していない。

　この絵で描かれているナポレオンの服装だが、これは当時のデザイナーが戴冠式用にこしらえたもので、古代ローマ帝国の皇帝が式の折に着用したものに、フランスの王朝風のデザインをミックスして仕立てられたものである。それは列席したナポレオンの兄弟たちの服装も同じで、フランス皇帝の側近たちも一風変わったデザインの衣装を身に付けている。どこか俄《にわか》仕立てのところがあるのが面白い。

　一枚の絵の中に、歴史に関わった人間たちの意志があらわれている。

　この絵はナポレオンが皇帝になって二年後に制作が開始された。

　ダヴィッドが提案した皇帝就任におけるセレモニーの絵のうち二作品しか完成しなかったのは、ナポレオンの立場が少しずつ悪くなったからだ。

　それに絵画の値段のことで、ダヴィッドと新政府の買付け役人は何度も諍っている。そのことも残りの二作品が未完成になった原因ではないかと思われる。

　やれやれ、いつの時代も金で苦労をしているのである。

ナポレオンとルーヴル美術館

ナポレオンの首席画家、ジャック・ルイ・ダヴィッドについて書いて来たが、その中でナポレオンが絵画や彫刻などの美術品にさほど興味を示さなかったと述べた。たしかにナポレオンは彼をモデルにしてアントニオ・カノーヴァが制作した皇帝像を、その像が裸体であったために一度見たきり、捨ておくように言った。周囲の教養人たちがギリシャの時代から英雄像は裸体であるのが正統だと説明しても、

「見苦しい」

のひと言で、その像を拒絶した。

美術の素養がないと言えばそれまでだが、解り易くていい。ナポレオンが戦地へ文学、数学、物理の書物を何百冊と持って行き、それを夜毎読んでいたことは、側近の書き残したものでわかっているが、美術はさほどナポレオンの興味を引かなかったようだ。

ならナポレオンが美術品とまったく関りがなかったかというと、これが歴史上の権力者の中でも一、二の関りを持っていた。

私たちがパリを訪れると、一度はたずねる場所にルーヴル美術館がある。ルーヴルは〝世

界の美術館の中の美術館〟と呼ばれている美術品の質、量、ともに世界一の素晴らしい美術館である。

このルーヴルの基礎を作ったのが、ナポレオンと言っても過言ではない。

ナポレオンがルーヴルにどう関わったか？

現在、私たちがルーヴルで見る絵画（百点）、素描（八百点）の一部はナポレオンが収集した美術品である。ナポレオンは美術品に興味がなかったと書いた。それはおそらく事実であろう。ではなぜ、ナポレオンがルーヴルの基礎を？

それはナポレオンにとって美術品が、彼の戦勝の象徴であったからだ。

総裁政府にイタリア方面軍総司令官に任命されたボナパルト将軍は一七九六年に対オーストリア戦争で圧倒的な勝利を収める。この戦争はカンポ・フォルミオの和約で終結する。この和約の中の多額な賠償金の一部として、イタリアの優れた美術品を収集して来て欲しいと総裁政府から指示が届く。

「最高司令官よ、イタリアの美術品をパリへ持ち帰れば、あなたの素晴らしい戦勝がさらに輝きを増すはずだ」

こう言われたナポレオンは、そんなものかと相手国に美術品の提出を要求する。

「どうやら、総裁政府の連中は美術品がお好きらしい」

初めのうちナポレオンは美術品の価値はわからず、相手に対して必要な美術品の数だけを要求する。しかしナポレオンはパリに凱旋し、戦勝品を見物し喝采する官僚、市民を見て、彼が考えていたより、自分の戦勝にアピールを与えるものだとわかる。

　ひょっとして誰かが、古代ローマの英雄たちが凱旋する折、戦勝品の大行列で都に戻って来たことを教えたのかもしれない。事実、一七九八年七月二十六、二十七日にイタリアからの戦利品がパリに到着して大パレードが行なわれた。古代彫刻、絵画、書物、博物標本、ダチョウ、ラクダ、クマまでがパレードで披露された。

♪ローマにもうローマはない。それはすべてパリにある♪　と、パリでは流行歌までが歌われたらしい。

　勿論、これらの戦利品がパリに届くまでには、戦場での夥しい兵士と民衆の血が流されているのである。戦前の日本人も同じようなことをしていた。まあ、この話は長くなるので今回はナポレオンとルーヴルにしておく。

　ルーヴル宮は今から八百年前にパリ市壁に沿って建てられた城砦《じょうさい》であった。それを増改築しながら現在のかたちに至っている。ルーヴル宮が王宮に使われた期間は短く通算しても百五十年で、王室の美術品の倉庫のように使用され、フランス革命当時は王室アカデミーの会員たちが、ここをアトリエ代りにして住んだりしていた。それが革命が起こり、革命政権がフランス国内のすべての美術品を国有化しようとした。王室、教会、貴族から没収した美術品がパリに集まった。

そこで収集した美術品をひとまとめにした美術館を作る計画がはじまった。革命以前、ルイ十五世の時にルーヴルを美術館にしようという計画があって、革命政府も同じルーヴル宮を選んだ。このルーヴルを美術館にすることに拍車をかけたのがナポレオンである。たまたまルーヴル宮のそばを馬車で通りかかったナポレオンが宮の煙筒から煙りが上っているのを見て、側近に聞いた。側近は画家や彫刻家が宮をアトリエ代りにして暮らしていると説明した。

「いかん、火事にでもなったら大変だ。すぐに追い出して、早く美術館にしろ」

と命じたことが、記録に残っている。

火事の心配をするところがナポレオンの現実主義が出ていて面白い。

ルーヴルが美術館として発展したのには、ドミニック・ヴィヴァン・ドノンという男の果した役割が大きい。現在でもドノンがナポレオンのエジプト遠征の折に現地の風俗を描いた版画が残っているが、彼は芸術家というより、美術官僚である。美術品の管理、購買の決定、美術品の価値を説明したりする。このドノンが五十一歳でエジプト遠征に参加したことにナポレオンは感動して、以来二人の親交は深まる。ナポレオンは戦利品としての美術品選びの指示を美術館長に任命したドノンに委ねる。ドノンはダヴィッドや多くの芸術家たちと親交があり、ヨーロッパ中の美術品を収集しはじめる。

一八〇二年、ナポレオンは英国とアミアン和約を締結し、革命以来いっときの平和がフランスとヨーロッパ全土に訪れる。この時、ルーヴルで大展覧会が催される。ヨーロッパ中から大勢の人々がパリにやって来て、ルーヴルを見て驚嘆する。

ゲーテしかり、多くの教養人がルーヴルに集まった美術品を見て、その感動を書き残している。それまで価値のある美術品を見るためには、その国へ旅をして見るしかなかった。それがヨーロッパ中の、いや古代彫刻も含めて世界各地の美術品を、ひとつの場所で見ることができることに人々は感動したのだった。

ドノンは美術館の名前を〝ナポレオン美術館〟とする。ナポレオンも承諾する。

そのせいか、あのジョゼフィーヌが美術館にある名品を、マルメゾンの館に数点欲しいと言ったり、チュイルリー宮に貸し出させたりする。ドノンも頭を痛めたらしい。

ナポレオンの没落によって、ナポレオン美術館の名は消滅する。ヨーロッパの各国から美術品の返還要求がはじまる。一八一五年末で各国から要求のあった美術品の数は五二五三点であった。この数字を見ても、いかに素晴らしい美術館であったかがわかる。

ナポレオンが去っても、ルーヴル美術館は残った。あのルーヴルの前に並ぶ大勢の観光客で、ナポレオンとドノンのことを知っている人は少なかろう。

サン・ニケーズ街暗殺未遂事件

ひさしぶりに京都へ来て、街をぶらぶらとしてみた。

昨夜仰ぎ見た、おぼろ月が語っていたとおり春雨がぽつぽつと落ちはじめた。

桜にはまだ数日余りありそうで、鴨川《かもがわ》沿いを歩いていると青い柳の芽が雨を含んだ風に揺れていた。川端通りは往来する車が多く、西の山を覆う大きなホテルも見えて、こうして段々と古都の風情が失なわれるのだと思いながら、そぞろ歩いた。高瀬川の方へ行き、池田屋跡の文字に立ち止まり、この都もまた血で染まった歴史のくり返しだったのだと気付く。

せせらぎの音はたぶん昔と同じなのだろうが、ほんの百数十年前にこの場所で惨劇があったことが何とも妙に思えて来る。

京都は戦さの続いた都である。

応仁《おうにん》の乱などは十年以上も、この都を戦火につつんだ。室町、安土・桃山の戦国時代しかり、明治維新の折の夜毎の惨劇、鳥羽《とば》・伏見《ふしみ》の戦いと、つい昨日まで殺戮がくり返されていた。都というものは、華やかな表の顔と残酷な裏の顔を持ち合わせているのだろう。

パリなどは、その典型だろう。

何しろ、パリはギロチンの本場である。

ナポレオンが生きた時代のパリは、フランス革命の最中であるから、もっとも血なまぐさい時代だったのかもしれない。元々軍人が本分であるナポレオン自身も、何度となく死の危険にさらされている。戦場におけるナポレオンの不死身とも思える強運ぶりは多く記録されているが、ナポレオンは戦場でなくとも、いつ死んでもおかしくない立場にいた。

その象徴が、一八〇〇年の十二月二十四日のサン・ニケーズ街における暗殺未遂事件である。

ナポレオンについて書かれた本の多さは、この連載の最初に述べた。三十万点以上あると言われるナポレオン関連の書物の中で、劇作家として有名なジョルジュ・ルノートルによって書かれた『ナポレオン秘話』（白水社刊・大塚幸男訳）は、その綿密な調査と歴史を見つめる丁寧な目で、小説を思わせるような巧みな文章になっており、私はナポレオン関連書の中の名著のひとつだと思う。

この本の中にサン・ニケーズ街の暗殺の逸話がある。ルノートルは、この血《ち》生臭《なまぐさ》い暗殺未遂を不幸にも事件に巻き込まれて死んでしまったひとりの少女を主役にして描いている。「少女マリヤンヌ・プゾル」のタイトルで、その夜の惨劇とその後の経緯がまるで見て来たように語ってある。

私の拙い文で要約するより、そのまま記す。

〝一八〇〇年、十二月二十四日（共和暦、雪月三日）、日も暮れかけた夕方の四時頃のことである。一頭の黒い老馬の引く見すぼらしい二輪の荷車を、三人の男たちが護送して行っていた。三人とも青い上っ張りを、全く同じような上っ張りを、服の上に着ていた。——一人は非常に背が低く、頬が痩せこけて、しかも顔つきは陽気で、長い鼻が少し反りかえった、ひよわな若者であった。そしてこの男が馬の手綱を取っていた。——もう一人の男は、かなり背が高く、ほっそりして、物腰に気品があり、細面《ほそおもて》で、半ば閉じたような近眼の目をしていた。〟

　この二人の男ともうひとりナポレオンを襲撃する爆弾男がいるのだが、青い上っ張り、鼻の反り具合、近眼の目……と、ルノートルはどうやってこれを調べたのだろうか。劇作家であるから、脚色もあろうが、ともかく襲撃犯の様子はドラマチックに読み手に伝わって来る。

　背の低い男は、当時「ふくろう党」と呼ばれた王党派の若者、サン＝レジャン。背の高い男はシュヴァリエ・ド・リモエランというブルターニュ人の貴族で、襲撃の指揮者。もうひとりはカルボンという「駅馬車襲撃者」と異名を持つ爆撃テロ専門家である。三人はナポレオンがこの夜、オペラ座にコンサート見物へ行くことを知っていて、この狭い路地に爆薬の詰まった樽《たる》を満載して、第一執政を待っている。この夜は丁度、クリスマス・イブである。革命の続いたパリではイブの祝宴は中止されていたが、ナポレオンの出現によって、ひさしぶりにイブの祝宴が許されていた。この荷車を停車させている通りの描写がある。
〝ズボン仕立屋の店先では、赤ん坊の眠っている揺り籠の傍で、若い女が針仕事をしていた。帽子屋オメスのブティックでは、縞《しま》の南京《ナンキン》木綿のスカートをはいた可愛い娘がいかにもうれしそうであった。こうして、到るところに――かつら師ヴィトリーの店にも、仮装衣裳屋ビュシュネルにも、時計屋ルポートルにも、酒屋アルメにも、生きることに満足している人々がいた。〟

これが爆弾を積んだ馬車のそばの当時の通りの模様である。おそらく古い資料に各店の名前と職種が記録されていたのだろう。イブを祝う風景とナポレオンを待つテロ犯人の描写も克明に描いてある。彼等は細い通りの三分の一ほど幅を取って、荷馬車を停車させておく誰か適当な手綱を取る役目をする人間を探している。ナポレオンの行列が通りかかった折、行列のスピードを弱め、しかも確実に爆破し、目指す相手を死傷させるために。

この役目のために選ばれたのが、セーヌの向こう岸でプチ・パンを売っていた十四歳の少女、マリヤンヌ・プゾルだった。

夜八時近くになるまで、少女はわずかなお金で馬が動かぬように手綱を取っている。突然、通りの各家々の窓が開き、人々が喚声を上げる。親衛隊の美しい騎兵に誘導されたナポレオンの馬車が全速力で走って来る。（おそらくテロ事件が何度もあったのだろう。パリの街中を走るナポレオンの馬車は全速力であったらしい）少女は目の前にあらわれた美しい騎兵と馬車に目を奪われる。その隙にテロ犯人は樽の中の火薬を掻き混ぜとっさに飛び退く。大轟音《ごうおん》と閃光《せんこう》。わずか二十秒間で（とルノートルは記している）楽しいイブの通りは惨状の現場となる。

〝――さきほどまで幸福だった人々はみんな、ばらばらになり、黒焦げになり、ねじ曲がって、血まみれになっていた。側溝の中に裸の肉の一片がある。それはあの小娘であった。顔の皮膚はもぎ取られ、頭蓋骨は口をあけていて、腕はもはや無い。一方の腕はそこから三十メートル離れたところに投げ出されていた。〟

何とも凄惨な描写である。

私が感心するのは、これらの描写がほとんど歴史的事実に基づいて書いてあることだ。この襲撃犯のうち二人は逮捕され、グレーヴ広場でギロチンにかけられる。首謀者のリモエランはアメリカに逃亡し、修道士になって、クリスマス・イブの夜はひと晩中祭壇の前に平伏して過ごしていたという。

このサン・ニケーズ街だが、私はジャンヌと二人でオペラ座近辺を探したが、とっくの昔に区画整理されて通りは失せていた。

京都の方も、今は池田屋はない。しかし通りはそのままである。そう考えると、京都の方がパリよりは街並が歴史を語っているのかもしれない。

ナポレオンの禁欲主義

ここのところ身体の調子が今ひとつすっきりしない。

旅が続いて、酒、ギャンブルに明け暮れているせいかもしれない。ひとり旅ではあるが、行く先々で友人に逢う。ここ数年忙しくしていたので、ひさしぶりに訪れる街では、懐かしい人に逢えてこちらも嬉しいが、相手の方はさらに興奮して長い間待ち受けていた鬱憤を一気に晴らすように宴会がはじまる。

宴会慣れしていないせいか、大勢の人と話しながら酒を酌み交わすうちに酒量が増える。酒量は仕方ないにしても、初対面の人に逢ったりするから疲れが出る。この疲れが後から効いて来る。

宿に引き揚げてから、ゆっくり休むことができればいいのだが、地方の人は朝が早いし親切だから、朝食へ行こうということになる。それで朝からビールで乾杯となる。

私の酒は宴会で皆と別れてから、ひとりで一杯やる。店がない時は宿に戻ってから、部屋でしばしひとり酒をやる。

私の義父は昔大酒飲みで、十数年前に酒の飲み過ぎで身体をやられ、以来酒場へ行くのをぷっつり止《や》めた。それでも、私が遊びに行くと、水にビールを数滴垂らして、つき合ってくれる。

その義父に、

「お父さん、どういう酒が一番美味かったですか」

と聞いたことがある。

「そりゃ君、何と言ったって宴会が終ってから、ひとりで馴染《なじ》みのバーへ行って飲む、ストレートのウィスキーだよ。あの味はたまらないね」

さすが。（まぁ身体も悪くなるはずだ）

このひとり酒が、美味いのだが翌朝に効く。目が覚めた頃が丁度ほろ酔い加減である。だから朝早く起こされると、身体は浮遊しているようだし思考能力はゼロの状態である。そこへ、

「おはようございます。まあ、一杯」

となると、ほとんど酒場の延長になる。

こんな旅が続くと、やはり身体はバテて来るし、自制が利かなくなる。

今回は心臓に来た。十年程前にアルコール依存症になっていた時期が一年近くあり、その時自律神経がやられ、心臓の具合がおかしくなった。酒場で倒れて、何度か救急車で運ばれ

た。幻覚も出ていたし、今から考えると、よく復帰したものだと思う。

この心臓の調子を計るのに、一番いいのはタバコである。

少しおかしいなと思ってから、タバコを飲むと、不整脈がはじまる。心臓がパフパフしはじめて、少しおさまったかナと思ったら、また一服やる、そこでまたパフパフなら、かなり重症である。

――タバコが心臓によくないのが、まことによくわかる。

近頃は喫煙家がどんどん隅の方へ追いやられて行く。

先日、アメリカではタバコ会社がタバコが原因で病気になった人たちに、今後その会社の利益の二十五％を賠償金に当てると発表した。

二十年も前からアメリカでは医学的にタバコが人間の身体に害を及ぼすと言っていたが、それが社会的に決定的に結論づけられたということだろう。しかし利益の二十五％を削って、そのタバコ会社は存続するものなのだろうか。

私がアメリカへ出かけないのは、タバコのことがある。健康の為《ため》にはタバコを吸わない方がいいのだろうが、私はタバコを飲みながら長生きしている人を何人も見て来たから、タバコだけが疾患の原因とは思えないのだ。それは酒も同じである。中国でもロシアでも長寿の村にいる大老人はほとんど酒を飲んでいる。

フランスでも公共の場での喫煙を禁止する法律が決った。パリのレストランもこの法律に協力して、各店にその協力店のステッカーを貼り出した。

――こりゃ、いよいよパリも駄目か……。

そう思っていたら、パリっ子たちは、

「タバコが吸えないなんておかしい」

と言い出した。取締る方もタバコ好きが多いし、レストランの主人たちもタバコ好きの客が多いのを知っているから、その法律はすぐにあってなきがごとくになってしまった。

――タバコをやめて、一年、二年長生きするより、好きなことをして人生を送る方がいい。

こんな心境なのではないだろうか。

享楽、快楽を大切にするフランス人気質である。私はこの考えが好きである。享楽主義が正しいとは思っていない。しかし厳格な生き方をすることが人間にとって、理想だとは思わない。禁欲主義には不自由さが見える。

若き日のナポレオンは禁欲主義であったと言う。

記録によると、戦場においてナポレオンほど色欲、金欲に走らなかった軍人は珍しかった。

或る将軍はイタリア遠征でのナポレオンを見て、

――イタリア遠征において、敵味方を合わせてナポレオンほど品行方正な軍人はいなかった。

それは奇異に見えるほどだった。

と述懐している。

実際、戦場というところは、略奪、強姦《ごうかん》が日常である。兵士たちのそんな行動を将軍たちは大目に見る。将軍たちにしても、戦利品に目を光らせ、敵国の貴婦人たちを奪い合っている。それが不可能な時は、自分の恋人や夫人を男装させて連隊の中に潜り込ませていた。新婚まもない士官の妻を、将軍が恋人にしたという例もある。

ナポレオンが美人の誉《ほま》れ高い若い将校の妻が男装して戦場に来ているのを見つけ、一時恋人にしていた話がなくはないが、それも長続きはしなかったようだ。

イタリアの美しい歌姫がナポレオンに言い寄ったこともあったが、彼は歌姫に目もくれず、せっせとジョゼフィーヌに恋文を書いていたらしい。そんなナポレオンの愛情にジョゼフィーヌはまるで興味がなかったようで、愛人をこしらえて毎日遊んでいた。知らぬはナポレオンひとりだが、どうも彼は偏った恋愛観を持っていた気がする。

しかしナポレオンにしてみれば、戦場では戦術、戦略を考えるのに夢中で、女性に目をむける暇がなかったのだろう。

全軍をどう戦わせて、勝利を手にするか。

ナポレオンはそのことを四六時中考えていた。なぜならナポレオンの戦闘はほとんどが劣勢な状況からはじまっていたからだ。逆転に続く逆転がナポレオンを頂点まで昇らしめた。

〝ナポレオンは一日三時間しか睡眠をとらなかった〟

私が子供の頃、よくそんな話を聞いた。これは事実でないにしても実際、ナポレオンの側近たちは深夜まで露営のテントの中で、地図をひろげて戦略を考えていたナポレオンのことを書き残している。

そんなに戦争が面白かったのだろうか。

歴史の中には、戦争は人間がするゲームで一番面白いと言った軍人が何人もいる。

空恐ろしいことである。

ナポレオンはタバコを飲んだか。

勿論、そんな無為なことはしなかったろう。

遊びのない人である……。

セント・ヘレナに近づいた夜

海外へ出ている日本人の様子は近年かなり変わったと言われる。

戦前は海外へ出かけるとなると水杯に近い壮行会をしていたと聞く。戦後ですら、海外赴任が決まると会社を退職した人がいたというから、よくよく日本人は外の世界を知らなかったのだろう。今は大手企業で海外勤務に選ばれた人が即出世コースへ繋がるという話も聞く。(もっとも赴任先の国にもよるのだろうが)

二十年近く前、私はコマーシャルフィルムのディレクターをしていた。撮影地を捜すために世界一周便なる飛行機で各地を回っていた。その折アフリカの西海岸の港町まで出かけたことがあった。黄金海岸、象牙海岸という地図の上の言葉の響きに引かれて出向いてみたのだが、とてもじゃないが撮影などできる場所ではなかった。美しい海岸線を撮影するのには海から眺めるか、空から見下ろすしかない。船をチャーターできる国事情ではなかったし、ましてや撮影用の飛行機などを見つけることは夢の話だった。黄金海岸などはゴツゴツした岩のむこうに海が見えるだけで何もなかった。おまけに村から海岸へ出るまで半日余り歩かされっぱなしであった。その折西海岸のちいさな港町で路地の間から漢字で書かれた看板を見つけた。文字だけが暗い路地から浮かび上がって、懐かしいような信じられないような気分になった。

看板に引かれて路地へ入って行くと、そこはチャイニーズレストランだった。とは言っても店の左半分には山と積まれた雑貨があふれており、右半分にちいさなテーブルが三つあるだけの店だった。私はその店でひさしぶりに麺を食し、老酒《ラオチュー》を口にした。

華僑《かきょう》の人がやっている店だった。

華僑の人たちというのは驚くほど勇敢で、辿り着いた土地で商いができると読めば、たちどころに店を構え、立ち寄る船に鍋、釜から食材、生活必需品を注文する。華僑の輸送システムというのは、おそらく地球上でもっとも優れているのではないかと思われる。

例えば老酒の瓶《かめ》をひとつ注文したとする。注文表は紙縒《こよ》り一枚である。それが船から船へ乗り継ぎ取り次がれて、故郷の福建省あたりの港へ届く。注文表を受け取った会社は発注元がアフリカ西海岸のちいさな港町であったにせよ、船が着く限りはそれを届けようとする。一年かかって老酒が届くというあっぱれなケースもあるらしい。

――なぜそこまでして注文の品を彼らは届けるのか？

ひとつは出身地による同族意識が、自分たちの仲間に品物を届けてやろうとするひたむきさに表れる。もうひとつはそこにたとえ一瓶の酒でさえ届けることができれば、次の注文が入って来るからである。注文は二瓶になり数年たてば船一艘《そう》分の注文が来るかもしれない。そんなことが起きるのが、見知らぬ土地へ辿り着き、懸命に仕事をひろげて行く華僑の人たちのバイタリティなのである。

　ともかくその港町で私はひさしぶりの中華料理と酒にありついて、ほろ酔い加減に夜を過ごした。船で何日もかけて届いた酒かもしれぬが、ともかく店にある酒をみな飲んでしまえ、と勢い良く独宴会をしていた。ほどなくテーブルひとつ隔てたところに同じ肌の色の男がひとり入って来た。キョロキョロとしながらテーブルに着き、店の主人を見て英語で料理を注文した。ビールがあるかどうかを聞いた。発音で、

――ひょっとして日本人じゃないか。

　と思った。相手もちらちらと私を見ていた。私はその当時、肩まで髪を伸ばしバンダナにウエスタンブーツという、今思っても空恐ろしい格好でロケ地を回っていた。若かったせいもあるが、その頃の私は海外で日本人に会うと口をききたくない感情が働いていた。あれは一体どこから来る感情なのか今もわからない。私は黙って酒を飲んでいた。すると相手がひとりごとを言うように、

「日本の方ですか？」

　と聞いて来た。男の日本語のイントネーションに中国地方か、九州南部の訛りがあったの

で、懐かしさもあり、

「そうです。おたくも？」

と返事をした。おたくも、という言い方も考えてみるとずいぶんだが、一ヶ月近く日本語を話していなかったから、そんな日本語を選んだのかもしれない。そうです、で十分であったはずなのに……。

とたんに男の顔が明るくなった。男は私の顔をしげしげと見て感動したように首を横に振り、

「やあ、懐かしいな」

と言って満足気にうなずいていた。

私は男としばらくその店で飲んだ。男は海外赴任をしたセールスマンだった。もう三ヶ月近くアフリカを回っているという。

「この国に赴任されたのですか？」

と私が尋ねると、

「いいえ、アフリカの西半分を担当してるんです」

と笑って言った。西半分と言ってもそこは日本の国がすっぽり四十個入る広さである。そのとてつもない広域でセールスをひとりでしているらしい。

「それで商売になっているんですか」

と聞くと、

「いやあ、ジャングルの中に入って行くと集落の人たちがパンフレットばかり欲しがって、ただそれを置いて行く方が多いんです。ステレオのパンフレットを渡したところで電気が通じていないんですから」

ヘラヘラと笑っているセールスマンから、パリへ戻ったら日本にいる家族へ連絡してくれと住所と電話番号を渡され、電話、切手代にと数枚のドル紙幣を渡された。一ヶ月後私は男に渡された手紙をパリで投函《とうかん》した。電話の方は真実を伝えてしまいそうでかけなかった。

ともかく海外へ出ることだけで、まだ大変な時代の名残《なごり》があった。アフリカの西海岸の一夜を思い出すたびにあのセールスマンは無事に日本へ帰ることができたのだろうかと心配する。

アフリカ大陸は西海岸と東海岸では随分と事情が違う。インド洋のむこうにアジアが待ち受けている東海岸に比べて西海岸は今も荒涼たる海岸が連なっている。

そのはるか沖合いにナポレオンが最後に辿り着いたセント・ヘレナ島がある。そんなことも知らずに二十歳代の私は奴隷海岸から暗い海を眺めてこの先に何があるのだろうと考えていた。

近衛兵とシャツ

いつの頃からか、私は買い物をしない人になってしまった。敢えて買う物があるとすれば、煙草くらいだ。それとて馴染みの店などで、煙草が切れると、店の人が勝手に持って来てくれる。だから現金を使うということがほとんどない。なのに金はない。どうして金がないのか？　この問題に関してはもう何度も考えて来たので、ここでは書かない。

買い物をしないのは、欲しいものがないからである。こう言うと私の暮しが満ち足りているように聞こえるが、これまでの人生の中で満ち足りた暮しをしたことは一度もない。

ただ欲しいものが何もないのである。

海外へ行っても、買い物に出かけることはない。時折、文具店のショーウィンドーに置いてある萬年筆が目に止まって、

——いい萬年筆だな……。

とは思うが、仕事場の隅にまだ使わないで置いてある数本の萬年筆のことを思い出して、買う必要がないことに気付き、店の前を離れる。

洋服などは家人が彼女の買い物をしたついでに私のものも買って来る。それとてまだ袖を

通してないものがたくさんある。なのに家人は季節が変わると、私の洋服をまた買って来る。おそらく店員にすすめられてしかたなく買って来るか、さもなくば彼女のものばかりを買って、私に申し訳なく思って買って来るかのどちらかだろう。

「これ今年の新作ですって、いい色合いでしょう？」

と言われても、私にはどこがいいのかさっぱりわからないし、去年のものと同じに見える。値段は聞かない。一度聞いて、それなら現金で欲しいと言って、ひどく叱られたからだ。私の洋服は黒か紺色である。理由はどこからでも通夜、葬式に出席できるからである。それと声を掛けられたくない人に出くわした時、物蔭に隠れ易いからだ。ネクタイはほとんどすることはない。首を絞められているようで、苦しくなる。

パリへ出かけると、ブティックの多さに驚く。こんなにたくさんの店があって、商売がやって行けるのだろうかと思ってしまう。でも毎年同じ場所で同じ店のショーウィンドーに、その季節の新作が並べてあるのを見ると、その店で洋服を買っている人間がいるのだと感心する。女性が毎年新しい洋服を買う理由はさっぱりわからないが、ともかく彼女たちが新しいものを買わずにいられないというのは知っている。

私は買い物は女性のするものだと思っていたが、近頃は男性にも買い物好きが増えているらしい。まさかと思ったが、何十万円もするジーンズを買ったり、何万もするスニーカーを何足も持っている若者がいるらしい。それは男物のブティックが増えているのを見てもわかるし、ここ最近パリで大勢の青年がブティックに屯《たむろ》している姿を見かけるようになったことでも、わかってはいた。よく考えてみると、男性がお洒落をして悪いはずがない。人間以外の生物は鳥や魚を見ても雄の方が華やかな場合が多い。ひょっとして雄と雌を決定付ける染色体には、雄の方に洒落者の要素が多く含まれているのかもしれない。

以前パリで一度だけ、ショーウィンドーに置いてあったシャツを買おうか買うまいか迷ったことがあった。

たしかサン・ジェルマン界隈だと思ったが、路地から路地を散歩していて一軒の店のショーウィンドーの前で立ち止まった。白いシャツだった。どこが、どう良かったのかわからないが、

――シンプルで、綺麗なシャツだナ。

と思った。

しばらくそこに立ち止まって、シャツを眺めていた。店の名前を見ると、日本人のデザイナーの店だった。ＹＭとある。雑誌で見たことのあるデザイナーの顔が浮かんだ。感じのいい人だったので、やはりちゃんとしたものを作ってるんだと思った。

――これを着てみようか。

と突然思った。思わぬ心境に自分も少し戸惑った。

――いや慣れないことはよそう。

と歩き出した。ところが妙に後髪を引かれるような思いが残った。それで小一時間ぶらついたのだが、先刻の店の前に出ていた。シャツは売れずにあった。（今考えると同じものが店には置いてあるので、シャツはそこにあっても当り前なのだ）

シャツは私を待っていた。賢いシャツだと思った。（本当かね）もう一度じっくり見直してみると、さっきより親しみが湧く。それでも買えずに、ホテルに戻って食事をし、カジノへ行った。カジノでルーレットをしていると目の前に恰幅《かっぷく》のいい男が座った。遊び慣れている。その男が着ていた白いシャツが目に止まった。いいシャツだと思った時、あのシャツのことが思い出された。あのシャツを買って、明日の夜ここへ来よう。

翌日、シャツを買いに行った。その日はロンシャン競馬場で撮影の仕事があった。私は普段ほとんど荷物を持たないから、紙袋ひとつを撮影の間手にしているのが面倒になった。スタンドの隅に紙袋を置いた。撮影が終了してスタッフとバスに乗り、しばらくしてシャツを忘れたことに気付いた。

「悪いが降ろしてくれ」

「どうしたんですか？」

「ちょっと忘れ物をした」

「なら引き返しましょう。何を忘れたんですか？　大事なものですか」

「いや……、ちょっと。いいから私ひとりで引き返す」

タクシーに乗り換えて、夕暮れの競馬場へ行った。ところが紙袋を置いていたはずの場所に、それはなかった。オフィスへ行って紙袋のことを尋ねたが、首を横に振られた。それでももう一度スタンドに行った。ゴミ箱も覗いてみた。見つからなかった。誰かが持って行ったのだろうか。

――慣れないことをするものじゃない。

と思った。以来、シャツを買おうという衝動が起こったことはない。

昔、洒落者の男を、伊達者《だてしゃ》、伊達男と言った。〝ドンファン〟と呼ばれた男は皆お洒落であったらしい。

ナポレオンの軍隊でも、彼の近衛兵は優美、華麗なことで有名であった。軍服というものは兵士にとって、ひとつのステータスであった。パリの街を近衛兵が美しい軍服を身にまとい歩いているだけで、女性はこころときめかせたのだろう。しかし軍服はいつか血に染まるものである。常勝の軍隊など歴史の中にはない。ワーテルローの戦いに敗れて、敗走する近衛兵の軍服はさぞ哀れであったことだろう。

タイガー・ウッズとナポレオン

前の話になるが、米国のジョージア州、オーガスタ・ナショナルGCで行なわれたマスターズ・トーナメントを深夜から夜明けまでテレビ観戦した。

睡眠不足になった人もさぞ多かったろう。

プロスポーツのテレビ中継では、野茂英雄のメジャーリーグでのノーヒット・ノーランの試合以来の面白さだった。数日後、酒場で逢ったゴルフに無関心な友人から、

「あのアメリカで、まだ黒人選手がメジャーなスポーツの大会を優勝していないスポーツがあったんだな……」

と言われたり、

「あのタイガー・ウッズという若者、なかなか社会性のある優勝のコメントをしてたな」

と興味を抱いていたのが面白かった。

N・Yタイムズがこのおそるべき新人のことを一面で掲載したことからも、タイガー・ウッズの出現に世界が注目したことがうかがえる。

なるほど、マイケル・ジョーダン（プロバスケット選手）、マイク・タイソン（プロボクサー）、

カール・ルイス（プロ陸上選手）……、たしかにプロスポーツにおいて黒人選手の活躍は衆知のことなのに、ゴルフだけがまだ残っていた。

〝minority《マイノリティー》〟なる言葉を日本人に浸透させたのも、彼の貢献かもしれない。日本語に訳せば、人種的少数勢力だろうか？　何か変な日本語である。

タイガー・ウッズは優勝のコメントで、

「マイノリティーにゴルフへのドアを開くことになると嬉しい」

と言った。マスターズを開催して来たスポンサーたち（ほとんどがアメリカにおける特権階級の白人たちだが）は、この若者の言葉をどう聞いただろうか。苦々しく思っている連中もいるに違いない。自由の国とは言っても、アメリカの人種差別は依然根強いことは誰もが知っている。

私はゴルフを時折楽しむので、今回のマスターズの正直な感想を言うと、この新人は魔物が棲《す》むと言われていたオーガスタ・ナショナル・ゴルフコースを、事前にパーフェクトに近い状態で把握していると思った。彼の頭の中には、この18ホールが、読み返したバイブルの一言一句のように、ひとグリーン、ひとバンカー、叩《たた》き込まれていたのではないかと思われる。聞くところによれば、プロになってから彼には専任のコーチが数人ついているらしい。彼等の当面の目標が、このマスターズにあったことは間違いない。ある意味では、彼の勝利はチームの勝利であった。チームの勝利ということは、スタッフをかかえているマネージャーの勝利であり、その背後に存在するスポーツビジネスの企業の勝利でもある。

とは言え、彼等の思惑も、この二十一歳の若者のワンショット、ワンパットにかかっていた。ゴルフはバスケットやボクシングと違って、ゲームの間四六時中身体を動かしているスポーツではない。最終日、タイガー・ウッズは69回ショットをしている。このショットにかかった運動時間はおそらく三分もなかろう。では他の時間は何をしていたか？　ほとんどが精神集中と、己の精神安定に費されている。だからゴルフにおいて経験の浅い新人が勝ち切ることは難しいと言われる。しかしこの若者に、それを可能にしたのは並外れたパワーとバランスである。均整のとれた身体、柔らかい筋肉、正確な視力……、すべてのものが備わっていた。これはもうタレントの才能ではなく、ギフトの才能であろう。天賦の才である。そう考えると、彼がこの世に誕生して以来、出るべくして、タイガー・ウッズは世界の檜舞台にあらわれたのだろう。

日本から尾崎将司《まさし》と金子柱憲《よしのり》の二名が出場していたが、彼等には悪いが、トム・ワトソンが、大人の中に少年が入って、その少年が大人の手本のプレーをしていた、とコメントしたとおり、アメリカのゴルフトーナメントと日本のゴルフトーナメントは全く異質のゲームを何十年して来ているのだろう。

それ以前に日本のプロゴルファーは品のない選手が多過ぎる。社会の中での自分たちの職業の在り方を考えることがまるっきり欠落している。今の日本のプロゴルファーの状況に企業が金を出して、トーナメントをしているメリットがどこにあるのか、私にはまるでわからない。

しかし日本人はゴルフが好きである。

——なぜゴルフが好きなのだろうか？

私自身で考えると、ゴルフはすべて自分で対象に立ちむかい、結果のいかんを問わず、ホールアウトした時にひとつの終結をむかえられるからだろう。

これはプレーをした者でないとわからない。18ホールをプレーすれば、18の山を登ったと考えてもいい。私たちの日々の暮しには、終結というものがない。ちいさな終結であるが、カップ・インした時の心地良い響きとともに、

——あっ、ひとつやり終えたぞ。

という妙な達成感もある。（言い過ぎか）

ゴルフでは戦略という言葉がよく使われる。

——戦略と言えば、ナポレオンじゃないか。

ナポレオンがもしゴルフをしていれば、どんなゴルファーであったろうか。

あの最終日、英雄ナポレオンが愛馬に跨《またが》り、オーガスタの一番ホールへあらわれたら、こ

れはもう驚天動地どころではすむまい。タイガー・ウッズも平静ではいられなかったろう。
ナポレオンはベン・クレンショーより、トム・ワトソンより身体がちいさいから、どんな戦法でオーガスタを攻略しようとしただろうか。ティー・ショットはあまり飛びそうにない。いや砲兵学に長けていたから、メタルウッドよりもっと高性能なドライバーを開発して、５００ヤード近く飛ばし、見物人のど肝を抜いたかもしれない。

深夜まで、戦場のテントで地図を睨んでいたナポレオンだから、各ホールの特徴はとっくに頭の中に入れていたはずだ。パッティングなんかは、グリーンの速さ、ラインを知り尽しているかのように、ロングパットを入れまくったかもしれない。それに彼の戦闘の特徴は奇襲攻撃であったから、とんでもない場所にティーショットを打ち、こんな攻略法があったのかと、マスターズの常識を覆したかもしれない。やりかねないな。

マイノリティーと言えば、ナポレオンはコルシカ出身ということで、ヨーロッパの貴族階級の人々から卑下されていた。英雄が出現すると、必ずそこに大衆が支持をする物語が生れる。タイガーが、これから勝ち続けるかどうかは疑問だが、ともかくひとりの人間の出現で世の中は変わって行くようだ。

——つまらない場所に我輩を引っぱり出すな。

とナポレオンに叱られそうだ。

目玉焼きとテーブル

定かではないが、ナポレオンは目玉焼きが大好物であったらしい。

その話を資料で読んだ時、妙なものが好きなのだな、と思ったが、ナポレオンの生い立ちから壮年に至るまでの軌跡を辿ってみると、さもありなんと思われた。

コルシカ島の貧しい家に生れ育ち、ブリエンヌ兵学校でも小遣いを持つような子供ではなかった少年時代。パリ士官学校へ行き、士官になってからも貧困が続いていた青年時代。トゥーロンの攻囲戦で手柄を立てたものの、すぐにイタリア遠征軍に加わり、それからの彼の暮しはほとんどが戦場である。

その上ナポレオンの戦闘は大半が厳しい戦況下での戦いであった。常に敵軍が優勢といわれる戦場へ赴いた。そのような戦いであれば、露営の日々とて、そう満足できる食が摂れるはずはなかったろう。もっとも皇帝となってからは随分と戦場でのメニューも豊かにはなったと思われるが、その時はすでにナポレオンの食に対する好みは決定していたろう。

そうなると、目玉焼きが好きというのもうなずける。

当時でも卵というのは貴重品であったと思われる。現在の日本でも卵が好きなオジサンはたくさんいる。特に戦争（第二次大戦）の影響を受け、戦後の物不足の時代を知っているオジサンにはその傾向がある。

私の推測だが、ナポレオンに卵の美味しさと栄養の高さを教えたのは、母親のレティチアではないだろうか。ボナパルトもしくは兄弟の誰かが病気になった時、レティチアが卵を農家からもらい受けて食べさせたのではなかろうか。それを食してか、または見ていてボナパルトは卵に特別の感情を抱いたのではないか。

そうでなければ、軍人になってから軍隊の上官クラスもしくは将軍クラスの食事のメニューにだけ卵がついていたのではないか。

私は人間の味覚とか、味に対する好みは幼年期もしくは少年の時にほとんど決定していると思っている。

ナポレオンが味にうるさい人であったという記述は読んでいない。目玉焼きは少し驚いたが、この話が事実なら、目玉焼きが好きだというナポレオンには親しみを感じる。

戦場での早朝、いよいよ始まる決戦の時を前に、

「おうっ、勝利の目玉焼きよ」

「これがヨーロッパの歴史を変える目玉焼きか……」

とつぶやいていたりしたのかもしれない。だとしたら可愛いではないか。

味覚の話を書いたが、私は味覚に対してはかなり鈍感である。

だから十年近く前からマスコミにあらわれたグルメと自称する人たちが、微妙な味の差異を文章にしたり、言葉に発したりしていると、そうなのかと思ってしまうし、たいした人たちだと感心したりした。ところがその人たちの顔付きを観察したり、食に関する文章の字づらを目で追っていて、

——この連中怪しくないか？

と思うようになって来た。そう思っているのは、私ひとりではあるまい。

怪しいと思うのは、彼等の品性の問題である。人間の顔付きや、文章（いや文章はあきらかにそれはあらわれる）で判断してはいけないのだろうが、悪い奴は悪そうな顔をしているものらしい。何を基準に悪い奴と決めるかは、ここではおいておくとして、歳を重ねて行くと人間の顔には自然と人となりが表出してくるものだ。笑顔がいい人には、そうそう悪人はいない。いても大悪人である。そこまで行くと、湾岸戦争にGOサインを出した大統領も、よく考えれば殺人者である。将棋の升田幸三実力制名人は晩年の著書の中で、〝悪い奴ほど長生きをするという言葉があるが、自分はそんなことはなかろうと思っていた。しかしこうして歳を取って日本の大会社のトップなどに将棋指南をするようになったら、あの言葉はやはり本当だったと思うようになった〟と述べている。さすがに勝負師である。

ここのところ国会議員、知事、市長や官僚連中が不正をして、マスコミに顔が出て来る。見ていて納得する。

石川五右衛門が生きていれば、

――揃いも揃って、よくこんなに悪党面が上まで登って来やがったもんだ。

と笑い出してしまうのではないか。

話が逸れてしまったが、グルメなどと言っているのは世界中で日本人くらいしかいないのだろう。フランス人が味にうるさいと言っても、それは一部の人たちである。ほとんどのフランス人はほどほどに美味しいと思えば、いい食事であったと満足している。イタリア人がパスタにうるさいといっても、それは日本人が蕎麦《そば》やうどんにうるさいのと同じ程度である。よくスパゲティーをフォークとスプーンで食べている婦人を見かけるが、あの食べ方はイタリアの或る地方へ行くと極めて品のない食し方と聞いた。

まあ、どう食べてもいいのだが、肝心なのはその食事をどう摂ることができたかでしかない。昔貧乏で、やっと金を得た成金の人は高い料金の店で一番高い酒と料理を注文し、それで満足できればいい。

「ご主人、こりゃ江戸前の新子だね」

と一言言えば気が済むのなら、それでも結構である。

傍らで見ていて、そんな連中は淋しい奴だと思うが、それぞれ皆の勝手であろう。

国民総グルメになって、気付いた時は国民総飢餓人になるのもいいだろう。

ナポレオンと目玉焼きのことについて何か資料らしきものはないかともう一度調べてみた。アラン・ドゥコーの書いた『ナポレオンの母――レティツィアの生涯』（時事通信社刊・小宮正弘訳）の中にナポレオンが皇帝になってから側近ベルトランにコルシカ時代のナポレオン一家の生活を語っている記述があった。

「コルシカの私の家の原則は、金を使わないことだった。金は衣類とか家具という絶対に必要なものにしか使わなかった。家具といってもテーブルはなかった。ほかは食料品に使うだけだが、ほとんどの食料品は物々交換で得ていた。金がなかったのだ」

テーブルのない暮しが、私には容易に想像がつかない。コルシカでのナポレオンと目玉焼きの遭遇はあやぶまれる。

となると目玉焼きをナポレオンはどこで初めて食べたのだろうか。

この貧しい家をナポレオンは九歳の時に出てブリエンヌへ行った。ナポレオンが初めて目玉焼きを目にしたか口にしたのは、やはりブリエンヌの兵学校ではなかったろうか。

目玉焼きを初めて口にした時の少年ナポレオンの驚きの顔が想像できてなにやら微笑《ほほえ》ましい。テーブルのない晩餐に少しナポレオンの人間形成を考えさせられた。

皇帝の母は天使のように美しかった

ナポレオンの幼年期のコルシカ島・アジャクシオの生家には家族の食卓がなかったのではと書いたが、どうもそれは間違っていたようだ。

私はナポレオンが晩年、アジャクシオでの暮し振りを側近に語った言葉を、そのまま推測で、家具を買う金はなかったと思ってしまった。どうもこの述懐にはナポレオンの誇張があるように思われる。たしかにナポレオンが子供の時、一家は困窮状態にあった。その原因はナポレオンの父、シャルル・ボナパルトの浪費癖だった。かと言って土間で食事をするほどの貧乏では決してなかったろう。

ナポレオンの母、レティチアは生粋のコルシカ・アジャクシオの人であり、村の中には多くの親戚もいた。おまけに夫の叔父にあたる人リシュナンは副司教を務めていた。レティチアも教会へ行くことを怠る人ではなかった。さすれば毎夕餉《ゆうげ》の度に祈りは欠かさなかったはずだ。たとえ粗末であっても祈りをする卓はあったと考えるべきだろう。

おそらくナポレオンが晩年側近に語った食卓とは、派手好みの父シャルルが、コルシカを統治するために滞在するフランス人の伯爵・マルブフを我が家に招待した折、みすぼらしい家に家具、食器類、食料を母が近所から、その度借りていたことを述べたのだろうと思われる。

歴史の中に残り続けた資料というものは、その資料に残り得る何か力があったからだろう。ナポレオンに関しての資料のほとんどは彼を賞讃している。誉《ほ》める姿勢で書かれたものには自《おの》ずから、そこに偏向が生まれる。大筋にしてそうであろうから、細部に関してはなおさらである。この傾向はナポレオン関連の資料の弱点でもある。

食卓があったはずだと確信を持ったのは、ナポレオンが誕生する午後、つまりレティチアが英雄をこの世に産みおとす寸前まで、彼女は教会へ聖母昇天祭のミサに参列しているからである。これほど敬虔な母が晩餐の前に子供たちと祈りをしないはずがない。やはりナポレオンの家には、それなりの、母と数人の子供たちが両手を合せて祈る食卓はあっただろう。とは言え、貧困であったことは事実だ。

ナポレオンが産声を上げたのは生家の長椅子の上であるのは、ほぼ間違いない。なのに三十年後、ナポレオンが第一執政に就任した時には、ナポレオンはホメロスの叙事詩が語るイリアッドの戦いが描かれた絨毯《じゅうたん》の上に産みおとされたという話がまことしやかに民衆に伝わって行った。（これも偏向のひとつである）

しかしレティチアはその話を笑って否定した。

レティチア曰《いわ》く、

――コルシカの家には絨毯などありませんでした。

さてこの旅日誌も、ナポレオンが皇帝になった件《くだり》まで来ているが、ここでナポレオンを語るほとんどの人が賞讃する、皇帝の母、レティチア・ボナパルトの話をしよう。

〝この賢母なくして、ナポレオンという英雄は誕生しなかったろう〟

〝レティチアだけが常に冷静にナポレオンを見守り続けることができた〟

〝皇帝を育て、兄弟からこれほどの数の国王、大公、貴族を育てた母は歴史の中にいない〟

ともかくレティチアはいたって評判がいい。彼女の生涯を辿って行くと、息子ナポレオンをはじめとする八人の子供と、彼等が成長し増やして行った縁戚者……、それらすべての人たちの誰も太刀打ちできぬほど、この女性は潔白に生き抜いている。

彼女の生涯には、偽善というものがない。

スタンダールはレティチアを、

〝レティチア・ボナパルトの生涯ほど、偽善に染まらぬ、そして私の考える限り、彼女ほどの高貴な生涯はなかった〟

と書いている。

レティチアの生き方は、彼女が生まれたコルシカの母の在り方に根ざしていると思われる。

ナポレオンが人生の中でもっとも軽視された時、ブリエンヌの兵学校時代、レティチアは我が子に面会に訪れている。その折、ブリエンヌ兵学校の人たちが驚嘆したのは、彼女の美しさであった。

『ナポレオンの母――レティツィアの生涯』の著者、アラン・ドゥコーはこの書の冒頭の序章で、英雄の母がいかに美しい女性であったかを、ヴェルサイユ美術館に展示してあるレティチアを描いたジェラール作の『皇太后』とダヴィッド作のメダル、ドヴェリア作の肖像画、バルトリーニ作の大理石の胸像、ショーデ作の大理石の胸像『レティチア・ボナパルト夫人』を比較して述べている。

レティチアが美しい女性であったことは間違いない。

それにしてはナポレオン、美男子とは言えない容貌をしている。

しかしそれは問題ではない。二枚目と呼ばれる男で、仕事ができる男を私は今まで見たことがない。それは美女も同じである。美しく生まれたことは、或る種の天賦の才ではあろうが、美男子、美女ともて囃《はや》されているのは若いうちだけである。だから私は男前をほとんど信用しない。二枚目俳優と言われる人がいるが、まともな演技ができる俳優はいた例《ため》しがない。歌手も同じである。人間は己の欠点を思い知ってから、生きることがはじまるのである。

（イカン、どうも男前に憤りがある）

レティチアの〝コルシカの天使〟と呼ばれた美しさ故に、ナポレオンの父親の諸説が今もさまざまな資料に語られている。

ナポレオン自身も、自分の父親がシャルル・ボナパルトではなく、或る特定の人物であるかもしれないと語っている。しかしそれは先に述べたように、晩年のナポレオンの立場（絶海の孤島セント・ヘレナ島に流されていた）を考え、彼が父シャルルのように胃《い》癌《がん》で死にたくないという思いも影響していたと思われる。

ナポレオンはたしかに劇的な生涯を送っている。それはナポレオン研究家たちが口を揃えて語るところだ。

かのシェイクスピアであっても、ナポレオンの生涯を書けと言われたら、かくもドラマチックに主役の生涯を芝居には書けなかった気がする。戯作者の頭の中にひろがる世界は宇宙のように果てないと言われるが、ナポレオンの一生は洪水と旱魃《かんばつ》のくり返しである。

ひとりの人間が世界をこのように巻き込むことができるのか？　謎である。

その謎を解くのに、母レティチアとナポレオンの奇妙な母子関係がある。

〝この母にしてこの息子あり〟

とはとてもではないが言い難い。

私にはレティチアが男子に生まれていたら、どうなっていたろうかと思ってしまうほどだ。

もの哀しくも、美しい旋律

「ほうっ、ナポレオンの追悼セレモニーなんてのが毎年催されているんですか？　ちっとも知らなかったな……」

今回パリへ取材へ出かける前にその話を聞いて、私は少し驚いた。

その式典はナポレオンがセント・ヘレナ島で亡くなった五月五日に催されているらしい。

――ちょっと待てよ。五月五日というと、去年、ナポレオンの取材へ出かけた時もたしかこの日と重なっていたはずだ。で、机の引き出しの奥から去年の手帳を出して、めくってみると、一年前の同日はイタリアのコモ湖へ行き、スイス国内のイタリア領にあるカンピョーネという街のカジノで遊んでいた。(困ったものだ)

海外へ取材へ出かける時はあらかじめ下調べをして出かけるのだが、こういう式典があったりすることに案外気付かない。

――どんな式典なのだろうか？

五日のパリは前夜半から雨が降り出した。夜明け方も止む様子がない。

――どうして、そんな時刻の天気を知ってるんだ？

フフフッ、前夜、パリ郊外へ出かけて明け方までルーレットをしていたからである。戦績は良くなかったが、皇帝への供養の盆と言いますか……。(本当に、困ったものだ)

ホテルに帰って、少しベッドで横になり、一階のカフェーへお茶を飲みに行くと、天窓に強い雨垂れが落ちている。

――こりゃ外で式典があると大変だな。

と雨空を見上げていると、若い従業員が、

「恵みの雨だ」

と言う。

――どうして、恵みの雨なんだ?

聞けば今年の初めから、フランス各地はひどい旱《ひで》り続きで、農作物が大変な被害を受けていた。このまま行くとフランスの食卓から野菜が消えるという報道もあったと聞く。雨が降らないのはヨーロッパ全土の温度が春になっても上昇しないこともあるらしい。そんな天候のせいで野菜もそうだが、あのワインの葡萄《ぶどう》畑にも被害が出た。高級ワインの葡萄畑などは冷害を防ぐために、夜中の間畑のあちこちに重油を焚き、ヘリコプターを飛ばしてプロペラの風力で重油の火力を葡萄の実に当て続けた。

――そこまでやっても採算がとれるってワインがあるってことか。それともひとシーズンでも葡萄の木をおかしくさせると取り返しがつかなくなるのだろうか。

ともかくフランス人のワインに対する思い入れには敬服してしまう。

セレモニーの行なわれるアンヴァリッド廃兵院の前に着いてみると、すでに人だかりがしていた。

ナポレオン協会の会長の厚意で、私たちは式の参加を許可された。

――ナポレオン協会とは何だろう？

人だかりへ近づくと、ナポレオン時代の軍服を着た男たちが階段に整列している。

――何をしようっていうんだ。この連中は何者なのだ。

集まっている人たちを見ると、胸にあの鷲のマークの紋章を付けている。皆同じような表情をしているのが気になる。

集まった人たちは皆何かを待っていた。すると馬の蹄の音がして、そちらを見るとやはり当時のナポレオンの騎馬兵、赤い衣裳《いしょう》はあの華麗と評判だった近衛兵であろうか、勇ましい出で立ちの兵が数騎、こちらにむかって進んで来ていた。

――これは何かに似てるな？

と思っていると、岐阜での信長まつり、小田原での北条五代祭りにそっくりなことに気付いた。所変わっても、英雄に対する土地の人の想いのあらわれ方は似たり寄ったりなのだろう。

ところがほどなく本物の軍人が広場へ数人集まると、シトロエンが一台やって来て、勲章を胸に付けた陸軍の高官が降りて来た。

二人の高官が廃兵院の中へ入ると、たむろしていた人たちもぞろぞろと中へ続いた。見物に来ていた一般客は足止め。私たちもあわてて中へ入る。

そこにはナポレオンの霊廟《れいびょう》がある。前回ここへ来た折、私は墓や棺を見るのが好きではないので、見物しなかった。人の列に付いて階段を降りて行くと、ナポレオンの棺は見上げるほどの大きさであった。これほど大きな棺を見るのは初めてである。秦《しん》の始皇帝の墓は陵地、玄室、棺も巨大と言われるし、エジプトのギゼーのピラミッドもそうだが、どちらもまだ見たことがないのでその大きさはわからない。しかしどうしてこんなに大きな棺をこしらえるのだろうか。とはいえ、この棺はナポレオンの意志ではない。始皇帝やクフ王は生前から己の墓を作らせ、大勢の人夫が死に生贄《いけにえ》が捧《ささ》げられた。このあたりの神経は異常である。

紫檀《したん》の色に近い暗紫色が天井からわずかに差す雲空の陽に淡く浮かんでいる。美しい棺の色である。棺の前に献花。先刻の陸軍の高官が姿勢を正した。傍らに控えていた喇叭《ラッパ》手が弔奏を吹きはじめた。フランス軍の弔奏のメロディーがなかなかよかった。

シンプルでもの哀しい旋律がクリプト（地下墓所）の中に響いて、集まった者は皆黙禱《もくとう》していた。

セレモニーはそれだけで終った。

「この後、夕方六時半から、この廃兵院の中の教会でナポレオンのミサがあるそうです。こちらも参加の許可が出てますから……」

「そうですか……」

そう返答をしたものの、ミサにまで出かけるのはどうかと思った。

ナポレオンに対して、畏敬の念があれば司教の言葉に耳を傾け、皇帝の霊の安らかなことを祈るのだが、私にはそんな気持ちがない。それに第一、私は教会、寺、神社の中へ足を踏み入れるのが大の苦手である。葬儀へ出席しても坊主の経を聞くのも神父の言葉を聞くのも耐えられないから、ナポレオンのミサと言われても……。

外は雨で、夕刻までホテルで寝ることにした。

雨音を聴きながら眠ったせいか、奇妙な夢を見た気がした。雨に煙る黄昏《たそがれ》の丘陵を黙々と人の群れが進んでいた。

——まずいな、これってまさか、戦場じゃあるまいな。

そう言えば夢の名残りか、耳の底にもの哀しい旋律が響いていた気がする。

——死者の行進の夢だったのか……。

鬱々として、私はミサへ出かけた。

教会ではお行儀が大切

雨雲がエッフェル塔のむこうに垂れ籠めている。夕陽は雲のむこうである。昨日迄《まで》、パリには半袖のシャツを着た男女が、夏のような陽差しの中を歩いていた。ところが、今は目の前に冬物のコートを着た人が列をなしている。

アンヴァリッドの廃兵院の中にある教会で、ナポレオンのミサが行なわれる。廃兵院の中庭では、陸軍の音楽隊が整列して、ミサの主客を待っている。私たちはこれから何がはじまるのかと興味深げに廃兵院の回廊を取り囲んでいる見物客の中に立っていた。

妙なものだが、軍隊を持たない国で育ったせいか、日本人は軍の催しにとんと疎い。それはそれで誇るべきことなのかもしれないが、声を潜めてじっと見守るしかない。

この頃、新聞や雑誌の広告欄で、第二次大戦における戦記物や戦艦、戦闘機の本やビデオの販売の告知を目にする。ひと昔前はこの手の広告はどこか遠慮がちであった。憲法で軍隊を持たないと定めてあるのだから、この手のものを販売する側にも、どこか躊躇《ためら》い気味な構えが見受けられた。ところが少しずつこの手の出版物が増えている。

——いったい、どういう人が買うのだろうか？

これがあまり想像がつかない。

若者向けの雑誌のグラビアで、最新鋭の戦闘機や戦艦の写真を見るが、こちらはわかる。若者は、より強い、より速いものを知りたがるのが常だからだ。しかし戦闘機にしても戦艦にしても、これが破壊ないし殺戮を前提に開発されていることまでは考えない。

私が少年の時、この手の雑誌が好きな友人がいた。彼の家へ行くと、居間の壁にゼロ戦、戦艦大和、Ｂ29、グラマン、メッサーシュミット……、といった写真が貼ってあった。聞けば、その友人の祖父も父親も、この手のものの大ファンであった。或る日、その父親が終戦近い時に日本の空を飛ぶ、Ｂ29の機体の美しさを私たちに語ってくれた。友人は目をかがやかせて、父親の話にうなずいていた。おそらく何度も同じ話を聞かされたのだろう。

子供の私は家に戻って、その話を母にしたら、二度とその友人の家へ行くんじゃないと、えらい剣幕で言われた。弟がゼロ戦のプラモデルをこしらえて、天井から糸で吊《つる》していたのを見て、母は不愉快そうな顔をしていた。

しかし戦争好きな少年はいつの時代にもいる。戦闘機や戦艦を見て喜んでいる人はまだいいが、戦闘服に身を固めて野戦の模擬のようなことをして遊ぶグループを時折テレビで見る。
——どういう神経で、そんなことをしたいのか？

私にはまるでわからない。

教会の中は満員の人であった。
陸軍の高官も最前列にいる。ナポレオンの子孫らしき人もいる。若い陸軍の兵たちもいる。ナポレオンの軍隊の将軍たちの子孫も参列しているらしい。あとはナポレオンの愛好家……。若い人が多いかと思ったが、参列しているのは、ほとんどが老人たちであった。

　この教会が普段どういうことに使われているのかは知らないが、左右の壁の上方に各国の陸軍の軍旗が飾ってある。〝横浜、第五連隊〟という軍旗もある。こんな連隊が本当にあったのかしら。中国、インド、トルコ……と、よく軍旗ばかりこうも集めたものだと感心した。

　やがて後方の最上階から、パイプオルガンの奏でる音が教会に響き、司祭があらわれた。この司祭の出で立ちが、映画『薔薇の名前』に登場する僧たちと同じだった。いかにも分厚そうな織りの僧衣はどんな糸でこしらえてあるのだろうか。ミサの最中にも、あの僧衣の下に何を着ているのだろうか、僧衣は何日くらいで洗濯するのだろうか……と、そんなことを考えてばかりいた。

　フランス語がわからないので、司祭が何を言っているのか、さっぱり理解できなかった。時折、ボナパルトという言葉が聞こえて、ナポレオンのことを話しているのはわかる。

　周囲の人は皆ナポレオンを敬愛しているのだろう。神妙な顔をしてじっと司祭の言葉に耳を傾けている。私は手持ち無沙汰で、教会の中の様子をスケッチしていた。スケッチをしながら、以前もこれと同じようなことをしたのを思い出した。

――どこでこんなことをしてたのか？　ミサなんて出席したことはなかったはずだ……。

そう思った時、ミサに出席していた二年があったことを思い出した。

〝早朝礼拝〟と私たちはそのミサを呼んでいた。

「おい、明日は早朝礼拝だな」

「本当だ。嫌になっちゃうな」

私たち野球部員は先輩のスパイクを磨きながら、舌打ちをしていた。

今から三十年近く前、大学の野球部のリーグ戦がはじまる春と秋、週に一日早朝の礼拝に野球部員は出席した。いや正確には出席させられていたと言った方が正しかった。

ミッション系の大学だったから、体育会の部員は大切な試合がある前に教会で礼拝を受けた。勝利の祈願であったのだろうか？　礼拝のたしかな意図はよくわからなかった。

ただ最初に聖書の一章を読みながら、司祭が面白いことを口にしたのはよく憶《おぼ》えている。

言葉は正確ではないが、戦いの神が身に付けていたものをすべて野球の用具に置き換えていた。

「頭に載せられた勇者の月桂冠、すなわち皆さんの場合はヘルメットですね。空を駆ける靴、すなわちスパイクですね……」

と司祭が丁寧に説明する。

司祭の言葉を聞きながら、

——空飛ぶスパイクがあれば、田淵（当時法政大学のスラッガー、後に阪神・西武で活躍）のホームランも谷沢（当時早稲田大学のスラッガー、後に中日で活躍）のホームランも皆なんなく捕球できるじゃないか。

と考えたりしていた。この礼拝を野球部の下級生がどうして嫌がっていたかというと、司祭の話が一段落着いた後で野球部のマネージャーから指名を受けた下級生が皆の前で何か話をしなくてはいけなかったからだ。

話のテーマは前もって司祭から提案があり、〝愛〟〝神について〟〝感謝について〟などと、およそ普段関わることのないテーマを話さなくてはいけなかった。その話を真剣に聞いてうなずく司祭、ニヤニヤして聞いている上級生、笑いを押し殺している同級生……。或る時、少し調子者の同級生のひとりが、〝感謝について〟のテーマで、キャバレー嬢がセット料金を安くしてくれた話をした。教会の中は大爆笑であった。司祭とマネージャー以外は。その夜、マネージャーから一年生はグラウンドに整列させられ、顔がバスケットボールのようになるまで殴られた。

パリの教会で妙なことを思い出したものだ。

屋根の上のナポレオン

バルザック通りに面した、ちいさなホテル、ヴィニーで、私が気に入っている四階の角部屋がある。

その部屋の窓からは、交差点を通る人が見下ろせ、むかいのビルの屋上が眺められ、そのむこうにルーヴルの方角へ空がひろがっている。

パリまで来ていても、時折一日中部屋で仕事をする破目になる日がある。情ない。ファックスというものが発明されたせいもあるが、それ以前にこっちの段取りが悪い。

——外国まで来て、なぜ私は仕事に追われているのだ？

と自分に愛想がつきているから、当然仕事は捗《はかど》らない。そんな時に窓辺に鳥でも飛んで来ようものなら、じっと観察してしまう。

或る日、私が机について仕事をはじめようとした時、むかいの屋上にひとりの男が道具箱を手にあらわれた。青色の帽子をあみだにかぶり、くわえ煙草で煙突の脇に立った。薄汚れた作業着、石が落ちてもつぶれそうにない固そうな靴。いかにも職人風。

——この男、いったいどんな種類の仕事をする職人だ？

男はまた姿を消し、やがて大きな板を二枚担いで戻って来た。それから煙突の脇を一、二度揺らしてから、道具箱から巻尺を出して計りはじめた。

――大工か。何を今からやらかすのか。煙突の修理だろうか？　だとすると大工ではなく、煙突屋だろうか……。

男は計測を終えると、煙突の側にしゃがみ込んでまた煙草を取り出し一服しはじめた。

――のんびりした男だ。

しかし屋上で仕事をしているから、依頼人はこの男を監視することはほとんどないのだろう。そう考えると、気兼ねのいらない仕事である。男は煙草をふかしながら、シャンゼリゼ方向の空を眺めている。珍しいかたちをした雲でも浮かんでいるのだろうか。

なかなか仕事に取りかからない。誰もそれを咎《とが》めはしない。男を見ているのは、私だけである。ようやく腰を上げた。先刻持って来た板に巻尺を当て、道具箱から鋸《のこぎり》を出して板を引きはじめた。

――待てよ。フランスの鋸は、〝引く〟ではなく〝押す〟ではなかったか？

男の動作を眺めながら、肩と背中の動きを凝視すると、やはり〝押す〟である。板は二枚に断ち切られた。その片方を煙突に当てている。小首をかしげて、何やら案じている。そうしてまた煙草を取り出した。

――よく煙草を吸う男だ。

しかし、その煙草は火を点《つ》けないで、くわえたままだ。男はそれから鋸で板を押しはじめた。板を切ると、それを煙突の側面に当てて、ちいさくうなずいた。そこでくわえた煙草に火を点けた。

――やれやれ、これじゃいつまでたっても仕事は終らないぞ。

また空を仰いでいる。先刻と同じ方角。私は気になって椅子から立ち上り、別の窓から男の眺めている空を見た。雲も浮かんでいない。ただ青空がひろがっているだけだ。

――空が好きな男なのだ。

そう思った途端に、私は妙な妄想をしはじめた。

『ここで男が急に空を飛んで行ったら、たいしたものだろう……』

そう思いはじめると、男から目が離せなくなる。空を飛べるほどの男なら、先刻から私が男を観察していることをとっくに気付いているはずだ。私は物音を立てぬように机を離れて、背後のソファーに腰を下ろした。

例えば男が、あの世から（天国か地獄かはわからないが）現代にちょっと遊びに来たナポレオンで、天下の英雄のことを批判的に書いている若造をびっくりさせてやろうと企んでいたりしたら、これは益々面白い。

期待に反して、男は道具箱からドリルを取り出して板に穴を開けはじめた。開いた穴に息を吹きかけている。これは日本の大工と同じ仕種《しぐさ》である。

子供の頃、生家に時折老大工がやって来て、台所に棚を取り付けたり、風呂場の簀《す》の子をこしらえたり、毀れた板塀を修繕していた。

私はこの老大工の仕事を見るのが好きだった。午後のお茶の時間に、母から言われて茶と菓子を持って行くと、

「何歳《いくつ》になられましたか？」

と毎年同じことを尋ねられた。台風などが多い年は一年に二度、三度来るのだが、それでも同じことを大工は言った。

私が道具箱を覗こうとすると、

「刃物はさわらんようにして下さいよ」

とこれも毎度同じ言い方だった。

「これは何に使う道具？」

と聞いても、ただ笑っているだけで、子供の私は大工の仕事を見物しながら、あんなことをするためにあの道具はあるんだと感心したりした。どういう理由かわからないが、大工の仕事を見るのが好きだった。田植え、稲刈、電線工事、道路工事、船の荷揚げ……、家の建

築などは学校の行き帰りに、どんどん様子が変わって行くのが楽しみでしようがなかった。左官の土練りから壁塗りも面白かった。あとは各店の軒先で見る仕事にも興味をそそられた。畳屋、ガラス店、自転車屋……、その中でも取分け好きだったのが、鍛冶屋だった。石炭の燃え上るオレンジ色、熱で赤くなった鉄塊、鞴《ふいご》の音、鉄槌《てつつい》の音、汗にまみれた鍛冶屋の顔と盛り上った筋肉に熱焼けした肌……。すべてが魅力的だった。

妙な話だが、今でも時折その鍛冶屋の夢を見ることがある。鍛冶屋の軒下にしゃがんでいる私は少年の私である。他の夢はほとんどが大人なのに、どうしてだろうかと目覚めて考える。

屋上の男の作業が終ったのは、陽が傾いた時刻であった。仕事終りが折良く夕刻になったのではなく、男は夕刻までたっぷり時間をかけて仕事を終えさせた感じだった。

男は空を飛ぶことはなかったし、煙突のむこうに消えて戻って来ると、いきなり十九世紀のフランス軍の将校の軍服に身をかためて片方の手を懐に入れていることもなかった。

妄想癖は子供の時分からあった。

いったん、妄想の世界に入ってしまうと、焦点を失ったような眼をして、ぼんやりとしていたらしい。その度に母親から鼻の先で手を叩かれ、

「その眼、やめてって言ってるでしょう。死んだ人みたいで気味が悪いから」

と不機嫌な顔をされた。

たしかに妄想は違う世界に行ってしまうことかもしれない。

電話が鳴った。国際電話だった。

「原稿まだでしょうか」

「えっ、いや、あの……、ナポレオンが屋上にね」

「えっ、何ですか？」

それから私はあわてて仕事をはじめた。

教授とナポレオン

初対面の人と逢うということが苦手になった。

いつ頃から、こうなったのかわからないが、知らない人と逢って話をしていると、緊張をするせいか、あとでひどく疲れているのがわかる。相手に不快感を与えたくないと思う気持ちと、こちらも悪く思われたくないというつまらない感情がどこかで働き、上手にその場をやり過ごそうとしているうちに時間が過ぎ、相手と別れた後ぐったりとしてしまう。やはり逢わなければよかったと後悔する。

こんな私を友と思ってくれている人もいるし、その人たちとたまに逢っていれば充分過ぎるほど生きて行ける。だからこれ以上、人と知り合う必要はないはずなのだ。

時折、知人の自称グルメから、美味しい鮨屋を紹介しますよと言われても、出向く気がしない。仕方なくつき合わされる破目になっても、主人を紹介されただけで落着かなくなる。鮨の味のことはよくわからないが、気ごころの知れた主人なり、職人の方が落着けるし、口にするものも他より美味に感じる。修業、鍛練、勉強……といった類いの時間を積み重ねて一人前となる職業には、さほど技術の差異はないと思っている。そうなると良し悪《あ》しを決めるのは、人となりしかないのではなかろうか。味は人である。これが詰まるところ、私の美味感覚である。

味覚だけではない。人間の手や思惑でなされるものは、すべて人となりが経過も結論も、将来も決めると私は思っている。

ともかく人と逢うことは大半が疲れると思っていい。よほどの間柄でないと気楽には過ごせない。それを友と呼ぶのだろう。知人は多いが、友人がいない人もいるし、知人はわずかだが、しっかりした友人を持っている人もいる。

ナポレオンなどは、いろいろ文献を読んでいても、友人と呼べる人物はひとりとしていなかったようだ。セント・ヘレナ島まで同行し、ナポレオンの死を見送った執事、軍人などの側近はいるが、彼等はナポレオンがこころを許した友ではなかった。こころあたりがナポレオンの後半生を悲劇にしたのだろう。

初対面が苦手で、その上相手と対談、鼎談《ていだん》をしなくてはならない場合はひどく憂鬱《ゆううつ》になってしまう。

作家同士（とは言え相手の方はほとんどが先輩だが）での対談ならテーマが文学であり、作品も知っているし、さもなくば読むなりして準備ができる。それに勉強になることが意外と多い。

しかし今回のパリ取材では、大学教授と話をしなくてはいけなかった。

私はフランス語が話せない。相手も日本語が話せない。その点は楽なのだが、通訳が介在しての話というのは、微妙なニュアンスが伝わらない。

ともかく対談が早く終ればいいと、パリに着いた時から思っていた。

人間に興味のない作家はいい作品に縁がないと言う。この考えをさらに進めると、興味ある人間に出逢えない作家は、作家失格であるということになる。私は失格以前かもしれない。

しかし今回、初対面の人と逢う折の対処法で、ひとつ良いことを学んだ。

自分が思っていることを最初から正直に話すことである。

『私は戦争が嫌いです。ナポレオンがどんな戦争をしたかはほとんど興味がありません』

その人、ジャン・チュラール教授はまず最初にこう言った。

ソルボンヌ大学の教授で、ナポレオンに関する書を三十冊も執筆し、海外四十ヶ国でその著書が翻訳されている方である。

穏やかな表情で、戦争が嫌いですと言われた時、私も思わず、同感ですと言いたかった。

このひと言で、私は教授の話を聞きたいという気持ちになった。

話を聞いたのは、モンパルナスの南サンジャック地区にある教授の自宅だった。

私と教授はリビングで先生と教え子のようにして語らった。長い間、ナポレオンの研究を続けているせいもあってか、サイドテーブルの上や壁面にナポレオンに関わるコレクションがさりげなく飾ってあった。

「私たちが学んだ歴史の中で、ナポレオン・ボナパルトのようにひとりの人間がかくも歴史を変えた例は他に見ないのではないかと思うのですが、教授はどう思われますか？」

『おっしゃるとおりです。世界を、歴史を変えた人物というのは、この世の中にそんなに存在しなかったと思います。私の考えで、そんな人物を挙げるとすれば……』

　ここで私は、教授はヨーロッパ社会を中心に物事を考えるだろうと予測し、アレキサンダー大王、シーザー、ナポレオンの名前を挙げるだろうと考えていた。ところが豈図《あにはか》らんや、

『それはキリスト、そしてナポレオン。それにカール・マルクスを付け加えてもいいでしょう』

――ほうっ、キリスト、ナポレオン、マルクスか……。

　なるほどヨーロッパ社会中心の思考にしても、興味深い視点である。

『その中で、ナポレオンは軍隊を使って世界を征服して行ったところが、残る二人と違う点です』

――そうか、キリスト＝宗教、ナポレオン＝軍隊、マルクス＝思想というわけか。

『ナポレオンによる戦争、これを〝ナポレオン戦争〟と呼んでもいいでしょう。〝ナポレオン戦争〟は一見ヨーロッパだけでくりひろげられた戦争に思われるでしょうが、実は世界中

に〝ナポレオン戦争〟は勃発しているのです。北アメリカではナポレオンによるイギリスへの大陸封鎖が原因でイギリスと戦争が起こっていますし、南アメリカではアルゼンチン、メキシコなどの統治国であったスペイン国内が独立戦争に必死になり、そのお蔭で南米諸国は植民地主義に対して蜂起をし戦争がはじまりました。オーストラリアの南海岸ではボナパルト海岸と名付けられてナポレオンが独立の気運を生んだ英雄になっています。ジャワ・ジャカルタでもナポレオン体制がしかれましたし、中国の広東でも〝ナポレオン戦争〟の影響で商業上の大きな流れに変化を起こしています。当時インド洋ではナポレオンが出たコルシカ島の人々を海賊と呼んだりしていました。つまり直接的、間接的に〝ナポレオン戦争〟の影響がまったくなく、関係もなかった唯一の国が日本なのですよ』

――ほうっ、なるほど、初めてナポレオンのことで日本が登場いたしましたか。

「それは日本の鎖国政策のためですね」

『おっしゃるとおりです』

私は身を乗り出して、教授の話の続きに耳を傾けた。

教授は軍服がお嫌いでした

ジャン・チュラール教授の話はさすがに三十年以上もナポレオンの研究をして来た人だけに面白かった。例えば私が、

「教授、日本の中世では、戦国大名の大半は小姓と称して美少年を戦場へ連れて行き、女性のいない間美少年相手に性を楽しんでいたのですが、ナポレオンの時代は男色はどうなっていたのですか。そしてナポレオン自身のその種の経験は？」

と唐突に質問をしても、教授は少し口元をゆるめてから、

『ヨーロッパでもナポレオンの時代、戦場における男色はよく行なわれていました。もっともこれはギリシャ、ローマの時代からあるものですが……。ナポレオンについて言うと、彼はホモセクシュアルを好んだ男ではありません。しかしエジプト遠征の折、一度だけ男色を経験したようです。しかしすぐにその道に関しては嫌悪を持ったと記録にあります。ナポレオンの敬愛するシーザー、そしてアレキサンダー大王など古代の征服者たちは皆男色家としても有名でしたから、おそらくナポレオンも彼等の真似事《まねごと》をしてみたかったのだと思います』

と嬉しそうに、私を見て言われた。

教授のやさしそうな眼差《まなざ》しに、こちらも少々たじろぎながら、

——ひょっとして、この人……。と愛想笑いを返していると、

『ナポレオンの執政官で、ナポレオン法典を作る上の責任者だったカンバセレスは有名な男色家でありましたし、ナポレオン軍の中でも男色は拡《ひろ》がっていたようですが、プラトニックな関係だけでホモセクシュアルの感性を満足させた兵士も多いようです』

と丁寧に言われた。

——プラトニックなホモセクシュアルか？

私はさもわかったようにうなずいて、質問を別の話に逸らした。

「英雄色を好むという格言が、日本にもあるのですが、ナポレオンは女性の方はどんな感じだったのですか？」

教授は私の目を見て大きくうなずき、

『ナポレオンは女性に関しては奥手であったことはたしかです。ジョゼフィーヌを知る前に何人かの女性関係はあったのですが、ジョゼフィーヌの色気にいっぺんにまいってしまいます。よほど感激したのかもしれません』

たしかにナポレオンはジョゼフィーヌと一晩をともにしてから、たちまち恋に陥《お》ちている。

なにしろジョゼフィーヌはパリのサロンの中で男と女のことでは右に出るものがなかったほ

どの手練。しかもナポレオンに逢うまでのジョゼフィーヌはバラス総裁の愛人であった。バラスの気を引くためにジョゼフィースは閨房《けいぼう》でのテクニックも相当なものであったというから、童貞に近かった初《うぶ》なナポレオンが一夜にして溺れたのは無理もないことである。

「ナポレオンはセックスに淡白だったということですか？」

『淡白？　そうかもしれませんね。好色であったかどうかは正確にわかりませんが、セックスに関しては、彼の食事のスピード同様、とても早かったのではないでしょうか？　ジョゼフィーヌはナポレオンのセックスのことで不満を口にしていますから』

――それはナポレオンも辛《つら》かっただろう。

「今、食事のことが話題に出ましたが、ナポレオンの食卓はどんなものだったのですか？」

『戦場においては勿論ですが、普段の食事も質素だったようです。ナポレオンという人は何かにつけ常に急いでいる人だったので、食事もニワトリの手羽を口に放り込み、シャンベルタンのワインをコップ一杯飲んで、たったの十分で済ませたりしていました。酒の方はシャンペンを好んでいたようです。赤ワインはブルゴーニュのシャンベルタンをご指名でした。しかし大酒飲みではありませんでした。節度を重んじていましたから……』

――ヨーロッパ大陸を征した英雄にしては何やら質素過ぎる食卓ではないか。

「少し質素過ぎる食卓のように思われますが、これが当時の食習慣だったのでしょうか？」

『いいえ、とんでもない。ナポレオンの時代はフランスで初めてガストロノミー（美食芸術学）が生まれます。この時代にパリには大型のレストランが次から次に誕生し、チーズやワインを楽しむ食事が流行しはじめました。先ほど名前を出しましたカンバセレスが経営するレストランなどはその当時の贅沢を極めた美食を出していました』

——ほうっ、ナポレオンの時代にグルメが誕生したのか……。

『食事で言えばそうですが、この時代はサド公爵の時代でもあるのです。サディックという言葉が生まれ、サド的な性生活も盛んになりました。このサディックがフランス語でも英語でも使われはじめました。しかしナポレオンはサディックにもガストロノミーにも関心を持たなかったのです』

「少し淋しい気もしますね？」

『そうですね。しかし貴族や特権階級の人たちが美食や偏向的な性生活を楽しむことができたのは、すべてナポレオンのお蔭なのです。フランスの歴史の中でナポレオンの時代の国民は失業者もほとんどなく唯一の完全雇用の時代でした。しかも景気が良かった。ナポレオンは革命の申し子のようにして登場しましたが、革命以前のフランスは農業国で国民の90％を占めていた農民は不当な重税に苦しんでいました。封建主義の法律に庶民は虐げられていたのです。革命は貴族や聖職者が支配していた土地や資産を没収し、農民はこれらの土地を廉価で買い上げることができたのです。この改革は平等という名の下に人権宣言が発せられたことと相通じます。ナポレオンがくり返した戦争はこれまでの封建主義を守ろうとする他のヨーロッパ諸国に対して人権宣言を擁護する戦いでもあったのです。その上戦勝国になるということで、フランスの経済利益を生みました。軍事力を増やすために若者は兵士になり、労働者は高いサラリーを取るようになり、公務員は行政の仕事に従事しはじめ、失業者はいなくなったわけです。農民と労働者の生活が飛躍的に改善されたのもナポレオンの力でしょう。だからナポレオンの時代はフランスの栄華の時代とも言えます。こんな繁栄がロシア遠征まで続くのです』

――なるほど、そんな時代だったのか……。

教授の語り口調が俄然《がぜん》熱気を帯びて来た。教授はさらに現代フランスの行政の基礎はほとんどナポレオンの時代にできたと述べた。参議院、財務局などがその例であると。

『でも私は法典、行政におけるナポレオンのフランスへの貢献は認めますが、戦争はやはり嫌ですね。特に軍服については今もファナティックにコレクションをしている人がいますが、好きではありません』

――教授、同感です。あなたは偉い。

ナポレオン残影

ジャン・チュラール教授との語らいは楽しい時間だった。

話をあらかた終えた後で、教授が、

『ナポレオンの戦争好きは困ったものですが、彼が作った法典と行政制度は後世へ偉大なものを残しています。その点でのナポレオンの才能に、私は敬意を抱いています』

と静かに言われた。教授自身、父上が官僚であったこともあって、ナポレオンのこの種の功績に自然と目が行ったと付け加えられた。

ともかく初めてナポレオンの功を耳にした。

教授は映画好きで、ナポレオンに関する映画はほとんどご覧になっているらしい。映画の方へ話題が移ると目がかがやきはじめる。

ふと見ると、私が座っているソファーの脇に何本もの酒壜《さかびん》が転がっていた。

――ほうっ、この人、酒好きだ。

酒好きの教授によりいっそう親しみが湧いた。長友さんも転がった酒壜を見逃していなかった。帰りの車中で、

「なかなかの教授さんやったやないか」

「そうですね。それにあの酒壜見ましたか？」

「ああ、ありゃ相当の飲み手やで」

同類はすぐに嗅覚が働く。

私は一年前から海外での酒を控え目にしている。

——とうとう身体をやられましたか？

そうではない。身体はあちこちガタが来ているが、海外で酒を飲むと、量が増えるからだ。しかもストレートでピッチが上る。皆と別れて部屋に戻ってからも冷蔵庫のアルコールをすべて飲みつくす。それで朝目覚めると、パジャマの上にコートを着て寝ていたりする。すぐに戦闘態勢に入れるナポレオンの親衛隊のようだが、見回すと部屋の中がひっくり返っている。しかも悪いことにその間の記憶がまったくない。アルコール依存症としては、第二期くらいなのだろうが、そのうち全裸でネクタイなんかして深夜シャンゼリゼ通りを走ったりするんじゃないかと心配でしょうがない。

教授がナポレオンのセックスに関して話をなさっている時、女性のことをかの哲学者、ニーチェが〝兵士の休息〟と書いていると言われた。この意味を、男の人生というものが戦場へ赴く兵士と同じように戦いばかりで、つかの間の休息として女性の存在があると理解すべきなのか、それとも男性と女性の存在そのものが根本的に異なっていると考えるのか、私にはよくわからなかった。ニーチェは結婚というものに対しても〝結婚は肉体の会話を生み、肉体の会話こそが結婚である〟と言っている。この言葉も学生時代は単純に肉体でコミュニケーションをすること、つまりセックスが結婚の象徴のように考えていたが、どうも違っていたようだ。それは〝神は死んだ〟という彼の代表的な言葉をそのまま受け止めていた昔と同じだ。教授がそうであったように、ヨーロッパの知識人（嫌な言い方だが）はやはりすべての思考の基軸をヨーロッパ社会に置いて展開して行く。神はキリストであり、フランス革命は世界の中心をなした革命となる。日本などという存在は近代の初めのヨーロッパ史には微塵もあらわれない。

横光利一が、『旅愁』を書いた意味が、近頃少しわかる気がする。それ以前に漱石、鷗外等のヨーロッパと日本、西欧人と日本人、を考えざるをえないことを身をもって経験し、それを小説の軸に置いた先達の主題ももっともなことだ。

ここ十数年、ヨーロッパへ出かける度に日本人の卑小さを感じる。それは日本という国においてどんどん喪失している日本らしさと無関係ではないだろう。

私は今、この原稿を韓国からの帰りの飛行機の中で書いている。釜山《プサン》のホテルで耳にした韓国人の日本語の汚さに驚き、腹が立った。この国もまた物質を中心に動いている。おそらく儒学の精神が失われてから、韓国は虚構の摩天楼にむかって大きな歯車が回りはじめているのだろう。それにしても海外での日本人旅行者の愚弄のされ方は、悲劇に近い。相手も相手だが、日本人ももう少し行儀作法をあらためなくてはいけないのではなかろうか。大勢の人がいる場所で大声で話すのをやめてもらいたい。下品極《きわま》りない。

話が逸れたが、ジャン・チュラール教授と前後して逢ったのが、ナポレオンを愛してやまない二人の貴族であった。

パリの八区にナポレオン協会なる組織のオフィスがある。

静かな住宅街の一画、古いビルの奥に入り、狭い螺旋《らせん》階段を登って行くと、品の良い老女がドアを開ける。中へ足を踏み入れると、いきなりナポレオンのレプリカがあり、壁に写真やポスターが掛けてある。一七六年前に没したはずのナポレオンが、ここにはしっかりとまだ息をしている感じである。

奥へ入るとパソコンを前にいかにも利発そうな若い女性が仕事をしていた。彼女の背後の棚にはギッシリとナポレオンに関する資料と思われる分厚いファイルが並んでいた。さらに応接室へ入ると三方の壁はナポレオンの本で溢れていた。

——そりゃそうだろう、なにしろ三十万点はあると言われるナポレオンの本だから。

その部屋で私たち二人を迎えてくれたのは二人の老貴族だった。ひとりは背が高い痩身の紳士で、スーツの着こなしがいかにも上品だった。もうひとりは小太りで立派な口髯《くちひげ》をはやした、まだ腕力の残っていそうな老人だった。

痩せた方がアレキサンドル・ワレフスキー伯爵で、ナポレオンがポーランドでひと目惚《めぼ》れした女性、マリー・ワレフスカがナポレオンとの間に生んだアレキサンドルの子孫にあたる。初代から数えて五代目の伯爵である。

小太りの方がグルゴー男爵。こちらはナポレオン軍の将軍であった。皇帝がセント・ヘレナ島へ流されても同行した将軍である。この二人が並んでいる姿はまことにユーモラスであった。二人の貴族をじっと見ていると、ワレフスキー伯爵の顔が次第に幼い王子に変貌し、その隣りに華麗な軍服を身にまとい数々の勲章を胸にぶらさげたグルゴー男爵の姿があらわれて来た。

その二人の背後にナポレオンの幻が見え隠れする。

本棚の古い皮表紙の本の頁《ページ》をめくると、ナポレオンの肉声が聞こえそうだった。

私は二人に、

「ナポレオンの夢を見ることはありますか？」

と質問した。

二人とも笑って首を横に振った。

にわかに、何かにはなれない

上品な話し方をするワレフスキー伯爵の胸元には藤紫色の地にピンクの花が染められたネクタイが陽差しに光っていた。

——お洒落なのだ……。

ヨーロッパを旅していて、フランス・イタリアで一流ホテルのロビーやちょっとしたレストランでスーツの着こなしの上手い老紳士を見かけることがある。有名なカジノの、それも特別室などへ行くと、この手の男がいる。若い愛人《ラマン》を連れていたり、同じように洒落者の男と一緒であったりする。その男たちの共通点は靴とネクタイに気を遣っているということだ。

ひと昔前は東京の銀座あたりで洒落者の老人を見かけることがあったが、今はもうほとんど出逢うことがない。たまに派手なネクタイが歩いて来ると、スーツから靴までが派手でチンドン屋のようである。

私は着るものに神経が届かないが、それでもたまに身綺麗にして着こなしの上手い男を見ると、相手のセンスに敬意のようなものを抱く。男のお洒落は育った環境と本人の感性が作るもので、その点が男の会話に似ている。それは女性も同様であろう。味覚もこの部類に入る。グルメなどと称して、あの店が美味いまずいと口にする男がいるが、顔と服装を見れば、その男の底が知れる。たいがいは浅い。本物は美味いは口にしても、まずいは口にしない。ましてやインスタント・ラーメンを食べていた日本人がいきなりグルメと言い出しても、何を血迷いはじめたのかと思う。

二十数年前、まだ東京を知らなかった私は東京生まれの友人（この友人、祖父が大物政治家だった）に蕎麦屋に連れて行かれ、彼が注文した蕎麦を食べさせられた。

「どうだ美味いだろう?」

友人は二枚目の蕎麦を平らげながら言った。

「わからないな。しかし量が少ないな」

と首をかしげている私を見て、相手が舌打ちした。彼は祖父に連れられてその蕎麦屋へ行き、これが蕎麦というものだ、あとのは団子みたいなものだと教えられたと言う。以来、中学生の時からこの蕎麦屋へ通っている、と説明していた。

――こいつ何が言いたいんだ。

とその時は思ったが、後年相手の言っていることがわかった。人間の味覚は、その人の育った環境で大半が決定する。前にナポレオンの時代はガストロノミー（美食芸術学）が生まれたと書いたが、ナポレオンはそれに興味を示さなかった。味がわからなかったのである。

ワレフスキー伯爵が洒落者に映るのは、彼の五代前の当主の母、マリー・ワレフスカのセンスの良さから来るのかもしれない。

ナポレオンをめぐる女たちを列挙する時に母・レティチアを除くと、最初の妻・ジョゼフィーヌと二番目の妻・マリー・ルイーズと並べて挙げられるマリー・ワレフスカ。彼女はポーランドの古い貴族の家に生まれた。当時ポーランドは周囲の列強国に侵入され分割をくり返していた。一七七二年から一七九五年の二十三年間で三度も他国から攻撃を受け分割され、祖国を失っていた。二度目の分割の時にマリー・ワレフスカ（以下、マリー）の父マチューはポーランド独立のために立ち上り、ロシア軍の銃弾に倒れる。八歳のマリーは父の葬儀を見て、ポーランドの悲しい運命を思い知る。その日から貧困な暮しが続くが、マリーは修道院で、学問、礼儀作法、社交ダンスといった淑女になるための勉学に励む。十六歳で家に戻ったマリーは美しい女性に変貌している。そのマリーを見染めたのがアナスタス・ワレフスキー伯爵である。マリーを嫁に欲しいと願う。ところがその時伯爵はすでに六十八歳。マリーより五十二歳上である。ところが母や兄は家の困窮を救うためにマリーへ嫁ぐことを執拗に迫る。マリーは承諾する。

マリーはやがて長男を生む。伯爵は若妻の美貌と教養に磨きをかけるために宮廷の社交術をもって教育し、城の図書館の書物を読破させ、さまざまな知識を身に付けさせる。

こういう夫はいるのですね。勿論、夫が老境に入っていることもあるでしょうが。ところが、夫が磨いた宝物を思わぬ人が見染める。よくある話ではある。

ナポレオンがポーランド入りしたのは、一八〇七年。マリーは二十一歳になっていた。ナポレオンはマリーを一目見て動揺する。傍らにいたタレイラン外相に名前を尋ねる。

「マリー・ワレフスカ伯爵夫人です」

人妻であろうがなかろうが、ナポレオンは誘いの手紙を彼女に書きはじめる。返事は来ない。三度目の手紙にナポレオンは彼女のことをあらかじめ下調べしておいて、マリーが祖国ポーランドへの並々ならぬ愛情を抱いていることを知り、ポーランドのために逢って欲しいと綴る。

その一言でマリーはナポレオンの下へ走る。

——ナポレオンもなかなかやりますナ。

それからの二人は純愛物語のような日々を送る。しかもナポレオンにとっては感動的な事件が起きる。マリーが身籠るのである。

ジョゼフィーヌの不妊を自分のせいだと思っていたナポレオンは狂喜する。マリーは後にアレクサンドルを生む。ここで自分の後継者ができたと喜ぶのが普通だが、ナポレオンはそう考えない。ジョゼフィーヌと離婚して、後継者の母にふさわしい妃《きさき》探しをはじめる。

――このあたりの感覚は、すでにナポレオンがおかしくなっていたのだろう。

秀吉がお市《いち》の方を欲しがり、その娘の茶々を側室にしたのと似ているのが面白い。

ナポレオンは名門オーストリア皇帝のハプスブルグ家のマリー・ルイーズを結婚相手に選ぶ。マリー・ワレフスカとアレクサンドルは愛人とその子として存在し続ける。マリーはそのことに不満を言わない。ナポレオンはマリーのためパリに館を用意する。ナポレオンは政務に疲れると館へ行き、アレクサンドルを抱いて過ごす。つかの間の幸福もナポレオンのロシア遠征で揺らぎ出す。ナポレオンはエルバ島に流される。

「私の祖父も軍人でしたし、先祖は皆代々高い地位に就いて重要な仕事をして来ました。私たちはナポレオンの血を引く一族として、誇りを持って生きています。マリー・ワレフスカはナポレオンに一番愛された女性です。それは私たち一族の誇りです」

ワレフスキー伯爵は静かに語っていた。

この人の上品さがどこから来ているのかと考えると、悲運の夫、ワレフスキー伯爵が数年の間に彼女に教え込んだ貴族の女性としての礼儀作法、知識から来ているのではと思う。

明治維新でにわか貴族になった薩長《さっちょう》の貴族と比べようとするのがおかしい。

一本のネクタイから奇妙なことを考えたが、ヨーロッパの真似事をするより、日本人は日本にあるものを育むことの方が大事だとあらためて思った。

ナポレオンは生きている

さて目の前に座る上品なワレフスキー伯爵だが、勿論彼の中にナポレオンの血が流れている。どこかにあの皇帝の面影があるかと観察しても、ひとかけらも見つからない。

それに比べて伯爵の隣りに座る見事な口髭の男爵の方は、いかにも祖先のグルゴー将軍がかくあったのだろうという想像をかきたてさせる。むしろこのグルゴー男爵の方が、どこかナポレオンに近い。

「まずはお名前を？」

と私が聞くと、

「ナポレオン・グルゴーです」

と大声で返答した。

――えっ、そちらもナポレオンと血縁関係にあるのですか？

男爵は私の一瞬の驚きを見逃さずに、口元に笑みを浮かべて、

「私たちグルゴー家では、長男が生まれたら必ずナポレオンという名前を付ける習わしになっているのです」

と嬉しそうに言った。

ナポレオンに仕えた将軍から数えて、男爵が五代目になる。（ワレフスキー伯爵と同じだ）祖先のグルゴーは一八〇七年から一八一五年の八年間、ナポレオン軍の下士官からはじまって最後は将軍まで務めている。グルゴー将軍はパリ郊外のベルサイユ出身で、父はベルサイユ宮殿の宮廷音楽家、母は宮殿の子供たちの世話役をしていた。

彼は二十歳で当時フランス国内で最高といわれたポリテクニック理工科学校を卒業し、ナポレオン軍の中でもエリート隊だった騎馬砲兵隊に入隊した。砲兵隊といえばナポレオンの宝刀である。ヨーロッパ一と言われたナポレオンの砲兵隊は高度な学識を必要とした。ロシア遠征ではすでに大佐になり、ワーテルローの戦いでは司令官になっていた。このワーテルローで、最後の大砲を打つ命令を下したのが、グルゴーである。

敗戦司令官となったグルゴー将軍はナポレオンとともにセント・ヘレナ島へ随行した。この時グルゴー将軍はまだ二十七歳で独身であった。

セント・ヘレナ島へはベルトラン元師、ラス・カーズ、モントロンといったナポレオン軍の最高幹部たちも同行していた。その他給仕、下男、料理人も随行している。

このグルゴー将軍はナポレオンが亡くなる一八二一年にはすでに島を離れている。歴史家の間でも、グルゴーの性格が論争の的になっているらしい。

——性格？　どういうことだ。

そのことを質問すると、グルゴー男爵は少し照れたように笑って、

「どうも他人と上手く折り合えない性格だったようです」

と言った。

「一説にはセント・ヘレナにいる人間たちと合わなくて、島を出たと言われ、一方でナポレオンの命を受けてオーストリア皇帝へナポレオンの復帰を請う嘆願の使者となったという説もあります。しかしどちらが本当かはわかりません。王政復古していたフランスへ帰らずにイギリスに住んだのですが、ここでもウェリントン公爵と口論になり追い出されています」

そう言って、グルゴー男爵は隣りに座るワレフスキー伯爵をちらりと見た。その表情には伯爵に対して、いろいろ私の方の祖先は迷惑をかけたようで、という恥ずかしさが見てとれた。

ワレフスキー伯爵の祖先であるマリーの息子、アレキサンドル・ワレフスキーは軍人から外務大臣にまで出世し、ナポレオンが天敵としていたイギリスと友好関係を回復させるために力を注いでいたからである。

軍人という輩は頑固者が多いようだ。グルゴー将軍はその典型らしく、イギリスを追放された後、オランダ、ドイツと渡り歩いている。

――よほど頑固か、我儘《わがまま》だったに違いない。

　しかしこのグルゴーはナポレオン没後十九年、一八四〇年にナポレオン遺骸の祖国移送の発掘隊に加わって、皇帝の亡骸《なきがら》をセント・ヘレナ島まで発掘に行っている。この時、ベルトラン将軍とその息子、ラス・カーズの息子等も一緒だった。

　この発掘隊の最高指揮官はフランス国王ルイ・フィリップの第三王子であるジョワンヴィルだった。この発掘の模様を記した随行神父、フェリックス・コクローの〝ナポレオン発掘記〟の中に、フィリップ国王と王子は陸軍中将グルゴー男爵が部下に命令を下すありさまを見るのが大変好きだったと記されてある。おそらく根っからの軍人だったのだろう。

　外は雨がしきりに降っている。

目の前の口髯が熱弁を語るように上下している。

グリボーバル、八リーブルの弾、大砲のパーツの統一化……、グルゴー男爵はナポレオン軍の砲兵隊がいかに優秀であったかを説明してくれている。しかし私には大砲のことなどなんら興味がない。

「あの時、もしイギリスがナポレオンの希望どおりに皇帝をアメリカ大陸へ行かせてくれていたら、皇帝は新天地で新しい国を作っていたでしょうね。勿論、私の祖先のグルゴー将軍も同行したでしょうし……。それが実現していたら、ひょっとしてまた強い軍隊を編成し、ヨーロッパへ戦いを挑んでいたかもわかりませんね」

男爵の話はとめどなくひろがって行く。まるで彼がナポレオンと語り合ったように……。

――ひょっとして男爵はナポレオンの亡霊を見ているのではなかろうか。

私にはそんな気がして来た。

ナポレオン伝説はヨーロッパには無数にある。

例えば、皇帝がセント・ヘレナ島に流されていた間も、ナポレオンはすでに島を脱出し軍を再編成してイギリスにむかっているとか、トゥーロン港へもうすぐ上陸するとか、その度華やかな噂《うわさ》がヨーロッパ全土に流布した。

あの賢明な皇帝の母・レティチアまでが、

「息子はすでにヨーロッパのどこかへ戻っている」

と本気で言い出す始末だった。

この種の伝説は英雄にはつきものである。

日本でも源《みなもとの》 義経《よしつね》は奥州から逃れてモンゴルへ行き、チンギス・ハンとなったという説があるし、ヒットラーは死んでいないという説もまことしやかに人々の間にひろまった。

――亡霊である。

男爵の話が途切れたところで、私は尋ねた。

「ところで男爵、ナポレオンの夢はご覧になりますか？」

彼は少し躊躇の表情を浮かべて言った。

「ありませんね。私は毎日がナポレオンに浸っているものですから……」

――こりゃ、重症だぞ。

と思いながら、私は笑ってうなずいた。

ナポレオンは競馬の創始者？

いまだにヨーロッパにはナポレオンに関わり、それを誇りにして生きている人々が大勢いる。これでもしナポレオンが宗教家でもあったら、ヨーロッパのいたる所に、ナポレオン会なる教会が残っていただろう。

彼等は皆〝ナポレオンの子供〟なのだ。

紀元前三〇〇年、マケドニアの王、アレキサンダーは、大王と呼ばれるにふさわしい征服者であった。このアレキサンダー大王はガウガメラの戦いでペルシアに勝利した後、東征しインド北西部まで領土とした。ユーラシア大陸の半分近くを征服した大王は各地にアレクサンドリアという名の街を作った。

このアレクサンドリアへ行くと、今でも顔や身体の骨格があきらかに西欧人に似ている人々がいる。歴史家は彼等のことを〝アレキサンダーの子供〟と呼んでいる。

しかし、この当時はほとんどが陸戦である。東征と言っても、何千キロもの距離を歩いて行ったはずだ。アレキサンダーという人はよほど足腰が強かったと見える。

次にユーラシア大陸を征服したのはチンギス・ハンであるが、こちらは騎馬民族である。

それでもモンゴルから今のポーランドまで戦いに行っている。馬に跨っていても果てしない距離である。

ナポレオンの方は、これも陸戦のプロフェッショナルである。ロシア・モスクワまで戦いに出かけている。ほとんどの歩兵は歩いて行ったのだろうが、ナポレオンの方は馬か馬車に乗っての移動である。

馬たちもさぞ大変だったろう。

ナポレオンは馬を可愛がった皇帝である。元々、陸軍士官学校での専攻が砲撃戦であるから、その砲を運ぶのは馬たちだったので、彼の馬好きも合点がいく。

ナポレオンの肖像画にも、彼が馬に跨った作品が多い。マルメゾン宮の壁にかかっていた、アルプス越えのナポレオンの雄姿を描いたあの有名な肖像画も白馬に跨っている。おそらくナポレオンの方から馬上の自分の姿を描いてもらうことを希望したのだろう。

この白馬だが、サラブレッドだろうか？

サラブレッドにしては、骨格が太過ぎる。アラブ種かもしれない。よくヨーロッパなどの馬術競技に見事な白いアラブ馬を見かけることがあるから、その祖先かもしれない。

そこでナポレオンと馬の関係を調べてみることにした。

パリでの休日、私は以前よく競馬場へ出かけた。パリで一番有名な競馬場は、ロンシャン競馬場である。広大なブーローニュの森の一角にあるこの競馬場はまことに美しい。しかしパリにはロンシャン競馬場だけではなく、いくつかの競馬場があり、各競馬場でほぼ毎日レースが行なわれている。

パリっ子は競馬好きである。しかし毎日競馬へ出かけることはできない。その代りに市内のいたるところに場外馬券売場がある。ほとんどはカフェーの中にある。

午後になれば、カフェーには競馬好きが集ってラジオを聴きながら酒を飲んでいる。

このパリっ子の姿を長友さんが見逃すはずがない。

今回、ナポレオンの取材が終った休日、長友さんはジャンヌとカメラマンの〇君、それにグラビアーノ君の四人で競馬場へ出かけた。

私の方は生憎《あいにく》、原稿書きでホテルから出ることができなかった。

フランスの競馬は馬券の種類が多い。

※一着馬を的中させる単勝馬券。

※三着までに入る馬を的中させる複勝馬券。

※一着と二着の馬の組合せを的中させる連勝複式馬券。（選んだ馬が一、二着のどちらでもいい）

ここまでは日本と同じだが、フランスではここに一、二、三着の馬を的中させる三連勝式馬券がある。さらに四着までの四連勝式、そして五連勝式というのもある。

五連勝式馬券になると、的中での配当金が何百、何千倍となる。

この馬券は香港にもあって、以前靴工場で働く若い娘さんが、この馬券に的中して一億以上の配当をもらった記事が日本の新聞に掲載されたことがある。

「長友さん、狙いは三連勝式馬券だよ」

出かける前の長友さんに耳打ちすると、

「そうか……。ほな日本へ戻ってからのオークス・ダービーの資金作りでもしようかいな。今夜はドンペリニオンで、パッと行くさかい、待っとってや」

「まあ無事に帰ってみえれば、それで充分ですが……」

「縁起でもないこと言わんといてくれ」

調べてみると、ナポレオンと馬の関りは驚くほど深かった。

さすがに電撃作戦で大軍を東へ西へ移動させた皇帝だけあって、兵を運び、砲を運ぶ、軍用馬を充実させるために、ナポレオンはフランス各地に国立の牧場を二十一ヶ所造らせた。

この牧場でナポレオンは速くて持久力のある馬の育成をさせた。

主たる馬種は、サラブレッド種とアラブ種を交配させた馬であった。

そうしてこの牧場から育った馬たちの能力判定をさせるために競馬をさせた。それもトーナメント形式による勝ち上りのルールもしっかりと制定した。

——これって、今日の競馬の基礎じゃないのか？　ひょっとして、日本の競馬ファンはナポレオンに感謝しなくてはいけないのと違うかしら……。

ナポレオン以前、フランス革命前にもパリでは競馬が盛んであった。

その主役はあのマリー・アントワネットで、彼女の庇護《ひご》の下、イギリス好きの貴族たちはたくさんのサラブレッドをイギリスから輸入して、頻繁に競馬を行なっていた。

但し、この当時の競馬は距離が長く、五～十キロに及ぶレースが多かったし、マッチレースなどを望遠鏡で優雅に見物していたらしい。

それがナポレオンによって、能力別のトーナメント形式に変わった。実践主義のナポレオンらしい馬の見方である。

考えてみれば、今の日本の競馬も農林水産省の管轄下にある。日本に軍隊があった当時の軍用馬育成が農林省の仕事だったからだ。

ナポレオンは競馬を見学に行ったのだろうか？

勿論、楽しみにしていたに違いない。

馬券は買わなかったろうが、もし今生きていたら一晩中、競馬新聞を眺めて馬券戦術を練っていたに違いない。

ナポレオン馬券とはいかなるものだったか、見てみたい気もする。

皇帝がうろうろしていた理由

パリにいる間、長友画伯は、早朝に目覚めて、毎日散歩へ出かけられた。

画伯とのつき合いはもう十年以上になるが、このようなことがまさか現実として起ころうとは思わなかった。画伯（画伯では誰か別人の話をしているみたいなので）、長友さんとの出逢いはどこかの酒場で声をかけ合ってから、二人で飲み歩くようになった。私よりひと回り近くも歳上の長友さんが、生意気盛りの青二才に合わせて下さって、ともかく毎夜何軒もの酒場を徘徊《はいかい》して、今考えればよくこれだけ飲めたものだと呆れるほど酒を飲んだ。

一年の三百日余りを二人で飲み続けていたのだから、異常としか思えない。

ほとんどが夜明け方まで飲み明かしていた。

お天道《てんとう》様が真上に昇っている時刻に、酒場を出て来たことも何度となくあった。

ニュートンは散歩の途中で、万有引力の法則を解く鍵を見つけたというし、（リンゴが木から落ちるのはデキ過ぎだろうが）アルキメデスは風呂に入っていて、大法則を発見したという。ベートーヴェン、モーツァルトなどの大音楽家もよく散歩している。やはり身体を動かしていると、脳細胞を活性化させるのだろう。

ナポレオンの取材をして行くうちに、彼の成し得たことが戦争以外に多々あることを知るようになった。ナポレオン法典しかり、ルーヴル美術館しかり、パリ市大改造計画しかりである。これらのことをナポレオンはたったひとりで考察し実施して行く。ひとりの人間が成し得ることの限界を越えている気もする。よほど脳細胞を働かせたのだろう。

私は思索するというのが苦手であった。あったと書くと、今はそうしているふうに誤解されるが、私の職業では新しいものを生み出すことより、状況の判断と、選択の目が肝要になる。それもまた、思索のひとつではあろう。

若い時は、何がよりベターかという基準で目の前にあるものを選択した。しかしそれはほとんどが間違いであった。

どうして間違いだったかと今思うに、例えばそれは目の前で音を立てて流れる濁流に、どのポイントから飛び込めば向こう岸まで渡り切れるかというような判断だったからだろう。

その岸辺に立っていること自体を考え直さねばならなかった。若い時はそれがわからない。かたわらで同世代の人間がどんどん飛び込んで行くのだから……。

もう少し部屋の中でも表でも、うろうろする必要があったのかもしれない。

ナポレオンは生まれながらにして、それに気付いていたのかもしれない。

少年の犯罪

この頃、酒場へ出かけると、バーのママや料理店の女将から、

「どうなってるんでしょうね、日本は？　こんな暗い事件ばかり起きて……」

と話しかけられることが多い。

「あんな若い子がおそろしいことをして……」

「銀行や証券会社はいったい何を考えてるんでしょうね」

後者は今にはじまったことではなく、日本の経済の中核にいる連中が長い間いかに汚れていたかのあらわれであるし、明るみに出た銀行と証券会社以外の同業者も大なり小なり同じことを行なっている。総会屋ばかりが問題になっているが、証券会社が慣習としてこれまで行なっている政治家への利益供与が隠されていること自体がもっと問題である。それにしても悪党の見分けがつかない時代になったものだ。

政治家でまともな顔をしているのはほんのひと握りである。（昔はそうだが今はほとんどがひどい顔である）明治以降、近代日本でこれほど政治家が不信の念を抱かれた時代はなかったのではないか。官僚もしかりである。

酒場のママが嘆いていた前者の方だが、日本のマスコミだけではなく世界のマスコミが大変な関心を示している。各国のメディアがこの種の事件に熱心なのは、どこの国も今ティーンエージャーもしくは彼等より幼い子供たちの犯罪増加に苦悩しているからだ。

しかし苦悩したところで、解決策など見つかるはずはない。

たまたまテレビを見ていたら、レポーターの女性がマイクを片手に、

「これまでになかった残忍な事件を少年が犯したということが……」

と眉間に皺を寄せてレポートしていた。

その顔を見ていて、ドラマか何かを演じているのではと一瞬錯覚した。と言うのは、この頃、民放テレビではバラエティー番組に出演している局のアナウンサーが時折ニュースを伝える。それを見た時、すべてのニュースがお笑いのネタを口にしているふうに聞こえた。正直こちらは混乱した。

――この若い女性はお笑いのタレントじゃないのか。

その女性が局のアナウンサーとわかり、ひどい放送局だと思った。女性も平気な顔で人が何人死んだとか、アジアの民主化の話をしている。あきらかに事件の意味も、ましてや本質も理解できていない。こんな非常識な報道があるのだろうか。話が逸れそうなので、先のレポーターが述べた言葉に戻ると、〝これまでになかった残忍な犯罪、しかも少年〟のことだが、

私は少年によるこの種の犯罪はこれまでにも間違いなくあったと思っている。

——聞いたことがないな……。

そう言われるかもしれないが、それは表へ出さなかっただけのことである。

そんなことは自らのことを思い出せばわかるはずだ。少年であろうと少女であろうと殺意を抱く感情もあるし、それを実行できる頭脳と力を持ち合わせている。ただそれをほとんどの少年が行なわないのは、彼等が善悪の判断能力をぼんやりと持っており、その基準にその国に昔から培われて来た道徳があるからだ。政治家から大企業のトップまで、道徳を持たない国の子供が、残忍な犯罪をしたことで大騒ぎをする人たちもおかしい。

私は人間には見せない方が、聞かせない方がいいと思われるものは、隠しておくことも大切だと思っている。隠す基準は大人が決めることである。昔はそれを賢者とか長老が判断していた。今はそんな賢者も老人もいない。

世界中に少し前まで死刑を公開したり、犯罪者を引き回したり、晒《さら》し首などというのがあった。今でも行なわれている国はある。民衆に罪を犯すことへの恐怖を教えるためである。

これにこぞって集まる人と、家に錠をして家族を表へ出さなかった人があった。

私は後者の方を選ぶ。晒されている首も物体でしかない。

そのようなものを目にして、何かを得ようとする行為は大人のすることではない。

私は以前、〝塹壕で見たものを語るな〟というイギリスの諺の話をした。ナポレオンのことを書きながら、戦争が嫌いだ、戦争好きのナポレオンを最悪だと述べるのは、戦争が人間を人間でなくさせるからだ。兵士はまぎれもない人間であるが、戦闘の中にいる兵士は人間を捨てている。捨てなくては殺戮は行なえない。塹壕で見たものは人間のした行為ではないのだ。昔人はそれを語るなと言ったのだろう。

過去の子供の犯罪のすべてが露見すれば、大人は恐怖で生きては行けないのではないか。子供の犯罪のおそろしいところは、成人者ほど相手の痛みがわからない点である。だから相手の痛みを教える教育をと、その場限りのことをしたり顔で言ってもしかたない。本人に痛みがわかっていないのだから……。

私たちはいつ少年から大人の男になって行ったのだろうか。この境界が現代ほど曖昧な社会も珍しい。それでも私はもう大人である。しかしそれは山にある木の高さのような判断で、そう思っているに過ぎない。

但し老人になったことは、己の身体の変化でわかるはずだ。山の老木しかりである。

今回はナポレオンに最後まで同行した老兵のことを書こうと思っていたが、この頃行く先々で聞かれる質問の私なりの今の答えを考えてみた。

ともかく大事なことは、当事者の立場を自分に置き換えて考えてみるしかないだろう。

ナポレオンの魂

この夏のはじめに、私は両親と三人で韓国へ墓参りに出かけた。

この墓参は数年前からの父の希望であった。たいした仕事もしていないのに、作家ということで忙しい振りをしている私に、母は何度となく父との墓参の話をした。

それがやっと実現することになり、当初父の望みであった子供全員（五人、一人は十七歳の時に海で遭難死した）で出かけようとしたが、弟が亡くなり私以外の子供はすべて女性でしかもすでに嫁いだ身故に全員のスケジュールが合うはずがなかった。

父と私の二人で行くつもりだったが、急に母も同行すると言い出し、三人の旅となった。

十数年前になるが、母から韓国での冬の墓参りの話を聞いたことがあった。

「雪が積っていて、山の奥に入ると足元が滑って大変だったわ」

と彼女は山中の荊棘《いばら》で傷付いた足を見せてくれた。

「どうしてこんな怪我をするの？」

「韓国のお墓は山の奥にあるのよ」

「奥ったって、そんな秘境のようなところにあるわけじゃないでしょう」

「……、母さん、上手く説明できないから、あなたが行った時に見ればわかるわよ」

その時は話はそれで終った。

私はそれまで父と旅をしたことがなかった。父は少年の時にひとりで日本に渡って来て、あとは働き通しの人だった。

釜山までは、私は成田から飛行機。両親は博多から高速フェリーで入った。

現地で待ち合わせて、従兄弟《いとこ》の運転する車に乗って晋州《チンジュ》まで行った。

晋州は慶尚南《キヨンサンナム》道《ド》域の中では大きな街である。晋州のホテルに宿泊して、両親それぞれの家の墓を参る予定になっていた。

一日目は墓参の予定はなかったが、早くに着いたので、父の祖母の墓を参ることになった。

車がちいさな山の麓に停まった。

従兄弟は靴を履き替え、ズボンの裾を靴下の中に入れている。父も運動靴。二人は腰に手拭い。私ひとりが成田からのスーツのままである。母はもう足が悪くて山登りはできない。車の中で待っているという。

「さあ、行こうか」

父が言って、従兄弟と二人で山の中へ入る道を探っている。

——おいおい、道はないのか？

と私は藪《やぶ》を覗き込む二人の様子を見ていた。するといきなり従兄弟が藪の中に突っ込んで行った。

あとはもう道のない山の中を蔦《つた》や羊歯《しだ》、枝を摑《つか》んでひたすら登りはじめた。

最初の数十メートルで、前を行く父が避けた荊棘が、後方の私にはねて来て、スーツのズボンが裂けた。見ると血も出ている。

――こりゃ、何だ？

呆れる私を置いて、二人はどんどん登って行く。従兄弟の方は軍隊の経験もあり、私よりふたつ歳下だから元気なのはわかる。しかし父は今年で八十歳になる。私はあわてて追い駆けた。どこに墓があるのか知らないから、ただ目の前の枝や荊棘と格闘するだけである。

ようやく辿り着くと、そこには山林を百坪近く真四角に平地にしたスペースがあり、中央に半円型の土を盛った古墳のような墓があった。

墓標も何もない。それが私の祖々母の墓だった。ただ盛り土には草が生え、そこに美しい野の花が咲いていた。

従兄弟が祭壇を作り、菓子、果実を供え、酒を撒いた。それから墓の前にひれ伏して祈る。イスラム教徒の祈りのポーズに似ていた。三人で残りの酒を回して飲んだ。酒を飲みながら、手のひらに痛みが走るなと見ると、やはり荊棘で出血している。しかしそれもたいして気にならない。

墓参を終え、下山は別のルートにした。途中、頬に当る風に前方を見ると、入り込んだ入江のむこうに海がかがやいていた。左手には河が流れている。なだらかな丘が初夏の陽差しの中にゆったりと連なっていた。すぐ右手では竹林が風にそよぎ、栗《くり》の花を咲かせた丘陵が新緑の中にあざやかな山吹色を光らせていた。

どこかで見た風景だった。その時、私は少年期に中国地方の山奥で、やはり栗の花があざやかに咲く丘々を見たことを思い出した。日本ではすでに失われた山野の光景と色彩が、何も語らずにひろがっていた。

「韓国の墓はこうして水を前に持って、背後に山をかかえとる」

父がぽつりと言った。

――中国の風水学と同じだ。

その夜、父たちとの食事を終えて、私は部屋に戻り、ひとりで酒を飲んだ。

私は父の前で煙草は吸わないようにしているし、酒も父が飲めとすすめてから口にする。その夜あらたに加わった何人かの従兄弟たちも、父の前では煙草も酒も口にしなかった。悪い風習ではないと思う。せめて父の前だけでも、そうすることは礼節への意識を捨てないで済む。

酒を飲みながら、ナポレオンの資料を読んだ。ナポレオンの連載をはじめてから、私は西洋と東洋というものを考えるようになった。キリスト教と仏教の違いとか、哲学的な差異を述べて、ふたつの世界の違いを考えるのはどこにでもあることだ。

例えば、その日の昼間参った墓である。

父は歳を取ってから、祖先というものへのこだわりが増した。死が近づいたことの認識が、先立った祖父母、祖々父母への想いと重なるのだろうか。どうもそれだけではないような気がする。

「倅《せがれ》がやって来ました。どうぞいい人生を送らせてやって下さい」

十一の山を登り、十一の墓の前で父はそう言った。

私は神の存在というものがよくわからない。ましてや、祖先の魂と己の関りはなおわからない。しかし名もないひとりの人間が、生をまっとうし、見えない糸で代々祖先と繋がれながら、村を守り、山河に抱かれて生きて行く姿は、今の日本人が失っているものを何か啓示している気もする。

父は日本に戻ってから墓参のことをひどく喜んでおり、おだやかになって来たと母から聞かされた。

父の心境のすべては、私にはわからない。

が、それはまぎれもなく東洋思想の生の根源にある何ものかと父が触れたのではと思える。

ナポレオンの母、レティチアは、英雄である息子がセント・ヘレナ島へ流刑され、死を報《しら》されても、

「息子はもっと以前にセント・ヘレナを出てこのヨーロッパの大地のどこかにいます」

と言ったそうだ。

晋州のホテルで、アンヴァリッドの廃兵院で見た見上げるようなナポレオンの遺体をおさめた豪奢《ごうしゃ》な棺の中に、コルシカで生まれた少年の魂はすでに残っていないような気がしたのは、どうしてだろうか。

ナポレオンが善人に見える

ここのところ連載の内容がナポレオンとは関係のないことが続いている。どうしてなのか？　と考えてみると、ナポレオンの資料を読めば読むほど、人間の愚かさが見えてくるからだ。歴史を学ぶことは、一方で人間の愚行を学ぶことなのだろう。

私は、ナポレオンの取った、戦争に至る行動というものを愚行の権化だと思っている。しかし果してそうなのかという疑問も抱いている。ナポレオンのどこが問題なのかと、アンチ・ナポレオン派の資料を読んでみたが、この連中も五十歩百歩、やって来たことは戦争好きの皇帝とたいした違いはない。もっともアンチ・ナポレオン派として歴史の中に名前を残しているのは、ほとんどがヨーロッパの貴族連中である。貴族というのは大半が自己中心の発想しかできない。自分にとってナポレオンという存在が得か損かを第一に考える。勿論、或る種の例外もあるが、所詮は封建制度の枠の中で農民の苦渋の上に立って、きらびやかな服を装い、贅沢をできた立場の人間である。すべて物事の発想が自己中心になるのは当り前である。他の誰より優位に生きていられると子供の時から教え込まれていたのである。

これは丁度、今の日本でエリートと呼ばれる連中が一流の国立大学を出て、政治、経済の中核へ入って行く現象と似ている。まだ右も左もわかっていないうちに、上と下のことを教えられ、上が下より偉いと錯覚をして生きて来た連中である。今、世間で日々起こっている犯罪よりも、この連中が犯している罪の方がよほど凶悪である。しかしマスコミはそれを言わない。

――どうして言わないのか？

言うも言わないも、今のマスコミには悪の根がどこにあるのかを判断できないのである。その種の思考回路を持たないのだ。さらに言うと、自分の生き方の拠《よ》るべき場所を持たないからである。

――なぜか？

彼等もまたエリートの中に組み込まれて、マスコミに入って来たからである。しかしそれだけのことで、すべてのジャーナリストが特権意識を持っているとは思えない。エリートの中にいながら、エリートの存在を否定し、嫌悪する人物はいつの時代にもいるし、その人たちが誤った世の中の軌道を修正した例はいくつもある。

貴族たちが吹けば飛ぶような島生まれのナポレオンを認めたのは、彼の軍人としての並外れた才能のためである。ともかく、この軍人は少と多の戦いで、初戦から負け知らずであった。

貴族は戦場へは行かない。（よしんば行ったとしても銃弾の中には入らない）

――なぜか？

自己中心の考えをする人間にとって一番怖いのは死であるからだ。

これは丁度、第二次世界大戦の折の日本の軍人、政治家の絵図とよく似ている。まあ、いつの時代も死ぬのは衆である。

人類が誕生して、社会というものをおぼろに形成してから、繰り返されて来たのは階級闘争である。勿論、その当時から神の存在や博愛というものは、聖職者、哲学者、学者が述べて存在していたが、虫けらのごとく死んで行くのは、やはり衆なのである。

私は父親が韓国から日本に渡って来て、たまたま山口県に住んだ。山口県はひと昔前の長州である。明治維新をやり遂げたのは長州人だと言っている、馬鹿な人間がいまだにいる土地柄である。江戸時代は郷士、農民であった連中が明治政府で俄貴族になり総理大臣にまでなった。政商と繋がってやりたい放題のことをやり、果てはその脈々たる流れが一千万人以上の衆を死にいたらしめる、この前の戦争にいたるのである。では衆ばかりが貧乏くじを引いたのかと思うが、日清戦争以来の戦争に無敵だった日本軍を信じてはしゃぎまくったのは衆そのものなのだ。

上も愚か、下も愚か、すべからく人間は大半が愚かなのだろう。

前回フランス取材に行った折、たまたま第二次大戦でナチスドイツを破った記念日と重なった。朝から軍隊のパレードがあった。私はホテルの窓からちらりと、祝賀式典の様子を見た。窓から軍服姿のフランス軍高官を覗いていて、映画『ジャッカルの日』を思い出した。私はフランス軍というのは弱い代名詞かと思っていたが、実はフランス軍はヨーロッパの軍隊の中でも勇敢だそうである。その伝統はナポレオンの軍隊からはじまるらしい。

第二次大戦中のフランスではレジスタンス運動が有名である。そのレジスタンスの中でも有名なのが〝マキ団〟である。この連載の初めにコルシカ島を訪れ、そこで宿泊したホテルの名前が〝ＬＥ《ル》　ＭＡＱＵ《マ》ＩＳ《キ》〟だった。ホテルの女主人が昔、パリでレジスタンス運動に身を投じていて、その折の仲間に対する誇りである名前をホテルに付けた。

パリを含めて、フランスの各地には当時のレジスタンスの勇士が大勢生存している。その勇士の倅が、孫がフランス軍に入隊をしている。彼等は幼い頃、父の、祖父の武勇伝を聞いて育った。祖国のために身を投じるという意志がフランス人の中には生き続けている。ひと昔前までフランス人には政治家を支持する時に、政治家個人の中にある愛国心、勇気のようなものを求める傾向があった。

この考えは今の若い日本人には理解しがたい。若者百人の内、おそらく九十九人までが日本国、または国家に関して、確固たる意識は持っていないだろう。

国家主義は往々にして、戦争の大義名分を正当化する。国家が恥辱されたことに対して、攻撃的姿勢で構えるようになる。

——どうなってもいいじゃん、こんな国。

テレビの街頭インタビューで、若者のひとりがさらりと言った。他の若者も言い方の差こそあれ、同じことを思っているようだった。

大人より大脳が柔軟な若者は、よく根幹が見えないものに対しては、勘で判断をする。たしかに若者が見ていても、今の日本の政治家、官僚、大企業の経営者は呆れるほど、お粗末である。大人が己のことしか考えていないように映るし、事実そのとおりであるから手に負えない。揃いも揃って悪党面をしている。よくこれだけのキャスティングができたものだと、悪党劇ならキャスティング賞ものだと思う。

それを見て、ナポレオンのデスマスクや肖像を見直すと、案外ナポレオンは善の思考の強かった人物に思えて来る。

日本人はこれからどうなって行くのだろうか？　日本という国のかたちはどう変化して行くのだろうか？

科学者が予測するように、地球がいずれ滅ぶのなら、日本はもっと早くに喪失してしまうのだろう。そう考えると、今の政治家、官僚は谷底にむかって、馬の尻に鞭《むち》を打っている馬子かもしれない。

ナポレオンのランナーたち

日本人はよほどスポーツが好きな国民である。

甲子園の高校野球などは、或る種異様に盛り上がる。この年齢の若者がプレーするスポーツに全国の大人、子供が熱中している姿は、外国には見られない。応援団席も観客も興奮して、怖いほどだ。この観客の興奮は、アメリカのプロバスケット・リーグ、ＮＢＡのプレーオフのスタンド風景と似ている。

しかし野球の本場アメリカで、甲子園のような過密スケジュールで若者にゲームを続けさせると、虐待行為だと騒ぎになるだろう。

それにしてもスポーツとはいったい何なのだろうか。

当初、人間がスポーツをはじめたのは、おそらく余った時間を身体を動かして遊ぼうとしたことがきっかけになったのか、もしくは猟や外敵と戦うための予備運動として存在していたのだろう。

古代ギリシャ・アテネのオリンポスの丘で行なわれたオリンピックの創始は戦士たちの肉体を鍛えるためであった。

戦士や兵士は近代になるまで、どんなふうにして身体を鍛練していたのだろうか？ ナポレオンの軍隊では、そのために何かスポーツを行なっていたのかを、今秋フランス取材の折、調べてみよう。

案外、各軍団を将軍が率いてサッカーのようなものをしていたかもしれない。以前ナポレオンが軍馬に人一倍興味を抱き、その育成・改良に自ら関わり、フランス国内に何ヶ所も競馬場をこしらえ、トーナメント方式の競馬のシステムを立案し実施したことが、今日の競馬を生み出したと書いた。

これはナポレオンが今日ではごく当り前のリベラルな指導者であったせいである。

ナポレオンが注目した馬は勿論、サラブレッドなのだが、これが宿敵、イギリスからしか輸入されなかったのも面白い。

ナポレオンの育てた馬が活躍したのは戦場である。ナポレオン軍がヨーロッパ最強の軍隊であった理由は移動の速さである。何万人という兵士と武器が一夜にして、敵国へ侵入している。相手が悠長に構えているうちに、たちまちナポレオン軍は目の前に迫る。その大きな役割を果したのが、優秀な軍馬だ。

この軍馬のもうひとつの役割は、通信であった。無線機も電話もない時代だから、戦局の報告は人か馬か、たまには鳩《はと》などが果たす。

ナポレオンは一時《いちどき》に何ヶ所にもわたって攻撃をかけたり、かと思えば全軍で得意の中央突破を敢行する。この戦術を自由自在に行なうために、一番必要なのは情報である。ナポレオンは戦場の露営のテントの中で、各戦地の状況を逐次報告させた。刻一刻と変化する戦況を最高司令官が把握していることは何よりも大事なことであり、それを敵より早く知ることが有利であるのは言うまでもない。

しかし軍馬も通れない地域もある。そんな時は伝令に走る、最優秀のランナーがいたに違いない。それも一人や二人ではなかったはずだ。

私の想像の中のシーンであるが……。

〝ナポレオンの軍隊の中に、ひとつの異様な集団があった。

戦闘がない朝、兵士たちが連日の疲れを癒《いや》すために眠りについている時、朝もやを裂いて走る足音がする。それも大地を蹴る音はどこか獣が群れをなして駆けているように聞こえる。見ると急斜面の丘を数十人の男たちが白い息を吐きながら登って行く。丘はやがて峰へ続きはじめ急勾配になり、大きな岩がいたるところに突き出て、径《みち》と呼べるものが失せる。その崖をまるで豹《ひょう》か猿たちが登るように、男たちは休むことなく進んで行く。やがて山頂へ辿り着くと、彼等はまたすぐに来た径を降りて行く。転がる石のようである。崖から丘へ、丘から平地に戻ると、今度は河を渡って行く。浅瀬のうちはいいが、深瀬になると彼等は巧みに泳ぎはじめる。河を渡ると林がある。林の中を木々を避けながら男たちは風のように流れて行く……。林を抜けて来た彼等のひとりひとりの様子を見ると、誰もが余分な肉を付けておらず、足も腕も筋肉が黒光りしている。それは彼等が陽光が照りつける下を走り続けて来た証拠である。ロシア遠征の折なら、雪の中を走り肌が焼けたのかもしれないし、エジプト遠征なら砂漠の中を皇帝の待つキャンプまで駆けたせいかもしれない。皆の顔は一様に頬がこけ、目が鋭くなっている。しかし走っている時の表情には自信と誇りが溢れている。彼等こそが、ナポレオンのランナーたちであるからだ。〟

そんな集団がいたとすれば、フランスのマラソンはもう少し強くてもいいはずだ。

それともナポレオンがセント・ヘレナ島へ流された時に、彼等の疾走もピリオドを打ったのか。うそのような話だが、満更なかったとは言い切れまい。

赤と黒

今秋、十日間ほどアメリカ、ラスベガスへ旅行へ出かける。その旅を今年の初めから楽しみにしてる。

一年前の秋、九州、熊本へ旅打ち（ギャンブルの旅行のことをヤクザな言葉ではこう呼ぶ）に行った。

そこで世話になった友人の弟さんのK君と最後の夜酒場へ行った。

「つかぬことを聞きますが……。どんな夢をお持ちとですか？」

K君が遠慮気味に言った。

「夢？　今、夢とおっしゃいましたか」

「はい。誰にでも夢はあっとじゃないですか。どんな夢かと興味がありまして……」

――夢か……。

私はその時、自分にもう夢など失せているのに気付いて、少し落胆した。

「いや、すぐには思い浮かばないね。ところでK君、君の夢は何かあるのかね？」

と逆に問い返すことで、自分の戸惑いを隠そうとした。

「俺ですか。俺の夢はラスベガスのカジノで、もう一回勝負ばしてみることです」

K君は胸を張って言った。

——ラスベガスでひと勝負？

私は驚いて、K君の顔を見返した。

K君は笑って、私を見返している。断わっておくが、K君はすでに四十歳を越えて、可愛いいお子さんもいる一人前の大人の男である。

「ほう、ラスベガスにね」

「はい。この夢は馬鹿げとりますか？」

「いや、そうは思わないが、どうして？」

「俺が、この夢を話すと笑う者もいます」

「そうか……。でも私はいい夢だと思う。むしろ君が羨ましいくらいだ」

「いや、そうおっしゃると思うとりました」

——えっ、そりゃどういう意味だ？

K君がもう一回勝負と言ったのは、過去に彼がラスベガスに行って戦い、いつかもう一度このギャンブル場で勝負しようと思ったからである。K君のこの気持ちわからぬでもない。おそらくその時はまだ若く、金もギャンブルの能力も不足だったに違いない。その種の経験は私にも何度かある。

「それでいつ行くつもりなの？」

「準備はできとるのですが、時間が……」

K君は少し残念そうに言った。

——時間が作れないのか……。

これもまたよくわかる。働き盛りの男に遊ぶ時間はなかなかできないものだ。おまけにK君の兄上は働き者で有名である。兄の手前もあるのだろう。

「どうだい、社長（K君の兄）を連れだって皆でラスベガスへ行こうじゃないか」

私の提案にK君の目がかがやいた。

その旅がもうすぐ実現する。夢の失せかけた作家が、思わぬ人間の夢に乗って、その夢をいささか分けていただき楽しもうという旅。（ちょっと弁解もなきにしもあらずだが……）

ナポレオンの旅に、どうしてK君の夢のことを書いたかというと、その夜、K君が、

「博打場のあの雰囲気がたまりません。あの華やかさ……。博打場の色というと、日本では白と黒。外国なら、赤と黒でしょう」

とため息まじりに言った言葉をふと思い出したからである。赤と黒とは、ルーレットの盤に描かれた色彩のことである。

文学で言うと、これはスタンダールの名作『赤と黒』になる。

この『赤と黒』の題名がどこから付けられたのかという説に、赤はナポレオン軍の槍騎兵《そうきへい》が着ていた深紅の軍服を、黒は聖職者、すなわち僧侶の服を意味しているというのが有力である。

　これはスタンダール自身が、ナポレオンのイタリア遠征軍に軍人として従っていたことと、それが後々、彼の作品に大きな影響を与えたと言われているからだ。

　『赤と黒』の題名に関しては、K君の言葉ではないが、スタンダール研究家のひとりピエール・マルチノは、これはルーレット盤の赤と黒を意味するものだと言っている。根拠は当時同名の作品が二作あり（どちらも英語）、これがはっきりルーレット盤の色彩を指している点と、この時期色の名称を表題にする流行があったのでスタンダールも色を選択したという説だ。

　ヨーロッパでは、作家、画家、音楽家という類いの人間に、ギャンブル狂が多かったらしい。ドストエフスキーもモーツァルトもしかりだ。彼等が芸術家として尊敬の念を持って呼ばれるのは、近代になってからのことである。当時、彼等の日々の生き方は不貞の輩と変わらなかったのだろう。

　ベートーヴェンがナポレオンを知り、交響曲『英雄』を作曲したり、ゲーテが讃美の詩を書き上げたように、スタンダールもまたナポレオンに依《よ》って、作家になった。ひょっとするとナポレオンの存在そのものが、スタンダールを生んだと言えるのかもしれない。

スタンダールは本名をアンリ・ベール。一七八三年一月二十三日に東フランスにあるグルノーブルに生れている。

アンリは少年時代から数学が得意で、パリにある理工科大学《エコール・ポリテクニック》へ受験に行った。ところがその時のパリはフランス大革命の直後、ナポレオンが政権を取ったばかりで、人々の生活は荒廃していた。アンリは都の様子に失望した。そこで親戚の軍人にすすめられて、ナポレオン軍に入隊し、イタリア遠征軍のひとりとしてミラノへ入城する。

スタンダールはこのミラノでイタリアという国に心酔する。その頃、イタリアではロマン主義運動が起こっており、それまでの伝統や古典主義を捨てて、それぞれの国が独自の芸術運動を展開すべきだと教えられる。これが後に『イタリア絵画史』『ローマ、ナポリ、フィレンツェ』という紀行文の発表の基礎となる。

彼の名作『パルムの僧院』もそうだが、リアリズムを主眼とした文学観は、精致《せいち》な描写にある。戦いに敗れた兵たちの描写は迫力がある。おそらくこれはスタンダールが一八一二年にナポレオンに従ってロシア遠征へ行き、敗走し命からがらフランスに戻って来た折の実体験で書かれているからだろう。

『赤と黒』では、ジュラの材木屋の倅・ジュリアンが、野望を抱いて出世をして行く生き方が描かれているが、スタンダール以前にはヨーロッパ社会の最底辺に生きる人間が、たとえ恋愛という巧みな術をもってしても、上流階級へのし上る物語は成立しなかった。現実問題として不可能なことであった。

この物語が成立したのは、地中海の豆粒ほどの島の出身の若者が三十五歳で皇帝になれたという歴史的事実がある。

多くのスタンダール研究家は、この歴史の中のリアリズムを文学の変革だとする。たしかにそれは事実であろうが、私にはスタンダールの意図以前に、目の前で旋風のように起こる革命、皇帝、王政復古……、といった社会構造の転換こそが、『赤と黒』を生み出した要因に思える。そう考えると、ナポレオンの存在が、また奇妙に感じられる。

おまけに皇帝はまったく、この小説を知らなかったのだから……。

皇帝は伊達男だったのか？

ナポレオンはあれほど出世した人物にしては驚くほど着るものに無頓着であったらしい。彼は士官学校へ入って以降、ほとんどの時間を軍服で過ごしている。その軍服が似合っていたかどうかは別問題として、皇帝となってからも同じ服装を通した、数少ない歴史に名を残している人間である。

あの妙な帽子。あれは共和制フランス革命の象徴として、革命派が愛用していたものだ。あの帽子が、ナポレオンの思想を表現していたとする人もあるが、私が考えるには、おそらく彼の特異な体軀には、他に似合う帽子も服装もなかったのではないかと思われる。

パリのノートルダム寺院で盛大に催された皇帝就任の折のナポレオンの姿は、私にはひどく滑稽に映る。

あの衣裳はナポレオンが崇拝していた古代ローマの英雄、ジュリアス・シーザーの晴れ姿を基にしている。たしかに当時の職人たちが技術の粋を集めて仕立てた衣裳は華麗で優雅に映るが、衣裳にはその人に似合うものと、そうでないものがある。

当時からフランスでは国を挙げてのセレモニーを行なう時、演出家が存在していた。この演出家は国立アカデミーから選出された。

ナポレオンの載冠式の演出をしたのは、以前にも取り上げたことのある画家ジャック・ルイ・ダヴィッドである。演出家と呼ぶより、当時は総指揮官と呼んでいたらしい。当然、ダヴィッドはナポレオンとジョゼフィーヌの晴れの衣裳にも細かな注文を出したはずだ。実際の注文は当時パリでも人気のオートクチュール店に出された。

パリのオートクチュールの店の歴史は相当に古いものなのだろう。しかもそのような店が現代もかたちを変えて残っているところが、パリのファッション界の伝統の強さである。

現代のファッション界をリードしている都市としては、パリに続いて、ミラノ、ニューヨークが挙げられる。イタリアではミラノもそうだが、フィレンツェも、ナポレオンが登場する以前から、繊維業が盛んであった。勿論、その背景には良い気候、良い水が豊富であるという地理的条件もある。しかしそれよりも、やはり人であろう。人すなわち技術力である。

ひとつの商品が魅力を持つためには、そこに独創性が必ず存在する。他商品にはないものが商品の軸になっている。同じ人間がこしらえて、なぜこれほど差異が出るのかと思われるほど、昔の商品には品質の格差があったはずだ。

これはひとえに人の力である。人の力の基にあるのは精神である。その精神でもっとも大切なのは創意工夫の考えだ。工夫することが、技術向上の第一歩である。現代社会に残っている商品のほとんどは、人の創意や工夫によって完成されたものである。しかし一代で完成できないものも多くあったはずだ。言ってみれば、一代目では完成しなかった塔を次の世代がさらに頂上を目指して石を積み上げて行くのである。そのくり返しが、商品を頂上にまで完成させたのだろう。つまりそれは精神の継承である。しかし継承だけでは、技術力も商品力も或る時期を境に停滞する。そこで必要なのが、突然変異である。

異端と呼んでもいいかもしれない。

この異端が、今ある低迷を打ち破る。実際生物界の進化に重要なものは、突然変異であるらしい。歴史を変えるのも異端者の出現だ。権力しかり、思想、宗教、音楽、絵画、詩、小説……、演劇もそうだろう。

日本で言うと、現代人にも受け継がれているお茶の作法を生み出した千利休《せんのりきゅう》も、異端の中の異端と言えるだろう。

戦国大名では、織田信長が異端の代表かもしれないし、江戸末期にあらわれた坂本龍馬もしかりだ。現代絵画で言うと、ダリなどもその典型だろう。

この人たちに共通するものがひとつある。奇妙なことだが、異端はなぜか伊達者が多いのである。

信長の愛用した鎧兜のデザインなどは、同時代のヨーロッパの騎士の武具を顕《あき》らかに参考にしている。しかもその有効性を納得してでのことだから、たいした着眼力である。坂本龍馬の袴《はかま》の下の革靴もそうだ。ダリなどは伊達者を越えて奇異にまで辿り着いていた。

——なぜ、このように才能と天運に恵まれた人たちが共通して、自分たちの衣裳にこだわるのだろうか？

ここらあたりの彼等の心理を分析してみると、意外と個人の才能の開発と素晴らしい運気の摑み方の重要な手がかりが発見できるかもしれない。

海外のギャンブル場へ出かけると、派手な色彩のスーツを着た男を見かけることがある。例えば上から下まで、ショッキング・ピンクをまとっている男とか、レモンイエローのジャケットに赤いシャツ、縞模様のフレームのサングラス。

——そんな格好で博打場に来たんじゃ、まず勝てっこないナ。

と思うのが日本人のギャンブル好きである。

ところがさにあらず、この手の超派手タイプのギャンブラーが意外と手《で》強《ごわ》いのである。

カジノなどではまず勝ち組に入っている場合が多い。

私も最初の頃、この輩がなぜギャンブルに強いのかわからなかった。そこで彼等を観察しているうちに、面白いことがわかった。

派手型はどんな時にでも、自分のペースを崩さないのである。

これはギャンブルにとって重要なことだ。

ギャンブルは人間に必要以上の揺さぶりをかける遊びである。平穏、順調、予測どおり、といった類いの状況にまず遭遇しないのが、ギャンブルである。つまりプレーヤーは昔遊園地にあったビックリハウスに入っているのと同じ状況で、上下に揺れたかと思うと、ふいに左右に揺れる。そうしているうちに斜めに傾き出す。そんな状況で、いつも通りに地面に両足で立っている己を保つことは至難の業である。よって大半の人が敗れるのだ。勝ち残るのは、己のペースを守り続けられたものだけである。この点が派手型は優れている。

ギャンブルが揺さぶりの連続だと言ったが、このギャンブルという言葉をそのまま、人生もしくは戦いに置き換えると、自分のペースを守った人が勝者になるという論法が成立する。己のペースを守る人は派手型が多い。つまり、伊達者は勝者である場合が多いことになる。

ナポレオンはどちらかと言うと、地味型だったのだろうか。

皇帝の親衛隊の華麗さは語り継がれているし、パリのアンヴァリッド廃兵院には当時の舞台衣裳のような軍服が展示してある。

待てよ。ひょっとしてナポレオンの衣裳とは、彼の軍隊そのものだったのではないだろうか？

そう考えると、驚くべき伊達者である。

ナポレオン法典のミス

ラスベガスに来ている。

二十数年振りに訪れたラスベガスが、まるで違った街に変貌しているのに驚いた。

まだ二十歳代の若造だった私が見たラスベガスは砂漠の中に、そこだけがぽつんととり残されたように、孤立した街だった。しかしサンフランシスコからの飛行機の窓から眺めた今のラスベガスは一大都市になっていた。しかも日々人口が増加しているらしい。

以前は空港を降りると、歓楽街の趣きがあったが、私が空港に到着した時も家族連れがどんどん降りて来て、街の中に吸収されていた。観光客に子供が多いのを見て、

——この街はもう男たちの遊び場ではなくなったのだ。

と思った。

そう考えると、日本でさえ男の街は失せてしまっている。その代りに、女性と子供のための遊び場ばかりできて、日本中のあちこちが騒々しい場所だらけになろうとしている。

そこらあたりの事情は、ラスベガスも同じようである。女性と子供が集まる場所には、おのずから失せて行くものがある。ストリート・ガールたちは、その最大の被害者なのだろう。

一般に社会悪と呼ばれたり、蔑視されるようなものが追い出されて行く。

今昔のラスベガスで言うと、競馬やボクシングの私設ノミ屋なども、今はどこにもないし、ストロー・ハットを被った観光客相手の詐欺師兼便利屋たちの姿もない。当然、マフィア系の男たちもいない。もっともその筋の連中で、いかにもという服装をしているものはすでにいなくなり、皆お洒落で一見するとコンピューター会社に勤務しているのではと思わせる風貌をしているそうだ。

おそらくどこの国でも事情は同じはずで、年寄りも若者も、誰も彼もが一見厄介者になど見られたくないのだろう。これは或る面から見ると、世界の産業界の中でファッション業界が飛躍的な成功を見たことの証明といえる。

しかしそれがいいことなのか、悪いことなのか、私にはよくわからない。私が少年の頃は、大人たちの外見で大方の職業がわかった。

――あれが、テキヤのおやじで、こっちが遊び人で、ほれっ、あそこを走ってるのは植木屋の小僧だろう……。

と子供の目から見ても、大人たちの区分けができた。妙な話だが、大人たちもすぐに職業分けができる面構えをしていた。仕立て屋は愛想が良かったし、大工の棟梁《とうりょう》などはいつも不機嫌な顔をしていた。時計職人は猫背でトボトボと歩いていたし、鳶《とび》の若頭はツンと顎から先に歩いていた。料理人は色白だったし、金魚屋、竹竿《たけざお》屋は日焼けしていた。芸術家を気取っている大人は髪を伸ばしていたし、職人さんは短髪だった。それは丁度、歯磨き粉が白で消防車が赤みたいに、はっきりしていたように思う。

　ところが歯磨きが白だけではなくなったように、世の中の誰もが何をしている人なのかわからなくなっている。皆が皆同じ服装をして、同じ顔で笑っている。それがどうにも厄介なのである。男だけのことを話しているようだが、実は女の方がその傾向が甚《はなは》だしい。素人と玄人の見分けがつかなくなっている。素人が玄人みたいな顔をして、玄人は玄人で、私は何も知りませんなんて顔を平気でする。極端に言えば、素人の方が玄人より、いろんなことを経験し、物事がわかっている場合もある。

　だから初対面の時など、よほど注意深くしていないと、後で大変なことになる。それが理由でもないが、数年前から私は知らない人に逢わないようにしている。これ以上、知人、友人が増えたら、皆とつき合っていけなくなる。百人の知人を持つより、ひとりの友人を得ることの方が大切に決っている。

　ラスベガスが変貌したのは、古くなったホテルの新改築の折、コーディネート会社が参入したからである。

　朝からギャンブルをする人間にとって、ラスベガスのホテルは寝て起きることができれば、それで良かった。しかし、アメリカもそうだが、男の社会的行動を決定づけるのは今や女性と子供の主張である。

亭主も父親もあったものではない。

先日も酒場で友人が、

「どこかへ連れて行って欲しい、などと言われるんならわかるが、お父さんはついて来ないでね、だものな。まったく男を馬鹿にしてるよ」

と愚痴をこぼしていた。

「そこまで言われると、家を飛び出したくならないか？」

私が聞くと、

「それがもうこっちの大人としての底を見透かされているんだ。何を試みても同じだ」

と友人は諦め顔で言った。

ナポレオンが聞いたら、さぞ驚くことであろう。

ナポレオンが後世に名を残すようになった理由のひとつとして、ナポレオン法典がある。この法典は、まことによく完成されていて、ナポレオン法典をベースにして、私たち近代の社会構造が出来上っていると言っても過言ではない。民法、商法、刑法の基礎もほとんど偏向していない。むしろ皇帝であるナポレオンにとって、この法典が邪魔になったほどである。

しかしこの法典にも、決定的なミスがある。それはナポレオン自身の世の中に対する考えか、それとも当時の社会風潮なのか、この法典では男性と女性の地位が極端に違っている。女性蔑視の考えが基本にある。今なら非難集中であろう。

かくいうナポレオンが女性を軽蔑していたのかと調べてみると、あの賢母・レティチアに育てられたコルシカの少年が、母を貶《さげす》むことは考えられないし、一目逢った瞬間から異常なまでの恋に狂いようやく妻としたジョゼフィーヌを卑しめることもなかったはずだ。

そう考えると、法典の中にある女性蔑視の考えは、これを作成したポルタリスら四人の民法典起草委員の先入観念と、当時の風潮が、そうさせたと思わざるをえない。

男女が平等であるのは、私も当然だと思う。しかし今や社会の中での男と女の関係は、一大飛躍？　を遂げている。子供の間では、女の子に男の子が暴力をふるわれることが日常的になっているとも聞く。怖い話である。

私見としては、私は女性より男性の方が強くあるべきだと考えている。（将来はわからないが……）恋人を、亭主を、威張らせておけ、ということが、すでに成立しがたくなっている。

ナポレオンが現代社会を見たら、

「余の生きた時代の方が遥かに道徳的だ」

と言うのかもしれない。

ワーテルローは肌寒かった

ナポレオンの最後の戦いの場所になったワーテルローへ出かけたのは、去年の秋の終りであった。パリから、ジャンヌの運転する車でベルギーにむかった。

午後になって、ゆっくりパリを出た私たちがベルギーとフランスの国境を越える頃には、すでに陽は落ちていた。国境のゲートを越えた途端、それまで明るかった道路が急に暗くなった。いきなり闇の国へ入った気がした。

「おい、これはどうしたんだ？」

私が聞くと、

「街灯を消してるんですよ。私もこの国へ入った途端、一瞬不安になるんですよ」

とジャンヌが言った。

国の事情で、公共の設備には差異がある。外国へ旅をしていて、国境ほど風景が様変わりをする場所はない。

ここではたまたま、街灯が点《とも》っているかいないかの差だが、国によっては、いきなり銃を構えた兵隊たちに迎えられることもあれば、飢えた人たちに遭遇したり死臭さえ嗅ぐ時もある。

若い時の私にとって、それは少なからずショックを受ける出来事であった。日本という四方を海で囲まれた国で育った経験しかない若者には、国境のイメージがまるでなかったのである。ヨーロッパは、国境による風景の差異は年々薄くなって行くのだろう。それでも地形というものは存在し続けるから、山脈、大河、砂漠……といった目にはっきりとわかる境界は、この先も旅人に国境を感じさせるはずだ。

「国境は常に動いている」と言ったのは、たしか開高健だった。この言葉の響きが好きだ。国境と言っても、そこに目に見えるラインが引いてあるわけではない。ナショナリズムが線をこしらえているのでも勿論ない。この見えない線を作ったのは人間である。しかも、その見えないはずの線が、歴史の中では絶対的なものであったりした。近代戦争は、ほとんどが国境沿いの紛争からはじまり、やがて国を挙げての戦いになっている。

目に見えないもので、これほど人間に緊張を与え続けているものは、他にないのではなかろうか。もし、生と死の境に何ものかがあるとすれば、それは絶対存在のラインにはなるだろう。昨日と今日、今日と明日、去年と今年にあるかもしれない時間の境などは、存在するかどうかも曖昧に思える。

しかし国境とて、絶対的なものではなく、歴史の中で常に移動をして来た。

ナポレオンがいつも頭を痛めていたのも、少し目を離すと国境を越えて進攻して来る隣国の軍隊であった。ヨーロッパは地続きであるから、国境はその折々の国の勢いで変化をして来た。どこからどこまでが、その国の領土なのか訳がわからなくなった時期が何度もあった。小国の国境などはあってなきがごとくであったろう。

大陸における小国の悲劇は、大国の思惑により、その国の統治者が変わり領土が切り取られることにあった。

ベルギーなどは、その典型である。

ワーテルローはちいさな街であった。

人口、二万八千人程度という。この街の名前をヨーロッパ中の人が、いや、世界中の人が知っているのは、やはりナポレオンとの関りからである。

日本でいえば、関ヶ原のようなものだろう。東海道新幹線で旅をすると、車窓から関ヶ原近辺が見渡せる。伊吹《いぶき》山などもよく見えて、ナンダ案外ちいさな山なのだと思ったりする。ここで東西両軍合わせて十八万余の兵が対峙し、戦ったなどとは想像もつかない。

ワーテルローもまったく同じであった。

一八一五年六月十八日に、この丘陵地でナポレオンの率いる七万二千人のフランス兵と、ウェリントンの率いる六万八千人のイギリス軍が一大決戦を開始した。

この戦いのことは、それこそ一万冊以上の書物に書かれているし、なぜ常勝のナポレオン軍が敗れたかの議論も、歴史家だけではなく、軍事専門家によってもさまざまな考察がなされている。

ナポレオンが待ち続けたグルーシー率いる援軍のかわりに、やって来たのはプロイセン軍であったことが、戦いを決定付けたことはよく知られているが、歴史の中の戦争の勝敗を決定付けるものは、いつもその戦いが起こる以前に存在している。

それを一番よく知っていたのは、ナポレオン自身であった気がする。なぜならワーテルローでの戦いに敗れた三日後には、ナポレオンはパリに戻っている。この時、フランス国内にはまだ二十数万の兵力があったのである。ナポレオンが戦う気力があるのなら、すぐにでも徴兵をして、再び戦うことはできた。

しかしナポレオンはそれを選択しなかった。たしかに議会はナポレオンが戦うことに反対していたが、そんなことは今までも何度もあった。ナポレオンの得意なクーデターを起こせば、議会の意向などすぐに覆すことはできたろう。

翌、六月二十二日にナポレオンは退位した。彼の退位の報せを聞いてパリの労働者たちは、それに反対、武器を取ってすぐに戦おうとデモ行進をしていたほどである。

ワーテルローには、この戦いの記念館があり、この地で没した大勢の戦死者たちのための、高さ四十メートルほどの慰霊のモニュメントがある。

四角錐《すい》の芝で被われたこの慰霊丘には、ここを訪れる人のために階段が設けてあり、頂きに登ると古戦場が一望できるようになっている。

私が丘の上に登った日は、時折、雨を含んだ風が吹きつける寒い天候であった。

頂きから眺めた古戦場は、豊かな農地がひろがり、車道を走り抜けるトラックや乗用車が玩具のように映った。

――いったい何人の兵が、ここで死んで行ったのだろうか？

私はそれを考えると、おそろしくなった。

ナポレオンは今なお英雄として扱われており、ウェリントンもイギリスの英雄である。

戦争は勝者にすべての理が与えられる。今私たちが民主主義を崇《あが》めているのも、ついこの間の第二次大戦の勝者が日本に与えたものである。理がデモクラシーにあるだけだ。

それを思うと、地球は何万もの屍の上に立って、今日も回っているのかもしれない。

肌寒かったのは、天候のせいだけではなかった気がする。

ナポレオンと世界遺産

ナポレオンの最後の戦場となったベルギーのワーテルローの地を訪ねた折、私たちはブリュッセルに宿泊した。

ブリュッセルを訪れたのは、これが三度目だった。一度は自転車競技の世界選手権がベルギーのゲント市で行なわれた折に立ち寄った。二度目は当時執筆していた小説の取材でパリから日帰りで、或る彫刻を見に行った。

それは古代中国に、殷《いん》、周《しゅう》といった国があった時代に作られた青銅器のひとつだった。以前から、古代中国の青銅器がベルギーに数多くあるのを聞いていた。

私はこの青銅器のひとつを物語の主役にして、日本、香港、フランス、果てはユーラシア大陸の奥地までを舞台に小説を書いた。今思えばずいぶんと大胆な物語を書いたものだと思う。荒唐無稽な内容だったが、荒唐無稽は逆に言えば作家の想像力が試され、成功すれば読者を未知の世界へ引き込み、思わぬ物語を書き上げることになる。

フィクションと呼ばれるジャンルの小説には、この予期せぬパワーが内在している。見方によっては、その荒唐無稽が持つパワーこそが小説の魅力のすべてをなすと言ってもよい。

小説のリアリティーのことを言う人がいる。私はリアリティーさえも、小説世界の中では虚像と考えている。

――なるほど、これはありそうな話だ。

と読者が考えれば、物語としてはそれで充分であり、あとは小説の骨があればいいのである。しかしこの骨がなかなか大変なのだ。映画や演劇においての、役者の演技について、リアリティーを要求する演出家がいる。自然であることが良い演技とされる風潮があるが、あれもおかしい。現実離れした演技が奇妙に感じられるのは、私たちが現実をこうだと決めつけているだけのことで、演じることは現実を離れることではないのかと思う。

なにやら自分の小説の拙さを弁護しているようなことを書いたが、記憶というものは昨日の話でさえ曖昧になっているもので、それがまして三千年前の話であれば、もう何もかたちは見えないのだから、こちらでそれらしきものを作るしかない。

古代中国の青銅器がどうしてベルギーにあるかというと、ベルギー国王が青銅器の収集に熱心だったからだという。私がそのことを知ったのは、十年近く前に九州の博多で開催された博覧会で、或る企業の出展館の演出をした折だった。私はその館で、短編映画を監督し、竜を制作した。思わぬ好評を得て、企業側から礼をしたいと申し出があった。宴席でもと言われたが、目上の人から接待されるのはかなわないから、相手が旧財閥系であったので、

「何か本家の方でお持ちの珍しいものがあれば見せていただきたい」

と図々《ずうずう》しい申し出をした。

担当の重役は、少し考えてから、

「青銅器に興味はございますか？」

と言われた。

それで見学へ行ったのが、京都の南禅寺近くにある青銅器の博物館だった。そこで見せられた貴重なものの中に、手のひらに載るほどの鼠《ねずみ》に似た、瑠璃《るり》の石を埋め込んだ青銅製の彫刻があった。ユーモアのある表情をした、その小動物を見ていると、案内の人が、

「これと同じものが、ベルギーの王立美術歴史博物館にございます」

と説明してくれた。

「中国本土にはないのですか？」

「ございません」

そこで知ったのが、ベルギー国王の青銅器コレクションだった。これらはほとんど戦前に中国へ出かけた探検隊が発見し、持ち出したものだった。私が見たその彫刻は、いかにも王が妃や姫のために工芸家に命じて制作させたものに思えた。

数年後、作家を生業とするようになって、連載の依頼を受け、京都の博物館の一室で見た、

あの彫刻を思い出した。

『饕餮《ターティエ》』という、古代中国の想像上の生物の名前をつけた。

その『饕餮』を二度目にベルギーを訪れた折は閉館時間が変わっていて、見ることが叶わなかった。今回、やっと見ることができた。何やら恋人にめぐり逢えたような気がした。王立美術歴史博物館は青銅器のみならず、エジプト、メソポタミアの文化遺産など貴重なものが多く陳列してあった。

来月、このナポレオンの取材で最後の旅へ出かけるが、その旅の日程にエジプトが入っている。

一七九八年に出発した、ナポレオンのエジプト遠征を取材するためである。ラスベガスへ出かけた折、機中のビデオで、『エジプト遺産』というタイトルの短編映画を見た。その映画で、エジプト文明の長年の謎を解く大発見となったロゼッタ・ストーンと、ナポレオンに同行した多勢のフランスアカデミーの学者たちの発掘風景が紹介されていた。

ロゼッタ・ストーンには、それまで解明が困難とされた古代エジプト文字がギリシャ語と一緒に記されていた。これが一挙にエジプト文明の全容を解き明かし、新たな遺跡の発見へと続いて行く。

しかしこの時、ナポレオンはこの世紀の発見をさして気にも留めていない。それよりもいっこうに戦功の挙がらないエジプトでの戦いに嫌気がさし、おまけにイタリア遠征でせっかく奪ったイタリアの一部やフランス東部が、またオーストリア軍に侵略されていることに居ても立ってもいられず、さっさと兵を残してエジプトを去っている。

ナポレオンがエジプトに魅力を感じたのは、彼が敬愛し、後々皇帝という冠位にこだわることになった、ジュリアス・シーザーのエジプト熱が影響していたと言われる。

まさか、第二のクレオパトラを探そうとしていたのではあるまい。奇妙なもので、歴史的に重要な文化遺産の発見には、戦争や侵略が絡んでいることが多い。

先に述べた青銅器の発見も、日本が中国へ侵出して行った時期と前後している。侵略はその時代の先進国や強国が、後進国ないし弱体化している国にむけてなされる。スペイン兵とマヤ文明、ナチスドイツとヨーロッパの絵画、そこで発見されたものは、皆持ち去られる。大英博物館などはその典型であろう。いつの時代か、持ち去ったものは、そこにあった場所へ返還すべきであると、私は考えている。

ナポレオンは戦争に勝つと、現金を要求した。さもなくば絵画であった。しかし絵画の方はナポレオンがセント・ヘレナ島に流刑されると、ほとんどが返還された。

その点ではナポレオンは罪を犯していないのかもしれない。もっともナポレオンはそんなことを気にもかけず、孤島で復帰の日を待っていたのだから……。

ワーテルローの星《ほし》灯《あか》り

少し前に、ベルギーのワーテルローの丘陵に美しい野の花が咲いていたことを書いたが、夕刻、あの戦場跡を立ち去る折、一番星があざやかに光っていた。

ワゴン車のガラス窓に金色の鋲《びょう》のように貼りついた秋の星を見つめ、

――この星は、あの激戦の後、この丘陵を照らし出していたのだろうか……。

と考えた。

その折、私は或る老人が語ってくれた星の話を思い出した。

その人は今はもう故人となられたが、私は二十歳代の頃、何度か旅に同行したことがあった。

俗に世間では〝選挙屋〟と呼ばれる仕事をしている人で、国政レベルの選挙を主にやっていたが、たまに地方の選挙へも出向くことがあった。

その人に私を紹介した者が、私をディレクターと説明したので、どこでどうなったかポスターの制作を依頼された。広告代理店にいた時、何度か選挙ポスターを制作していたので、一度引き受けたら、上手いこと当選した。たしか県会議員だったが、逆転で当選し礼を言われた。

「落ちるかと思ったんだが……」

その人は酒場で私に謝礼を渡しながら、ぽそりと言った。

「でも落選したら、大変だったでしょう」

「そうでもないさ。また次も乗り出して来なきゃならない男だから、次で当選するくらいの方がいいんだ」

私はその人の、そういうところが好きだった。人間を見る観察眼の優れた人だった。〝選挙屋〟と呼ばれるくらいだから、人物なり情勢を読める能力がなければ、とてもそれで飯を食べてはいけない職業だろう。当り前と言えばそれだけだが、麻雀を一度やってみると、やはり強かった。

一度目が上手く行ったことで、その後何度か仕事をした。私が専門外だと説明しても、

「かまわないよ。ともかくモノが上ればいいんだから……」

と平気だった。

選挙の仕事は前金で、しかもキャッシュである。落選してから金を払う政治家はいない。それが金のない若者には魅力だった。

「こういう仕事は相性が大事でね。すんなり事が運ばないのは、上手く行かないんだ」

「そうなんですか……」

「見ててご覧、あいつは落ちるよ」

「でも御曹子でしょう」

「そこが弱点なのさ」

そんな面白い話が多かった。

或る時、その人から大臣の自伝のゴーストライターを頼まれた。その大臣は当時飛ぶ鳥を落す勢いの今太閤《いまたいこう》と呼ばれた総理の派閥にいる人だった。

「どうもあの総理は苦手だな……」

「嫌ならいいさ。でもね、あの男も大臣になりたくてなったんじゃないんだ。あの男が大臣をしておかなくちゃならない事情が官僚たちにはあるからね」

そんな折に、興味ある話を聞いた。

「あの男はね、私と同期生でね。やはり軍隊へ行っていて、部隊のほとんどが死滅したが、どういうわけか生還した。そのどういうわけってのが面白いんだ。実はね……」

話を要約すると、その人が所属していた部隊は五百人近くいて、終戦が近くになって退却をはじめた。まずは五百人がふた手に分れ、或る村へ辿り着いた時にまたふた手に分れ、局地的な戦いはあったそうだが、分散を何度かくり返しているうちに、気が付いた時は十数人になっていた。最後にひと桁の員数になった夜、丘の上に登って、一ヶ月余り這《は》いつくばるようにして退却して来たジャングルを眺めたそうだ。

「その時、あれが海で漁師が見るという〝鬼火〟というのか、出発した海岸線のある方角から自分の立つ丘の麓《ふもと》まで、点々と火の玉のようなものが、まるで数珠のように繋がって光っているんだ。その火が一斉に空に昇って行ったんだ」

　私が半信半疑の顔をしていたせいか、

「うそだと思うだろう。そりゃ、俺だってそう思うさ。ところがそれと同じものを、俺も同じ島で見てたんだよ。だから、俺はあの男を信用してるのさ」

　そう言って、ニヤリと笑った。

「戦場には妙な話がいろいろあるんだよ。たぶんそれは人間が極限状態で物事を見てるからかもしれないがね。ただ言えることは、大勢の人間が死んだ場所の星は、とても美しいものらしい……」

　その後、何度か仕事をし、疎遠になった。その人が或る政治家のパーティーで万歳三唱をしたまま倒れて死んだことを聞いた。

　戦場の星は美しい、と語る文章を何度か読んだことがある。

　いつかベトナムで見た星空も美しかった。

戦火というものを知らない私にとって、戦場跡という場所は立っているだけで恐怖につつまれる。別に幽霊が怖いわけではない。これまでも不可思議なものは何度も目にして来たし、あれが幽霊だと説明されれば、そうだったのかというものも記憶にある。

しかしその類いとはまるで異質なものが戦場跡にはある気がする。

殺戮のほとんどは、狂気の中で行なわれるものだと思っている。戦場を決定し、戦術・戦略を推し進める人間と、狂気の現場にいる人間の違いは、いやそれ以前に戦争をはじめる方向へ国を導いた人間との違いは、どこから生じるのだろうか。ワーテルローの戦いは、その後軍人たちに多くの教訓を残したと言われる。

――何の教訓なのだろうか？

勝者と敗者のあるものには、結果から勝因、敗因が必ず生まれる。軍人は、同じ間違いをくり返さないために、過去の戦争を学ぶ。それがそもそも怖い。

私たちは平和な時代に生きていると錯覚している。ところが歴史の勉強をして行くと一目瞭然だが、世の中の構造が大きく変容するのは、そのほとんどが戦争を契機としている。歴史を学ぶ子供たちが教えられるのは、いつ戦争が起こり、その結果どんな世の中になり、その世の中を、どの戦争が変えたかである。何のことはない大量殺戮の年代順を学んでいるに過ぎない。

ナポレオンの時代のフランスは国の歴史の中で最大の繁栄をし、失業者が皆無に近かった。

それは戦争が最大の消費市場であるからだ。

近代は戦争によって、経済発展を成し得たとも言える。

先日、私は夕張の鹿島という街を訪れた。ほどなく水の底に沈む街である。廃屋になっている一帯は冷え冷えとしていた。

そこで見た星が、この上なく美しかった。

美が滅亡と隣り合わせているのなら、美とはおそろしいものである。

ナポレオンを斜めに見ていた？

パリは秋の盛りだった。

シャルル・ド・ゴール空港からパリ市内にむかう高速道路の脇に見える木々の葉が紅葉し、針葉樹は葉の落ちているものもあった。

着いた翌日、ロンシャン競馬場でヨーロッパで最大の重賞レースである凱旋門賞が行なわれた。

ここ数年、常宿のようになっていたバルザック通りのホテルも、凱旋門賞を見にやって来た外国からのゲストで部屋が空いていなかった。凱旋門賞の前夜、食事の後でそのホテルのバーへ寄ると、いつもは静かな酒場に客が溢れており、交わされている言葉のほとんどが英語だった。

バーテンダーに聞くと、イギリスから凱旋門賞にやって来たゲストたちだと言う。

なるほど、よく見ると上品な紳士淑女が多い。ひと昔前なら貴族であったような連中である。おそらく馬主か、友人の馬の応援に来たのであろう。とてもではないが馬券を買うために競馬場へ行く感じの人種ではない。

以前、ナポレオンが今日の競馬レースのかたちを作ったと書いたが、その後で優秀なサラブレッド種を手に入れたいがために何頭もの馬がイギリスから密輸入された話を聞いた。勿論船で運んだのだが、競走馬を密輸入するくらいだから、当時ナポレオンがイギリスへの経済制裁として大陸封鎖をしていたとはいえ、英仏間の交流は頻繁に行なわれていたと思われる。ともかくスパイが、フランスにもイギリスにも多かったらしい。天気の良い日はドーバー海峡を泳いで渡る人もいるくらいだから無理もない。

夜陰に乗じて馬を運ぶ連中も大胆だが、動物の中でも一、二を争う臆病な馬は、どんな気持ちで海を渡ったのか。サラブレッドの表情を想像すると、おかしくもある。

レースの当日、ホテルの部屋が空くというので午前中にひと仕事済ませてロビーに入ると、エレガントな帽子を被った婦人たちが出かけるところだった。殿方たちはもうシャンパングラスを手にしている。これが連中の競馬の出陣風景か……と、あの異常に混み合う日本の競馬の様子が情無く思えた。

今回の凱旋門賞には、日本からサクラローレルという年度代表馬が挑戦する予定で早くにフランスへ馬を入れて、トライアルレースを使ったが、そこで脚に故障を起こした。

当日、長友さんたちはロンシャン競馬場へ出かけた。私は数年前に一度このレースを観戦に行き、パドックの目の前をシャンパングラス片手に談笑している連中を見ていて、そこにいるのが嫌になった。それと珍しく混雑する競馬場に疲れ果てた。だからテレビで観戦した。レースはパントルセレーブルという今年のフランスダービーとパリ大賞典を制した四歳馬が圧倒的な強さで勝った。果してサクラローレルが出走して、勝ち負けのレースになったかどうかはわからないが、日本の競馬とヨーロッパの競馬は本質的に何かが違っているのを再認識させられた。

　前日、ソルボンヌ大学でチュラール教授にナポレオンの話を聞きに出かけ、帰る道すがら、同じナポレオンについて考えるにしても、西洋人と私ではずいぶん視点が違っている気がした。以前から、それは薄々感じていたのだが、どうも私のナポレオンの勉強法は、情報の収集の方にばかり目がむいてしまい、肝心のナポレオンが存在したことによって社会に、人間の考え方にどう変化なり、影響が出たかを考察していない。

　例えば、ナポレオンがブリエンヌの兵学校に行っていた少年時代、子供たちの雪合戦でリーダーになり卓越した指揮をした話などは、どこにも確証はなく、後になってナポレオン伝説を作った人が想像で仕立て上げたものだし、士官になったナポレオンがコルシカ島の海岸で母、レティチアと偶然に遭遇し、涙ながらに救出した話も、チュラール教授からは、「よくできた作り話だ」と一笑に付された。

　ところが日本で出版されている書物には、この種の話がまことしやかに書かれてある。翻訳本であるからいたしかたないが、一年半前は私もこれを信じていた。

——よくもこう偶然が重なるものだ。

とナポレオンの強運に驚いたし、歴史に名を残す人間には物語になる出来事が多いものだと感心していた。

かと言って、ナポレオンの存在の歴史的重要性が変わるものではないが、このことであらためてわかったことは、今や地球の周りに幾つもの通信衛星が飛び交い、地球のどこで起こった事件も、その日のうちに知ることができるようになっているが、諸外国で起こっている事件や、その国の人たちの物事に対する考えの根本にあるものは何ひとつ私たちには理解できてはいないのではないかということだ。

競馬ひとつ見ても、どうも日本の競馬とはまったく違ったことであるように、西洋の哲学思想を取り上げても、最初に日本人にそれを説いた人間がよほど能力、理解力がなければ、かなり違ったかたちで日本人に伝わった気がする。その種の間違いを、近代の日本は相当量犯しているはずだ。

ならそれをどう修正なり、改めるかと考えるに、これはもう私たちの世代では無理だと思う。もっと頭脳の柔軟な若い人たちを積極的に諸外国へ出すことしかあるまい。

大学のゼミナールで、比較文学という課目がある。この課目は世界の主だった大学では教養課程の項目に設けている。これは国と国の理解のためという側面を持っているからだ。しかし肝心の日本の文学を教える方に、どの程度の理解力があるかは疑問である。川端、谷崎がいまだに研究対象の主力では、現代の日本は到底理解できないだろう。

ここ数年騒がれている、第二次大戦中の日本軍の犯罪として、朝鮮人慰安婦、南京大虐殺……等が問題になっているが、どうも論争点を見ていると、事実が存在したかどうかの情報の収集の上で諍っているように思える。たしかに歴史の事実を実証することほど難しいものはない。それよりも大切なのは、その国の人たちが、どのような理解をし、いかなる感情で歴史を把握しているかを、日本人が出向いて長い期間調査、検討し、理解することである。

ナポレオンの出現で、当時ヨーロッパの一億五千万人の人々が生き方に影響を受けた。その結果、社会がどう変容し、次の戦争にいたるまで、どのような経緯を辿ったかを、何十年にわたって研究している人たちがヨーロッパにはいる。競馬の話から妙な話になったが、ナポレオンを斜めに見ていた気がして、なかば呆れ、なかば情無く思いつつパリの街を歩いている。

ナポレオンが見た幽霊

ワーテルローの戦いに敗れて、パリに戻ったナポレオンは、彼の生涯において初めて経験する失意の底にいた。

イギリス軍との戦いに大敗を喫したものの、フランス軍が壊滅状態におかれたのではなかった。国民議会はナポレオンの帝位の剝奪を決議したものの、英雄が一声かければ、ワーテルローから戻った兵士とパリ周辺にいた予備軍を含めて、二十数万の軍隊を編成できたはずである。国民議会とて、ナポレオンのお家芸であるクーデターを起こせば、決議案など一夜のうちに廃棄できたはずだ。事実、パリに戻ったナポレオンにむかって、大勢の労働者たちが、「皇帝万歳、武器をとれ」とデモ行進をくり広げた。しかしナポレオンは再戦を選択しなかった。

——なぜナポレオンは再び立ち上ろうとしなかったのだろうか？

歴史家たちは、ナポレオンがワーテルローの戦いに敗れたことで疲れ果て、無気力になっていたことを理由にしている。

実際、彼の言動も、再び立ち上る気力が失せていたと語っているものが多い。

あのエルバ島に流されても、己の勝利を信じていた男が、まだ二十数万の手駒があり、やりようによっては充分にイギリス軍を打ち破る可能性がある最後のカードを切ろうとしなかったのには、無気力以外に何か理由があった気がする。

私はナポレオンがワーテルローで何かを見た気がしてならない。

——それは何だろうか？

私はナポレオンが、彼自身の屍を見たのではないかと想像する。

ナポレオンは軍人である。

しかも、最初から軍の中枢に席を置き、戦いを机上の戦略ですすめて来たエリート軍人とは違う。

ヴァンデミエールの王党派鎮圧の折も、トゥーロンの包囲攻撃を指揮した時も、彼の出世の第一歩となった第一次イタリア遠征でも、ナポレオンは戦場の只中にいたのである。馬に跨り、号令を発し、自ら真っ先に敵の本隊に突撃して行った叩き上げの軍人であった。

ほとんどの戦いにおいて、ナポレオンは劣勢を跳ねのけて勝利をくり返して来た。

ナポレオンの軍隊が常に勝利を得た理由は、彼の徹底した現場主義にあったに違いない。

ひとつの戦いで、勝てるか敗れるかを一番知っているのは、実は最前線にいる兵たちではないかと思う。戦いが数ではないことは古代の戦史から指揮官たちは充分に学んでいる。

私は戦争は嫌悪するが、勝ち負けの起こる勝負事のことは少しわかる。勝負事において、勝敗の分れ目は、流れをいかに見分けるかにある。いったん負の流れが押し寄せると、いかなる方法を取っても負の底に押し流されてしまう。逆に言えば、勝利の波に乗ってしまえば些細なミスなど取るに足らないことで、どう戦っても勝利するのである。しかしこの二者への分れ目がどこにあるかを見極めるのが難しい。一見勢いがありそうな波がいざ乗ってみると、一転してうねりを上げ、その人を奈落に引き落とすことがしばしばある。

——では勝敗を決定づける要因は何なのか？

私はその勝負（戦いと呼んでもいいが）に関わるひとりひとりの感情の中に、勝敗の分岐点はあると思っている。

少し回りくどい言い方をしたが、勝敗を決めるのは人間の感情だと、私は思っている。勝負は時の運と言う。これはまぎれもない事実である。運というものは得体の知れないものである。この運によって、私たちは幸福にも不幸にもなる。極論を言えば、生と死の境にも立たされる。しかし運というものはまことに厄介で、いまだにこの正体を解明できた人間はいない。この不可思議な運については、また別の機会に述べたい。ここでは勝敗の波がいかにして生まれ、どう流れて行くかについて考えてみると、私は人間の感情、それも個の感情が、それを決定づける大きな要因だと思う。シンプルに戦争を個と個の闘いに置き換えて考えると、個の感情が、戦況を見てまだこの戦いの決着はついていないと信じている間は戦いは終結しないし、その感情が戦況の変化で、勝てたと推測しはじめると一気呵成《かせい》に戦力以上のものをプラスして勝利にむかって行く。逆に負けるのではと思った瞬間に崩壊ははじまり、たちまち総崩れとなる。

　ワーテルローまでのナポレオンの軍隊は、個の感情が敗れる発想を起こさなかったのだろう。しかし敗戦の前兆は一八一二年のロシア遠征にあった。それをナポレオンも兵たちも、そしてフランス国民も信じたくはなかったに違いない。ナポレオンの感情としてはあのロシアでの敗北は幻であったのか。作戦としてミスがあったとか、将軍の裏切りがあったとか、敗因は明確に彼自身も分析できていたのかもしれない。兵たちにしても、ロシアはいつもと勝手が違っていたという気分があったのか。

が、ワーテルローはすべてが違っていた。ナポレオンは勝利を信じる兵たちの感情を見つけることができなかったのではないか。勝利を信じられない兵は、戦場に幽霊のごとく立つ屍でしかない。無敵を誇って来た兵たちは、言いかえればナポレオンの化身でもあった。

――ナポレオンは戦場に立つ、己の幽霊を見たのではないか。

　いささかオーバーな表現だが、劣勢をことごとく打ち破り、その力を最大の武器にして頂点に立った者は、その終末において、共通した奇異な行動に出ている。それは諦観にも似た行動で、それまでの英雄的行動、才智に溢れたものとは異質な行動をしている。

シーザーが暗殺の気配を察していて、単身、元老院議事堂へ赴《おもむ》いたように、織田信長がわずかな兵で本能寺へ入ったように、力で他者を封じ、力で権力を得た者の最後は、彼等のそれまでの才智が何者かの手で拭い去られたように、愚行を犯し、世を去っている。私の想像であるが、終焉《しゅうえん》のカードを握らされた者は、その魂までも萎《な》えさせられるのではないかと思う。それを死神と呼ぶ人もあるだろう。

パリに戻ったナポレオンは己の今後の去就さえ決めかねる精神状態になっていた。

その間にプロイセン軍はパリを包囲すべく進軍をはじめていた。彼はフーシェをはじめとする議会の代表委員と兄のジョゼフからの提案で、アメリカに亡命すべく、大西洋岸にあるロシュフォール港にむかう。

この時すでにロシュフォール港の外では、イギリス艦隊が停泊し、ナポレオンをどこへも行かせぬ態勢を取っていた。

ヨーロッパの海に出ることが、イギリスの網の中に入ることを一番よく知っていたナポレオンが港にのこのこと出向いたのである。

エジプトからの葉書き

奇妙な夢を見ていた。

砂漠の中で、人を待っていた。見憶えのある砂漠の風景のようにも思えるが、砂漠というものは、どれも皆似たりよったりだから、自分がかつて見たり、訪れたりした砂漠かどうかも曖昧だった。

誰かを待っているらしいのだが、誰を待っているのか、よくわからない。

これが私の夢の特徴で、この種の夢とつき合って四十年、人間が抱えるもうひとつの世界の厄介事が私を悩ませている。とは言え、睡眠中の夢は人間だけが見るものではないらしい。

少年の頃、飼っていた犬が、私のそばで居眠りをしていて、何度か笑うような表情をするのを目にしたことがある。その犬は母犬を亡くしたばかりだったから、

「こいつ母犬に甘えていた仔犬《こいぬ》の頃の夢を見ているのだろうか……」

と思った。

その砂漠の夢を見ている時、遥か彼方の砂丘のむこうから男たちの野太い掛け声と砂を蹴る足音が聞こえて来た。見るとラクダに乗ったアラビアの盗賊風の一団が近づいて来るのが

目に映った。

――この連中を待っていたのか？

そう思ったが、すぐに相手が私を襲って来ることに気付いて（襲われる理由はまったくないのだが）、あわてて逃げ出した。

私の夢は、この逃亡のパターンが多い。何かの強迫観念が、この種の夢を見させているのだろう。

あわてて駆け出したものの、相手は砂漠の猛者連中である。逃げ果《おお》せるはずはなく、すぐに捕えられた。縛られた上に尋問されるのだが、言葉が通じない。私は必死で貧しい英語力の中から単語を並べて口にするのだが、その態度が余計に盗賊たちを怒らせてしまう。

そうしていつものパターンで、私は処刑を宣告される。砂漠に四角い穴が掘られ、私はそこに引きずられ首を突き出される。首を落とされるらしい。そこで刑の執行の前に、盗賊の中のひとりが前に出て来て、何やら祈りをはじめる。死刑囚に牧師が最後の祈りに訪れるのに似ている。

――まったく、こんなところでくたばるのか。こんなことなら、パリのカジノで有り金を皆賭けて遊んでおけばよかった……。

とか、つまらないことを考えたりする。

祈りの言葉を聞きながら、これはアラビア語かと、最後に訳のわからない言語を聞いてこの世に別れを告げる自分が情無くなる。死刑執行人が、私の頭の上あたりで剣を振り回している。嫌な音がする。

抑えつけられた狭い視界の中に、執行人の足が入って来る。親指の爪が割れている。

――靴も履いていない奴に殺されるのか……。

と思った瞬間、目が覚めた。

周囲を見回すと、灯りが皓々《こうこう》と点った部屋で、私はソファーに横になっていた。

――どこだここは？

開け放ったカーテンのむこうに白々と明けようとする空が見えた。起き上って、のろのろと窓辺に寄ると、夢の中で聞いたアラビア語が聞こえる。

時計を見ると、朝の五時である。

窓の外に目を戻すと、建物の下に河が流れていて、帆を張った小舟が水の上を滑っていた。

正面に大きな円筒状の建物。

そこで河がナイル河で、向う岸の建物がカイロタワーだとわかる。

これまでさまざまな人に旅先から便りをもらった。それが封書ではなく葉書きの場合は、訪れている土地の美しい絵葉書きが多い。

たまにアフリカへ行っている人が、ライオンの交情している絵葉書をよこしたりする。私ならこれで大丈夫だろうとニンマリしている相手の顔が浮かぶ。

旅先の様子が綴《つづ》られているが、意外と訪れた土地を絶賛している内容のものが少ない。旅とはそういうものなのだろう。十度出かけて、一度か二度、良い旅に出逢うのが、旅だと私は思っている。

旅先からの便りの中で、或る場所だけが違っていた。

エジプトである。エジプトから受け取った葉書には一様に、この土地で感動した旨が綴られている。いまだにエジプトはつまらなかったという内容を目にしていない。

そこで以前から、機会があればエジプトへ出かけたいと思っていた。それで、この旅の最後の取材地に、ナポレオンの遠征したエジプトにぜひ行きたいと申し出た。

少しスケジュールは強行軍になるが、夕刻パリから飛行機に乗った。

途中、雲の切れ間からアルプス（たいがいここは雲が被っている）の頂きが顔を覗けていた。

——ナポレオンはあの山を越えて、イタリアへ攻め込んだのか？

無茶なことをするものだと思った。

ほどなく飛行機は地中海へ出た。ここからエジプトまで時間がかかる。ナポレオンはトゥーロンから船に乗って、地中海を渡った。当時の地中海はイギリス艦隊が制海権を持っていたから、さぞ心配な船旅だったろう。

エジプトに着いた時は、すっかりと陽が暮れていた。

空港へ降りると、現地の旅行代理店の回し者らしき大男が大きなプラカードを手に待っていた。そのエジプトの空港、イミグレーションを通過するのに、いかにも怪しい連中が群がっていて、一般の旅行者が延々と待たされているそばを、その怪しい男たちとコネクションのある連中がどんどん横手の通路から外へ出て行く。

「ええ感じやな、このいい加減さが」

長友さんがニヤリとして言う。

空港を出て、大男が手配していたタクシーに乗り込んだ。

このタクシーがすごい。車線なぞまるで守らない。三車線の道路を五列になって、車が走り抜ける。しかも車線変更を平気でやる。けたたましいクラクションの音が鳴り響いている。どこかで同じ光景に遭遇したなと考えたら、ベトナムのホーチミン市の旧正月の夜中が、これとそっくりだった。ベトナムの方はほとんどがバイクだったが……。

乗ったタクシーもそうだが、周囲の車もほとんどが廃車寸前ではと思える古い車だ。

ホテルに着くまでの一時間ですっかり疲れてしまった。

まだ明けやらぬカイロの街のあちこちから聞こえて来たのは、市中にあるモスク（イスラム教寺院）から流れる朝の祈りの声だった。

コーヒーを注文して、ホテルの部屋のテラスからカイロの街を見ていた。空が明るくなるにつれて、車のクラクションの音が響き出した。

今日はピラミッドを見物する。

「兵士たちよ、このピラミッドの上から、四千年の歴史が諸君を見下ろしている」

ナポレオンが容赦のない太陽に痛めつけられていた兵たちの士気を昂《たか》めるために語った有名な言葉である。この言葉がいかに効果的であったかを、私はその日の正午に納得した。

エジプトからの便りが、どうして一様にこの地を誉めているのかも……。

夢の中で、私が待っていたのは、人ではなくエジプトの歴史だったのかもしれない。

どうして三角なのか？

どうしてかくもエジプトの地は、世界中の人々から或る種の憧憬を持って語られ、そして訪ね続けられるのだろうか？

その魅惑の大きさを、若いガイド君は、

「ここエジプトは二千年以上前から、最上級の観光の地でした」

と宣《のたも》うた。

——そうか、それほど古い観光地だったのか……。

考えてみれば、ナポレオンの敬愛した将軍・シーザーがエジプトの地に焦がれ、クレオパトラの虜《とりこ》になったのが、すでに紀元前であったのだから、ガイド君の話はもっともである。

「ガイド君、エジプトを成り立たせている主なる産業は何だね？」

と私がピラミッドへむかうバスの中で手を上げて質問すると、

「スエズ運河の通行料と観光収入です」

とこれまたさらりと宣われた。

このガイド君、若いのだがその口から発せられる言葉は、一言一言がいささか大袈裟《おおげさ》ではないかと思われるほど、スケールが大きい。一歩間違うと、三流の夜店の口上に思われないでもない。

ところがその疑惑も、バスの窓からギゼーのピラミッドが見えはじめ（この時は皆、おうっ、ピラミッドが見えたぞ。雑誌やテレビで見たのと同じ形だ、くらいの反応しかないのだが）、やがて丘陵地を登ってバスが停車し、皆ぞろぞろとピラミッドの前に降りた途端に消え失せてしまう。一同口をあんぐりと開いたまま、この歴史の大遺産を仰ぎ見てしまう。

「ヒャッホー、ピラミッドだ。記念写真を一枚……」

とジャンヌがカメラを構える。

私と長友さんが並ぶと、

「わあっ、フレームの中に入らないよ」

彼女がカメラを手にどんどん後ずさりをしはじめる。

——オイオイ、少しオーバーじゃないか。

とジャンヌのカメラを拝借して、ファインダーを覗くと、なるほど収まり切らない。こりゃ驚いたと、ファインダーから目を離し、ピラミッドを見つめ直すと、ピラミッドを造り出しているひとつひとつの石の一番下の角石の前で蟻《あり》のごとく蠢《うごめ》いているのは、たしかに人間たちであった。それでまた感心する。その間ガイド君は腕を組んで、我々の反応をしたり顔で眺めておいでである。

大きいことは人間を驚嘆させる何よりの要素である。アフリカの草原、アマゾンの密林、シルクロード……、たしかに世界中で私たちが魅《ひ》かれる場所には、絶対的な大きさがあるようだ。

一歩ずつ近づくごとに、このギゼーのピラミッドの大きさが目の玉から確認される。

大回廊の内部に入り、〝王の間〟（玄室）までの五十メートルの通路を頭を屈《かが》めて登っているうちに、私は足の筋肉をやられてしまった。

昔、野球をやっていた頃、新入部員はまず洗礼として兎《うさぎ》飛《と》びをやらされる。これを百メートルでもやると、翌朝足の筋肉がパンパンに膨《ふくら》んで、歩くのも大変になる。あれと同じ感じである。〝王の間〟に辿り着くと、私はその場にへたり込んでしまった。

ナポレオンはピラミッドに大変興味を持ったらしい。彼が大回廊に足を踏み入れた絵が同行したフランス学士院の画家の手で描かれているが、今と違って照明もなかったろうから、さぞ大変であったろう。

ファンの回る音がする通気孔のそばに立って、ガイド君がこの通気孔からは北極星だか××星が見えると説明をなさっていたが、私はもう息も絶え絶えで御影石《みかげいし》に両手を突いて、額から滴り落ちる汗を見つめていた。その時異様な気配を感じて、ふと横を見れば、ブロンドの髪をした白人女性が、玄室の壁に背を凭《もた》れて胡座《あぐら》を掻いて、瞑想《めいそう》なさっているのが見えた。

ともかく目から入って来るものに驚き、耳から教えられるピラミッドの話に驚かされ、その上訪れた者が皆筋肉を使って共通に体験させられるショック、この三点セットで、エジプトは充分に体感できる仕組みになっている。

——私にしてバテ気味なのに、お年寄りは大丈夫なのか？

と思っていると、やはり貧血状態で倒れている白人女性がいらした。

「皆さんはこの時刻に見えましたから、まだ恵まれているのです。日本の団体旅行客と一緒の朝の見物だと、この玄室に四、五十人が詰め込まれて、皆さん蒸し暑さにおかしくなるんです」

ガイド君が説明する。ここのところ毎朝散歩している長友さんは平気な顔で空っぽの棺を眺めている。

——遊び人にエジプトはハードってことか。

「ナポレオンがピラミッドの内部を荒し、財宝を持ち帰ったという話が当時のヨーロッパで広まりましたが、あれは間違いです」

ガイド君がスフィンクスの前でおっしゃった。以前も書いたようにナポレオンはイタリア遠征で勝利をおさめパリに凱旋したものの、国民議会での政治的攻防に嫌気がさし、戦場へ身を置いていなくては己の価値はないと判断し、トルコ帝国の脅威に脅かされていたエジプトへ遠征することにしたのである。議会の方も国民に人気の英雄がパリでじっとしていられるのに手を焼いていたから、さっさと送り出したのも事実らしい。

フランス学士院の学者ら二百名近くを同行させ、ロゼッタ・ストーンを発見した経緯もすでに紹介したので、ここではよす。

ナポレオンはギゼーのピラミッドを見て側近に、

「このピラミッドを解体しフランスに運べば、三メートル位の高さの塀でパリを囲むことができるだろうな……」

と言ったそうだ。その時側近はまさかと思ったらしいが、後日学者が計算するとギゼーのピラミッドの石の量はナポレオンの推測どおりであったと言う。（本当かしら……）

それにしても、ピラミッドで何が一番妙だったかというと、やはりあの三角の形状であった。塔や半円型ならわかるが、どうして三角なのか？　見つめていて、不気味な気がした。

その時、或る先輩と旅をしていた折、新幹線の車窓から見える富士山にかたくなに目をつぶっていたその人の姿を思い出した。

「富士山が怖くてね……」

「富士山のどこがですか？」

「あのかたちが不気味でね……」

そう言ったのは、作家の色川武大である。

ギャンブルの神様は、いまだに謎だらけのピラミッドの怖さをわかっていたのではなかろうか。

ピラミッドは現代科学で探究して行っても、解明できない謎ばかりが増えるらしい。

人間は解《わか》らないことを目の前に次々に並べられると、神の存在を意識しはじめる。ピラミッドは神にかかわる者の手で造られたという説が根強く残っている。

神で、三角と来れば、色川武大が怖がる典型である。色川氏は頭が大きかった。それがナポレオンの肖像を見た時、氏のことと重なった。これって、偶然なのだろうか。

日本語が消える日

ガイド君の、エジプトの主たる国益が、スエズ運河の通行料と観光客の落して行くお金だという話が真実だとしたら、他国人の懐がこの国の行方を左右することになる。

スエズ運河の方は見ていないが、たしかにカイロ市内を少しぶらついても、観光客が目につく。その中でもやはり同じアジア系の人たちに目がむいてしまう。オスマントルコの支配下にあった頃に建てられたムハンマド・アリ・モスクを見学した時も、韓国人のツアー客がバス三台を連ねて訪れていた。ひと昔前までは韓国人の旅行者はとても行儀が良かった。ヨーロッパを回っていても、年寄りの手を引いたり、極端な場合、親を背負って観光するアジア人は韓国人だけだった。儒教思想が残っている国は違うなと思った。その頃すでに日本人旅行者は小金持ちが増えて、行儀の悪さは世界一だった。ところが今は韓国人の行儀の悪さもかなりのものになっている。ともかく騒々しい。この国も経済が発展して、日本が歩んだ道と同じように、田舎者の小金持ち旅行者のパターンを歩みつつある。

日本人も多かった。偶然かもわからないが、高齢者の旅行客が目立った。若い日本人は買物目当てのフランス・イタリアがいいのかもしれない。しかしたまに大きなリュックを背負って地図を片手に市中や遺跡を回っている日本の若者を見ることがある。彼等は皆目がかがやいている。そんな若者にめぐり逢うのは百回に一度くらいの確率だ。

先日、香港のホテルやショップが、日本人には割高の値段を請求する話が新聞に出ていたが、そんなことは十年も前からわかっていた。香港が中国に返還されてから、日本人観光客が激減したと言われているが、そうではない。この十年香港へ行っていた若者は買物が目当てだったのだ。日本で買うより外国のブランド商品が廉価で求められたからだ。それが廉価でなくなった今、若者は香港を見捨てたのである。買物目的で外国へ行く若者は無知無思想の権化のようなものだから、香港をディスカウント・ショップくらいにしか考えていなかったのだ。香港の観光協会がどう手を打っても、もうあの狂騒曲は聴くことができないだろう。日本人も良心がなかったし、受け入れた香港人にも良心が欠落していた。そのツケがやっと回ってきただけの話だ。

ガイド君の話では、彼がアルバイトしている観光コーディネイトの会社だけで、五十人の日本語を話せるガイドがいるらしい。日本人も多いが、エジプト人も多い。それはカイロ大学に日本語学科があるせいだともいう。

ギゼーのピラミッドを見てから、途中エジプト料理の店で昼食を摂った。これはなんとなく食べ易かった。そういう味の店をあらかじめ選んでくれているのだろう。その後でエジプト考古学博物館へ行く。博物館の前はバスで一杯である。ツアー客とツアー客がすれ違う。その度にガイド君たちは挨拶する。

——どう、今日の客たちは？

——見てのとおりよ、もううんざりよ。

——こっちも我儘の集まりでね。

そんな感じだ。

博物館に入ると、あちこちからガイドの話す日本語が聞こえて来る。どの話し方も皆一本調子で、いい加減に思える。世界でも有数の展示物の量とその価値が評価されているこの博物館の中を、彼等がチョイスして案内する。それは仕方がない。皆見ようとすればおそらく一ヶ月以上かかるだろうから。

ツタンカーメン王の展示はやはり人気がある。日本でも以前公開されたこともあって、黄金のマスクの前は人だかりだ。ガイド君たちはこのあたりで、客たちに自由行動をさせる。ガイド君同士が集まって談笑している。この若者たちには、品のない旅行客たちはどう映っているのだろうか。

ガイド君の話で興味を持ったのは、原始キリスト教を信じて生きている人たちのことだった。一般にはコプト教派と呼ばれている。アフリカにはエジプトだけではなく、原始キリスト教を守り続けている人たちが多い。コプト教派が残っているということは、かつてエジプト全土がキリスト教信者で占められていたことを意味している。原始キリスト教ではキリストというひとりの人間が神格化して行く今のキリスト観と違って、キリストは最初から神そのものの存在である。この教義はローマを中心に西欧に広まって行ったキリスト教からは異端とされて今日に至っている。

宗教というものは、どんな迫害を受けても守り続けられる。これは世界中どこでも共通している。極端な話、国が滅んでも、どこかで生き続ける。ところが国もしくは文明というものは一夜にして消滅する。

コプト教派と言ったが、コプトとはギリシャ語でエジプトを意味する。エジプトをコプトと言っていた当時、コプト語というものが存在した。しかしこのコプト語の話し言葉は十六世紀に死滅する。つまりコプト語を話す人がいなくなったのである。日本から日本語がなくなったようなものだ。しかしコプト語はコプト教派の聖典の中に生き続ける。

実はこれが古代エジプト語を読解するために後に重要な役割を果す。

古代エジプト語は紀元四五〇年前後から、まったく読み書きされることがなくなってしまう。勿論、原因はエジプト王朝自体の変遷によるものだが、それ以前にギリシャの歴史家、学者たちは古代エジプト語を、人間の手足、道具、鷹《たか》、家畜……といったその形で象徴的意味しか持たない言語と定義していた。例えば鷹が出て来る一文は、急速に何事かが起きたことを意味するといったふうに……。このことが古代エジプト語を千年以上も沈黙させる。

その沈黙を破ったのは、ロゼッタ・ストーンである。ロゼッタ・ストーン自体が重要な価値を持つことは以前にも書いたが、それ以上にナポレオンがフランス学士院の学者たちを遠征に同行させたことの意味が大きい。学者というものは昔は公正であったらしい。この発見を重要だと考えた彼等はすぐにコピーをし、ヨーロッパ各地の高名な学者に送付している。

記されていたのは長老会議で議決された法令の写しであった。ともかく沈黙していた言語が目を覚ましたのである。

言語とは何であろうか。日本語が消滅することが将来あるのだろうか。

中国に西夏《せいか》という国がかつてあった。この国は一二二七年にチンギス・ハンによって、国そのものが抹殺《まつさつ》される。つまり西夏の民のほとんどが殺されたのである。しかし西夏の文字は残る。今はもう使う人もないが、この文字の美しさには、驚嘆する。

美しい文字、言語故の悲劇かもしれない。

そう考えると、これほど乱れた日本語は美しさを失って行くだろうから、消滅することはないかもしれない。

エジプト症候群

以前、アフリカのケニアへ行った折、現地に住む日本人女性から、面白い話を聞いたことがあった。

彼女は国際線のＣＡをしていて、休暇でケニアのマサイ・マラの草原を訪れた。そこで彼女はアフリカの地の美しさ、雄大さに魅了され、感動的な数日を過ごした。

——こんなに感動した旅行は初めてだった。

仕事柄、世界各地を回り、その上旅行好きだったから、さまざまな国を見ているはずの彼女が、珍しく興奮して、日本に戻った。やがて彼女は見合い結婚をして、平凡な主婦となった。その彼女が或る日突然夫に離婚を申し出た。夫は妻の離婚の理由がわからず狼狽した。夫は離婚を承諾しなかった。彼女はかまわず家を出ると、アフリカへ出発した。そうしてアフリカの草原に戻ると、そこで現地のホテルに就職して暮らしはじめた。日本にいた時と比べものにならないほど活き活きとした表情で……。

「ほうっ、どうしてあなたはアフリカに戻って来たのですか?」

私が尋ねると、彼女はニヤリと笑って、

「アフリカの手です」
と答えた。

「アフリカの手？　何ですか、それは」

「アフリカを一度でも訪れた人間は、アフリカの手に触れられるという諺があるのです。つまりアフリカの魅力に抱擁された人間は必ずアフリカに戻って来るというのです」

「そうか、あなたはアフリカの手に抱擁されていたってわけか」

「そうです。ですから、あなたもお気を付けになった方がよろしいですよ」
と彼女は妖《あや》しい目付きで私を見て言った。

私はマサイ・マラで、アフリカの手に抱擁された白人女性と逢ったことがあった。彼女はマサイ族の戦士と一緒になり、マラ河の岸に家を建てて暮らしていた。美しい女性だった。

世界各地で、そこが美しい場所であると、同じような諺を耳にする。

しかし面白いもので、アフリカにこの諺が一番多いらしい。エジプトにも同じものがある。カイロにも大勢の日本人が住んでいるが、ひょっとして彼等の何人かは、抱擁を受けた口かもしれない。それはそれで自分の終《つい》の棲家《すみか》を見つけることができたのなら、しあわせだと思う。

今回の旅行から戻って、長友さんと二人して酒場を散歩した夜があった。

毎年この時期、私たち二人の話題はもっぱら、

——年が無事越せるだろうか。

である。そのために年の瀬になっていろんな仕事を引き受けたり、金策に駆け回る。それが今年は違っている。長友さん曰く、「なんや、エジプトへ行ってから、年を越すとか、年末の支払いとか、そんなこまかいことどうでもようなったな……」。

「いや本当だね。私も、締切りとか、そろそろ新刊を出さなくてはとか、そんなことどうでもいいって気分ですよ。ましてや年が越せようが越せまいが、一年のことなど……」

「そうや、相手は何千年やさかいにな」

これを私たちはエジプト症候群と呼んでいる。この症状、おそらく大晦日《おおみそか》あたりに悲惨な状態になっている気がする。

エジプトからパリに戻った後、しばらく皆エジプト症候群の初期症状に襲われていて、凱旋門やオペラ座、エッフェル塔を見ても、——まだ若い若い、エジプトに比べれば。

という雰囲気があった。

サントノーレ通りのアンティークの店で宝石を覗いても、ジャンヌが、

「ツタンカーメンの墓から出た装飾品に比べると、スケールがちいさいし、まだこれ新品同様じゃない」

と言い出す始末である。

パリに戻った翌日、私たちはＥＵＲＯＳＴＡＲに乗って、ロンドンにむかった。

ロンドンまでは約三時間である。ドーバー海峡を地下トンネルＥＵＲＯＴＵＮＮＥＬで越える。一時間半ばかり走ると、列車は地下トンネルに入る。その直前に入国手続きが列車の中で行なわれる。入国カードなど必要ない。これは以前パリからベルギーに入った時と同じである。ＥＵが統合されると、さらに簡素化される。

トンネルに入ると、天井の方から海流の音が聞こえた。（そんなはずはない）

ナポレオンはヨーロッパ全土を征服する野望を抱いていたが、どうしても海峡を越えたイギリスを攻め落すことができなかった。ヨーロッパ最強の陸軍を持つナポレオンも、いったん海上へ出ると、英国艦隊の前に手も足も出ない状態だった。

彼は何度となくイギリスへ攻め込む作戦を計画した。しかしどうにも打つ手がない。そこでナポレオンが考えたのが、地下にトンネルを掘り進めて、イギリスへ進軍することだった。実際、測量をさせ、トンネル完成に必要な工費と時間を技術者に提出させた。しかし当時の技術力では、イギリスまでのトンネルを作ることは不可能だった。

何十年にわたるナポレオンの夢を、今列車は二十分足らずで通過しようとしていた。

「ナポレオンがこの列車に乗っていたら、まず最初に何をするんだろうか？」

「それはまず砲と砲兵をいかに効率良く送り込むかでしょうね」

歴史に詳しくなったジャンヌが言う。

「そうかね。私はまず騎馬兵を先頭に立てて、真っ直ぐバッキンガム宮殿へ進攻させると思うがね。たぶん、それで相手は簡単に白旗を立てると思うよ」

つまらない話をしているうちに、列車はイギリスへ入った。先刻までのフランスと風景がまるで違っている。木々のかたちも違うが、緑の色合いまでが濃く映る。

「やっぱりイギリスですよ。ほらっ、羊があんなにいる」

ジャンヌの声に左手の車窓を見れば、丘の斜面に綿百パーセントが日向《ひなた》ぼこをしていた。

ロンドンまではおよそ一時間。

私たちはまず大英博物館へ直行した。

大英博物館は入場料は無料である。こういうところが福祉国家は素晴らしい。

最初に見たのは、ロゼッタ・ストーンである。

ロゼッタ・ストーンの周囲には、さすがに見物人が多い。先生に連れられたイギリスの幼い王子、王女がつま先を立てて、この歴史学上の重要遺産を見つめていた。

何やら誰かに見られているぞと目を上げると、黒色の御影石の大きな像が、私たちを見下ろしていた。アメノフィス三世の座像であった。ほら、追い駆けて来るでしょう、エジプトが、アフリカが……。

無事是《これ》ナポレオン

朝方、雀荘から這い出てタクシーに乗り込むと、ラジオから死亡した人たちの名前を読み上げるキャスターの声が聞こえた。

「何があったんだ？　運転手さん」

「エジプトで観光客が襲われて、何人かが銃で撃たれて死んだんですよ」

「えっ、エジプトのどこで？」

「何か、神殿の前だと言ってました」

——神殿？　ひょっとして、スフィンクスか。

すぐにキャスターが事件が起きた場所がルクソールのハトシェプスト女王の葬祭殿前であることを告げた。

あの葬祭殿はもう一日時間を取って行こうとしていた遺跡である。

——やはり、事件が起きたか……。

私たちが訪ねた一ヶ月前には、カイロの国立考古学博物館の前の観光バスの停留所に爆弾が仕掛けられて大勢の死傷者を出した。私も現場に着いて、

——よくこんなところでテロが起きたものだ。

とあらためて驚いた。エジプト軍兵士が緊張した顔で警備に当っていたが、その横を観光客はわいわいがやがやと話しながら通っていた。

——大丈夫なんだろうか。

とその時、兵士たちの様子を見て思った。

「どうして観光客が狙われたんですかね？」

運転手が聞いた。

「イスラム原理主義の組織が今のエジプト政権を倒そうとしているからだよ」

「それと日本人の観光客とどんな関係があるんですか？」

「狙われていたのは日本人だけじゃないだろう」

今回の犠牲者のうちスイス人観光客が四十人以上と一番多く亡くなっている。

「運転手さん、それはエジプトって国の大事な国益のひとつが、観光客の落すお金だからだよ。政府を窮地に追い込むために観光客を襲って、旅行者をエジプトに入れなくさせようとしてるんだ」

近年、観光収入がスエズ運河の通行料と国外出稼ぎ労働者の送金を抜いて、エジプトの外貨収入のトップになっている。観光収入は日本円で四千億円余りあるらしい。一九九一年の湾岸戦争の折、エジプトへの観光客が激減した。その時エジプト経済は大打撃を受けた。

「それでも観光客を襲うのはおかしいよ」

運転手は納得できない顔をしていた。

「そうだね……」

イスラム過激派のことを説明したかったが、こちらも理解できているとは言い難いので、黙っておいた。私の推測では厳しい戒律を守って生きているイスラム過激派にとって、肌を露《あらわ》にして街中を歩き回ったり、高級ホテルで騒いでいる観光客の姿は、彼等が忌《い》み嫌う人間の堕落の象徴に映る面もあるのではないかと思う。

それにしても海外旅行での死は、やはり悲惨なものがある。今回の犠牲者にはハネムーン旅行の若い夫婦が何組かいた。家族はその死が信じられない思いだろう。

私の母は高齢であるが、有り難いことに今も瀬戸内海沿いの小市で元気にしている。働きながら六人の子供を育て上げたせいか、足元が弱くなっているのはせつないが、その母は私が海外へ出かける度にひどく心配をする。帰国するとすぐに無事の電話を入れるが、

「それは無事で何よりでした」

と安堵の声を出す。

母にとっては、海外へ出かけるということは大変なことらしい。

「昔は〝水盃〟で送ったもんです」

となる。

母が心配をするのは、私が海外へ出かけると、出かけた先の国で同時期、大きな事故が起きるからである。

二十年程前には、大西洋のカナリア諸島へ行った時、テネリフェ空港でＫＬＭオランダ航空が、私が降りた二日後に大事故を起こした。実際、その折は〝シロッコ〟と呼ばれる熱風がアフリカのサハラ砂漠から運んで来る砂塵と霧で、パイロットの見通しがきかず、三度の着陸を試みた後に少し離れた島に緊急着陸をした。母にすれば、息子はヨーロッパへ撮影の仕事で出かけているのだから、驚いたらしい。

十五年前にロンドンに行っていた時も宿泊していたホテルのすぐ近くで爆弾テロが起きた。六年前のロンドンでも、宿泊予定のホテルの真ん前で爆弾テロがあった。この時は出発直前にスケジュールを変更し、ロンドンに寄らず、そのままケニアへ行った。このケニアでナイロビからモンバサというインド洋に面した美しい街へ列車で移動する予定だった。何でも夜明け方に海に出るそうなのだが、この夜明けの風景が絶品だそうで、楽しみにしていた。ところがマサイ・マラでの滞在が延びてしまい、友人のすすめもあって、小型ジェット機でキリマンジャロを見物しながらインド洋へ出るプランに乗った。キリマンジャロは美しかった。

翌々日、その列車が大雨で橋梁《きょうりょう》が決壊しているのを知らずに突き進んで、ほとんどの乗客が亡くなった。

この時も母は動揺したらしい。親不孝な息子である。この他にも危険と隣り合わせたことがあるのだが、それは書かない。勘の鋭い読者ならもうおわかりだと思うが、私は無事に災難を切り抜けているのではなくて極めて危険な時間と場所へ移動しているのである。この手の遭遇は、或る種の運命のようなところがあって、避けようとして避け切れるものではない。生きるということは、〝無事が名人〟であって、私はやはり危ない種類の人間なのだろう。

麻雀をしていても、よくその当り牌を出さなかったという局面がある。またそういうことを一晩のうちに何度と続ける打ち手がいるが、そういう人はやはり最後には大きな打撃を受ける。大切なのは、その夜己がそういう危険な状況にあることを察知して、危険なものを避けるか、もしくはその場からさっさと逃げ出すことなのである。それが素人にはわからない。危険な場所若《も》しくは時間から、その人を遠ざけたり、守ってくれるのは、妙なもので家族や友人である。

ナポレオンは、陸軍と海軍のどちらへと己の進む道を迷った時期がある。その時、母のレティチアが海軍行きには断固反対した。

「海軍に大事な息子を行かせたら、海戦で敗れた時、軍艦と一緒に海底に沈んで生還ができない。陸軍なら、たとえ負傷をしてもどうにか生きて戻って来ることができる」

この母の忠告がなければ、あの英雄は存在しなかったことになるのだが、英雄にならなくとも、戦場という危険な場所ではなく、孤島とはいえセント・ヘレナ島で生涯を終えることができたのは、名人の領域に近かったのだろう。

タクシー・ドライバーとの日々

晩秋のロンドンにしては珍しく青空がひろがっていた。

パリの北駅を早朝出発する時、列車に乗り込む人たちの服装を眺めていて、厚手のコートや冬帽子などを見かけたので、かなりロンドンは寒いのだろうと予測していた。

ところがロンドンに着いた途端に目に飛び込んだのは半袖のシャツで汗を掻き掻き客の荷物を運んでいるポーターの姿だった。

海外を旅していて困るのが、その国その国の気候の違いで衣類を変えなくてはいけない点である。数年前に冬のロンドンから南仏へ行き、そこからさらに南下して東アフリカのケニアへ行った。冬から秋、秋から夏へと季節が数日の内に逆回りをしているようなもので、厚手のコートにセーター、下着も冬物を着ていたのが、コートを脱ぎ、セーターを脱ぎ、最後は下着まで着換えて汗を拭っていた。その上旅のスケジュールがハードなら、たいがいの人は身体の調子が悪くなる。風邪を引く人が多い。気候の変化に身体がついて行けない。旅先で病気になると、これが厄介で普段より症状が重くなることが多い。風邪だけならいいが、高熱が出ると隠れていた持病が頭をもたげてくる。例えば虫歯が痛む。長友さんなら痔《じ》の小僧が暴れはじめる。私の場合は不整脈が頻発する。

それでも取材旅行であったりすると、スケジュールが先に決っているから、無理をして出かける。私にも痔病があった時期があり、長友さんと二人で奇妙な歩き方をしながら、美術館を見学していたことがあった。二人でギリシャ彫刻を見上げ、

――立派な臀部《でんぶ》をしてるナ。

と健康な古代の男の尻を眺めたりした。

海外での病気で困るのは、医者へ行っても言葉が通じなく、おまけに治療代がひどく高い点である。これが手術をしなくてはならない破目にでもなれば大変なことになる。

長友さんは一度アメリカで交通事故に遭って血だらけで病院に運ばれたことがある。その折、病院側は血まみれの長友さんに、手術をするにあたっての契約書の諸条項を読み上げた。

――そんなもん、後でええがな。

と思ったそうだが、国事情の違いですぐに手術をしてくれなかった。些細《ささい》なことでも訴訟問題になるアメリカでは当然のことだったらしい。

ロンドンではタクシーで移動した。

この取材の旅で、英語圏の国を訪ねたのは初めてである。タクシーのドライバーが話すブリティッシュ英語は、私たちが聞き慣れたアメリカ英語とは少し発音や助動詞の使い方は違

うが、相手が何を話しているのかがわかるというのは、やはり安堵がある。

タクシーの車窓から見える道路標識、店の看板、広告塔なども読み取れるだけで気分が楽になる。今朝パリを発つ時、北駅で見かけた広告塔に水墨画が描かれたポスターがあった。中国の絵の展覧会でもあるのかしらと思って、フランス語のそばにあった大きな手描き文字をなんとなく読んだ。ＵＮＡＧＩとある。

――ＵＮＡＧＩ？　う・な・ぎ？

あの鰻《うなぎ》の絵や彫刻の展覧会でもあるのかと妙に思っていると、カンヌでグランプリを受賞した日本映画の『うなぎ』のこととわかり、思わず自分のフランス語に対する苦手意識を笑ってしまった。

ロンドンのタクシーは世界中で一番優秀と言われている。

今から二十年近く前に、私は年に二度ロンドンを訪ねていた時期があった。コマーシャルフィルムの演出の仕事だった。

その折、私はロンドンのタクシーの優秀さに驚いた。ともかくロンドンの街の隅々までを熟知しているし、迅速に目的地にむかう。レストランなど名前を言っただけで、うなずくし、こちらが時間を間違えていたりすると、「そのレストランはこの時間にはまだ閉まっているよ」と教えてくれたりする。

どうしてそんなに勉強をしているのか？　それはタクシーのドライバーの免許を取得する試験が、世界で一番難しいからだ。試験の問題には、ロンドン市中の道のことは勿論だが、Aというレストランの夏のカーテンはどんな色でどんな柄になるかといった類いの事柄が出題される。

ともかくこの試験は難関らしい。

当時、私はひとりの老ドライバーと親しくなり、ロンドンに出かける度に彼の車であちこちを回った。ジョンという名前で、私は彼を〝ロンドンの父〟と呼んでいた。彼の方も若い東洋人を好いてくれて、私の仕事が早目に終り、数日休みがあると、二人して旅へ行ったこともあった。リンクスコースへゴルフにも出かけたし、湖にバス釣りにも連れて行ってもらった。一度、彼が夫人と二人して日本を訪れた時は東京・京都を案内した。

歴史を勉強するのが好きな人で、日本に来た折、数冊の分厚い日本案内を手にしていたのが印象的だった。ジョンはロンドンのタクシー・ドライバーであることに誇りを持っていた。各タクシーには免許のナンバーがあり、彼にとってそのナンバーの数の小ささが自慢であった。

その当時、ジョンの長男がドライバーの試験を受けて、二度失敗していた。長男はラグビーのナショナルチームの名選手だった。

「息子は苦労しているが、そのうちドライバーになれるだろう」

とジョンは笑っていた。

仕事が終ると、ジョンと二人でよくパブへ出かけた。車を駐車場に置き、二人してパブで酒を飲んだ。日英同盟のこと、若き日の裕仁天皇が英国を訪問した時のこと、そして何より彼の自慢はナチス相手に戦ったことだった。戦争の話に興が乗って来ると、彼はズボンをたくし上げ左足の脛《すね》にある大きな傷を見せて、ウィンクした。

「あのヒットラーでさえ、イギリスには上陸できなかった」

と嬉しそうに言ってスコッチを飲んでいた。

ジョンは十五年前に亡くなった。死亡の報せが今は父と同じドライバーになっている息子さんから届いた。もしジョンが生きていれば、歴史好きの彼のことだから、今回の旅でナポレオンの面白い話を聞けたかもしれない。

奇妙なもので、あの当時あれだけアンチナポレオンであったイギリスだが、イギリス人はナポレオンに対してさほど反感を抱いてはいない。むしろ英雄という見方をしている人が多い。

「そうだよ。ナポレオンはとうとう海峡を渡ることができなかったんだな。この国は一度も他国から侵略されていない国だからね。だからグレート・ブリテンと言うのさ」

と満足そうにパブでうなずく老人の顔がふと浮かんで来た。

恋人にめぐり逢えなかった日

ロンドンに出かけて行ったのは、大英博物館に展示してあるロゼッタ・ストーンや古代エジプトの遺産など、ナポレオンに関り合いのあったものを見物することだったが、特別に私には見たいものがあった。

それはナポレオンの大理石像である。あの名匠、カノーヴァが制作した高さ三メートル半もあり、重さが実に三千キロもある大作である。

――どうしてナポレオンの像が敵国であったロンドンにあるのか？

読者はそう思われるであろう。私も同じ疑問を抱いた。

この像、元々ルーヴル美術館の古代室の隣りの広間に置いてあった。

一八一五年六月のワーテルローの戦いに敗れた後、ナポレオンは退位し、パリに連合軍が入って来る。

そこではじまったのは、ナポレオンの軍隊がかつてナポリで、ローマで、そうしたと同様に、掠奪《りやくだつ》であった。

連合軍にすれば、ルーヴルに所蔵されているものは、過去にナポレオンの手で自分たちの国からパリへ持ち去られたものであるということになる。彼等は当然のごとく返還要求をした。返還要求をしたのは連合軍だけではなかった。パリに戻って来たブルボン王朝以来の亡命貴族たちも、革命によって奪われた美術品や芸術的家具・調度品の返還を要求していた。多くの名作が、その真の価値をよくわかっていないような粗野な軍人たちの手で次々と掠奪されて行った。

価値のあるものは奪われて行ったが、つい昨日までは讃美されていて、今は何の価値もなくなった美術品もあった。それはナポレオンの肖像画であり、戦勝記念画であった。チュイルリー宮殿にあったそれらのものは急いでどこかに仕舞われた。

ところがルーヴルの広間に置かれた巨大なかつての英雄の像は、その巨大さゆえにすぐに処分をすることができなかった。

ルーヴルの館員たちは、この巨大な厄介ものをどうしたものかと頭を痛めていた。これが日本人なら、たちまち取り壊してしまっただろう。フランス人というのは、美術品の価値というものをよくわかっている。文化に対する認識が根本から違っているのだろう。

館員たちは、この像を売ろうと考えた。しかし英雄の価値は下落していた。古物商に持ち込んでも目もくれない。その上この像の存在はひろく知られていたので、生半可な処置をするのは躊躇われた。

この時ひとりの伯爵が名案を思いついた。

それはナポレオンをヨーロッパから追い出すことを強行したイギリスに、この像を売るという案だった。この奇抜な案をイギリス大使に持ちかけると、想像以上に早く話が決定し、六万六千フランでイギリス政府が英雄像を買い取ることになった。フランス政府が運賃と梱《こん》包《ぽう》にかかる費用を引き受け、保険料はイギリス持ちになった。

ロンドンへ像が運ばれるまでは大変だったらしい。まず像を入れる柏《かしわ》の木製の箱の制作に一ヶ月かかった。その箱に像を入れるのでさえ一週間。これをルーヴルからローラーに乗せて二日がかりでセーヌ河の港、サン・ニコラまで運び、ルーアンへ。ルーアンにはこの巨大な荷物を持ち上げることのできるクレーンがなかった。仕方なしに数日かけて大勢の人の手で、ル・アーヴル行きの船に積み替えられた。四月一日にルーヴルを出発した荷物がロンドンのテームズ河岸に下ろされたのは、七月三十日だった。実に四ヶ月の長旅で、英雄は敵国に運ばれた。

私はこの像にナポレオンの存在が象徴されているように思えた。

四ヶ月という苦労続きの旅もそうだが、大きな厄介者であった像は、そのままヨーロッパの列国にはいつも悩みの種の存在であった英雄ナポレオンそのものである。

私はこの連載の終章に、巨大な石像と語りあえたらと思っていた。

ところが、私は大きな失敗をしてしまった。

どこでどう間違えてしまったのか、私はこの像が大英博物館の中にあると信じ込んで、ロンドンに出かけてしまった。

ご存知《ぞんじ》のように大英博物館は厖大な所蔵品をかかえている。それでも私は、高さ三メートル半、重さ三千キロの巨大な像なら、すぐに見つけられると思っていた。ところが館内を見て回っても、それらしきものはない。そこで案内係の女性に尋ねると、そんなものはここにはないと即答された。

そんなはずはない。私は彼女に像の大きさと、パリからロンドンに運ばれた経緯を説明したが、見たことも聞いたこともないと再度そっけなく言われた。

――やはりナポレオンはイギリスでは評判が良くなかったのか……。

と案内嬢の顔を見ながら考えた。

それでももう一度館内を見て回った。大きな展示物、例えばトーテムポールやインドから持って来た石像などは、階段や広間に置いてある。（以前はキリンの剝製まで展示してあったという）

やはり見つからなかった。そこで館のオフィスへ行き、像のことを尋ねた。

「そんなものはここには置いてありません」

と言われた。

――いったい、どうなってるんだ？

私は雨に晒されながら、打ち捨てられているナポレオン像を想像した。

ロンドンの滞在は一日の予定であった。帰りの電車の時間を遅らせて、博物館を探してみたが見つからなかった。

ところが日本に戻って資料を読み直してみると、その大理石像はロンドンのアプスレイ・ハウスのウェリントン博物館に展示されていることがわかった。

どこでどう間違ってしまったのかわからないが、私は大英博物館で見るものは、ロゼッタ・ストーンとその石像と思い込んでいた。

ロゼッタ・ストーンは見ることができたが（本物ではないが）、石像の方は対面できなかった。何やら恋人を探しに外国へ出かけて、とうとう逢えず仕舞いで帰国してしまう心境であった。

この像がロンドンに運ばれた時、すでにナポレオンはセント・ヘレナ島に流されていた。

だからナポレオンは自分の像がロンドンに運ばれたことなど知るはずがない。もっともナポレオンはあまりその石像には興味を抱いていなかったらしいから、自分の像までがイギリス人の手で管理されていると聞いても、何の感慨も示さなかったろう。

一年半余り続いたこの連載も、次週から最終章のセント・ヘレナの章になる。やっとゴールが見えて来た。

ナポレオンの憂鬱

ワーテルローの戦いで敗れた後、ナポレオンをめぐるヨーロッパ、フランスの状況は百八十度の転換を見せる。

反ナポレオンの連合国側にすれば圧倒的多数の軍隊を編成して立ちむかう度に、敗戦をよぎなくされた、いわば悪魔のごとき（別の人には神のごときと映ったかもしれないが）ナポレオンが、敗戦の後、パリで蟄居《ちつきょ》状態にあると聞けば、ここぞとばかりにパリにむかって進行して来た。

一方フランス国内では、ナポレオン崇拝信仰は依然根強く、パリ市内をはじめフランス各地でナポレオンの復帰を促すデモ行進が行なわれた。それをいち早く察知したのが、イギリスであった。フランス各地にはイギリスのスパイが大勢いて、こと細かにフランスの動向が報告されていた。

この時代は、戦争に勝ったからといって、敵の将軍を捕え殺戮するという風習はなかった。むしろ敵ながらよく戦ったという尊敬の念さえあった。それ故にナポレオンはフランス戦役に敗れた後、エルバ島への流刑で済んだ。この流刑とて、ナポレオンの親衛隊が同行しているのだから、決して惨めなものではなかった。だがこの寛大な処置が、ナポレオンの復帰を生み、百日天下、ワーテルローの戦いと、また戦争をくり返してしまう。

蟄居状態にあるナポレオンを見て、連合国の一部の国には、

——もうナポレオンの政治生命も完全に終ったのだから、これ以上の制裁は必要ないだろう。

という考えを持つものもあった。

しかしナポレオンを倒すために厖大な金と労力を使い、彼が施行した大陸封鎖策のために国益を多大に損失していたイギリスは、断固としてこの憎き男を許そうとしなかった。

ナポレオン本人は蟄居していた時、自分の次の人生の新天地をアメリカ大陸に求めていて、知人を通して追放されるならアメリカへ行きたいと連合国側に打診していた。

ところがイギリスはナポレオンの身柄を渡すことを求めた。

一八一五年七月十五日、ナポレオンはエクス島でイギリスへ投降することになる。彼はベレロフォン号に乗せられ、プリマス軍港へ送られた。

この間にイギリスは驚くべき速さで、この宿敵の処置を決定した。

三週間後にはナポレオンを乗せたイギリス船ノーサムバーランド号は大西洋の孤島、セント・ヘレナ島にむかって出帆した。

世界地図をご覧になられるとよくわかるが、セント・ヘレナ島は、どうしてそこにこの島がぽつんとあるのだろうかと思われるほど、周囲には何もない島である。

一五〇二年に喜望峰経由でインド洋へ航海中のポルトガル人がアフリカ南西の大西洋上に無人島を発見した。発見された日がたまたま聖ヘレナの祝日だったので、セント・ヘレナと名付けられた。名前は付けられたものの何も役に立たないこの島に対しオランダが一六三三年に領有を宣言する。しかし島は依然、南海の孤島であった。一六五七年にイギリス東インド会社が領有を宣言する。イギリスはこの島を薪《たきぎ》と水の補給地として発展させる。

私は取材の最後の地としてできればセント・ヘレナ島へ行きたかったが、これが想像していたより難事で、勿論航路で行くのだが、折り良く島の近辺を通る船を見つけなくてはならない。その船が見つかったとしても、島へ到着するまでに二週間余りかかる。島に着いて取材を終え、今度は帰る船便が上手く来るかどうかが問題になる。

ここらあたりの事情を考えると、一ヶ月以上のスケジュールが必要になる。

この旅をはじめるにあたって、さまざまな資料を調べることになった。と同時にナポレオンに詳しい方にもお逢いした。去年春と秋に城山三郎さんにお逢いする機会があって、セント・ヘレナ島のことを伺った。城山さんの著書『彼も人の子ナポレオン』（講談社刊）の中にも書いてあるが、セント・ヘレナ島へ渡る試みをなさったが、ともかく日数がかかる。それで城山さんも島へ行くことを断念なさったそうだ。

「君は若いから行ってみるといいですよ」

とおっしゃった。こちらはまだ遊びたい盛りだから、四週間から八週間を島へ行くことで費すのは惜しい気がした。しかしよく考えてみるとそのくらいの日数で何かひとつ仕事ができる器でもない。だったら行くべきなのかもしれない。いつかセント・ヘレナ島へ行ってみたい。

現代でさえ、このように島へ着くのが大変なのだから、ナポレオンが送られた時はさぞ辛い旅であったろう。

ナポレオンを乗せたノーサムバーランド号は七十日間かかって、島に到着している。

ナポレオンをセント・ヘレナ島に幽閉することが決定すると、イギリス政府はこの島を東インド会社から政府所轄に変えた。そうしてセント・ヘレナ島からナポレオンが脱出を企てた時、脱出の中継点になるアセンション島も後日、政府所轄にしている。

イギリスのナポレオンに対する処置は完璧であった。イギリスはナポレオンを英雄としてではなく、戦争犯罪人として取り扱ったのである。よほどイギリスはナポレオンに恨みがあったのだろう。恨みでなければ、怯《おび》えのようなものかもしれない。

戦争は勝利した者が敗れた者を裁きにかける。勝者にすべての理はあり、敗者はただその理に従うだけである。

敗者は抗する力も手段も持ち合わせない。されるままである。死、滅亡を宣告されればそ

の中ではどこからこの相手を征服してやろうかと考えはじめているのだろう。冒険家たちも同じ人間だから怖れもあれば不安もあると言う人もいる。しかしやはり彼等は根本的に普通人とは異なった神経を持ち合わせている。

セント・ヘレナ島に到着した時のナポレオンは、あのエルバ島へ流刑された時と同じように、まだ再起の望みは充分にあり、これからじっくりここからの脱出を計ろうと思っていたきらいがある。イギリス政府が、この島をナポレオンの牢獄として選択し、牢番として総督以下二〇〇〇名を超える兵を駐屯させたにもかかわらず、ナポレオンは近い将来、新生ナポレオンがこの島からはじまると信じていたようだ。

先週号でセント・ヘレナ島を南海の孤島と書いたが、地図の上で見るとそれは当っている。しかしスエズ運河が開通するまでは、セント・ヘレナ島はヨーロッパの人々の海上交通の〝海の宿〟であった。一年に寄港する船は一二〇〇隻もあり、港には常に五十隻以上の船が燃料や食糧の補給のために碇泊《ていはく》していた。茶、香料を求めてインド・ジャワ・中国へ貿易する船が東インド会社の管轄するこの島に寄港していた。ところが、この〝海の宿〟の様子がナポレオンによって一変する。それまで約五〇〇〇人が暮らしていた小島に、いちどきに二〇〇〇人以上の人間がやって来た。元々自給自足のできない小島は生活必需品をイギリス本土かケープタウンからの補給に頼っていた。たちまち島の物価はロンドンやパリの何倍にも高騰してしまう。そんなことは皇帝の与《あずか》り知らぬところである。ナポレオンは上陸した翌朝六時にはもうイタリア遠征以来の部下・ベルトラン伯を従えて、島の散策に出かけている。

　ここでセント・ヘレナ島へナポレオンに随行した人々を紹介しておくと、まずはベルトラン伯爵。内大臣も務めた古参の将軍でエルバ島へも同行している言わば皇帝のことならすべてをわかっている宮廷高官である。そしてファンイ夫人と子供たち（二男一女）。シャルル・モントロン侯爵とアルビーヌ夫人。ガスパール・グルゴー男爵（二度目のパリ取材で、私は男爵の子孫に逢っている）。エマニエル・ラス・カーズ伯爵。彼はナポレオンの回想談を聞き書きして本を出版しようと企み、息子のエマニエルを随行させていた。以上の人たちが随行員に選ばれた。それにナポレオンの健康を保つための侍医として、イギリス海軍外科医、バリー・オメラであった。この正式な随員の他に召使い十二名がいた。召使いもほとんどがエルバ島以来の古参の人間だった。この他にイギリス政府から水兵十二名が給仕として派遣され、中国人五十名が下働きに従事していた。

——それでもこの数か？

　日本の古典に見る島流しとは雲泥の差である。八十名余りのナポレオン一行を二〇〇〇名以上の兵が監視している。この費用を出していたのはイギリス政府で、年間三十万ポンドを要していた。そこまでしてナポレオンを南海の孤島に閉じ込めておかなくてはならなかったのは、ひとえにナポレオンの力に対してである。フランスはルイ十八世の復帰でブルボン王家が統治していたものの、依然国政には不安があったし、ナポレオンが武器とともにヨーロッパ全土に撒き散らしたフランス革命の精神を支持する大衆は各地に火種として残っていたからである。

――まったく困った存在だ。

　イギリス政府がナポレオンの一日も早い永遠の流刑、死を望んでいたとしても、それはあながちうそとは言えないだろう。

　悠長に島の散策を楽しんでいたナポレオンたちに到着から二ヶ月後、島全体の法として厳しい二十四項目の禁令が発せられる。

　島に寄港する船は日没後から翌朝十時まで接岸を許されない。碇泊中の船には監視員が乗り込む義務。巡視船は昼夜、風上と風下に向けて島を巡回する。島民は許可なくナポレオンまたは随員と話をしてはならない。夜九時から明け方迄は外出禁止。ナポレオンに対しては行動区域の制限がついた。ナポレオンが自由に散歩を許されるのは周囲四マイル。（これは石塀で囲まれた屋敷の中を意味する）この四マイルの外側に、五十歩の距離で歩《ほ》哨《しょう》が立ち、日没後は二十八名の哨兵が庭の垣根に張り付き、午後九時以降は十六名が家屋から十五歩の距離に近づき、四十二名が正門、十四名が馬小屋を見張る。乗馬好きのナポレオンに配慮して「四マイルの制限」が昼間だけ「十二マイルの制限」に緩和される。ただしその間も哨兵八十二名が付かず離れず監視している。海で囲い、兵で囲い、四六時中ナポレオンは監視された。これがナポレオンの死までの足掛け七年間続けられた。

勿論このことはヨーロッパの列国、同盟国に報告され、ナポレオンの動向は常にイギリス政府が掌握していた。

歴史の中で、これほどの監視下に置かれた人物がいるだろうか。私の知るところでは他に該当する人物は見当らない。

ナポレオンは危険人物であった。ナポレオンがヨーロッパ全土を征服しようとしたことのために戦没した数は、ナポレオン派曰く九十一万六〇〇〇人。反ナポレオン派曰く三〇九万七七二〇人。これほどの死者を出してまで王族支配の社会体制を崩壊させようとした人間に対して、荒海と要塞と兵で牢獄を作り出したのは当然と言えるかもしれない。

この牢獄が、思惑どおりナポレオンの精神と肉体を少しずつ蝕んで行く。

戦争のない国が太陽の下にあるのか

セント・ヘレナ島へ流されてからのナポレオンを見ていると、ひとりの人間の運命というものがその人の置かれた環境でいかに左右されるかということがよくわかる。あのナポレオンにしても、南海の孤島という環境はいかんともしがたかった。

ではナポレオンが、あのエルバ島と同じように島からの脱出を試みようとしなかったかというと、そうではない。この島から脱出することは不可能なことではなかった。現にナポレオンはさまざまな方法でヨーロッパへ密書の類いを送らせているし、ヨーロッパの情報を得ている。なのに彼が脱出を計らなかったのは、ヨーロッパを制覇した皇帝たる己の身をそれなりの処遇で迎え入れてくれるかたちにこだわっていたきらいがある。

ナポレオンの出発点はフランス革命にある。彼の戦いには人民を封建制度から解放するという大義があった。エルバ島脱出の時はフランス国民が彼の復帰を待望していた。エルバ島から南仏のサン・ジュアン湾に上陸した彼は最初の数日こそ王党派を警戒したが、パリへ入城する直前には国民の歓喜の嵐の中を進軍して行った。

人間というものは一度美味を知ると、それがなかなか忘れられない。ナポレオンは己がヨーロッパに復帰する時には、またあの歓喜の声を望んでいたのかもしれない。しかしヨーロッパの列国はエルバ島脱出の危険が二度と訪れないように過敏なほどナポレオンの動向を注視した。その証拠に列国はわざわざセント・ヘレナ島へ代表委員を派遣している。しかしナポレオンはロシア・フランス・オーストリアの代表たちと引見することすら拒否した。

——私が一度ならず征服した国の、たかだか委員に引見できるものか。

ナポレオンの自尊心が許さなかった。

それどころか、イギリスのセント・ヘレナ流刑史上で最もその名前を残すことになった初代総督、サー・ハドソン・ロウとナポレオンとの島での戦いは凄まじいものがあった。反ナポレオンで凝り固まったロウ総督と、相手を一介の兵卒くらいにしか思っていない皇帝とでは、初めから折り合うことがなかった。ロウ総督にすれば、憎き戦争犯罪人を一歩たりとも囲いの中から出す気持ちはなかったし、ナポレオンにすれば相手の定めた規則など守るつもりもなかった。

ロウが着任した最初の年こそ二人は五回にわたる会談をしている。しかしその席でナポレオンはロウにことごとく恥をかかせる。六回目の会談は逢うこともなく決裂し、その結果総督は規制をさらに強化してナポレオンに報復する。召使いの員数や食費の削減である。ナポレオンはその対応策として手持ちの銀食器を売り払って金に換える。

この頃から少しずつナポレオンの身辺の様子がおかしくなる。まずナポレオンの大の気に入りであった文官ラス・カーズ父子がスパイ容疑で総督に逮捕、拘禁される。ナポレオンはすぐに父子の釈放を求めるが、ラス・カーズはナポレオンの下に戻るより島から脱出することを希望する。この逮捕は初めから、皇帝の回想談をすべて聞きつくしたと見極めた父子の陰謀だったと言われている。一ヶ月後父子はケープタウンに着き、ヨーロッパに帰還する。父子が皇帝から毎夜聞いた話を元に記した原稿がロンドンで彼等に返還されたのは、ナポレオンが死んで半年後のことだった。しかし父子が出版した『セント・ヘレナ日誌』の反響は驚異的で、父子に二百万フランの印税をもたらした。

続いて、忠誠心の固まりと思われたグルゴー男爵が去って行った。この連載の取材で私は男爵の子孫に面会したが、口髯をたくわえたいかにも立派な男爵でさえ、祖先の性格を、

「いささか血の気が多過ぎた方のようだ」

と語っていたくらいだから、よほど人との折り合いの悪い人だったのだろう。ともかく若い将軍（当時三十三歳）は敬愛する皇帝が不機嫌な時に叱責されただけで失望してしまう。その半年後信頼していた侍医のオメラまでが辞任して帰国してしまう。

この間、ナポレオンを一目見ようと島を訪れた人は大勢いた。島に船が着く度、誰かしらが、かつてのヨーロッパの偉大な英雄の顔を一目見たがった。しかしナポレオンに逢えた人

間は極めて少ない。

数少ない面会者の中でも私が興味深く思ったのはライラ号船長、バジル・ホールとの会見である。バジル船長以降、ナポレオンはイギリス首相の甥《おい》にあたるチャールス・リッケンにしか引見していない。但しこちらは皇帝が自分の健康状態が悪いことをアピールしたい意図があった。バジル船長は英雄に一目逢いたいがために、大変な忍耐力でそれを待つ。バジルにとって彼の父親がこの英雄とブリエンヌ兵学校で一緒だったことが頼りであった。

バジルはまったく幸運であったと言っていい。島に来て三年目、皇帝は気まぐれ癖が生じ、その夜たまさか機嫌が良かった。そして何より皇帝はブリエンヌを己の過去の記憶の中で大切にしていた。

バジルはもろもろの幸運が重なり、ブリエンヌの話から会話をはじめ、彼が航海して来た東洋の話をする。皇帝はまだ見たことのない東洋に異常な関心を示す。面会は一分以内と制限されていたにもかかわらず、皇帝の方から質問をはじめた。

この時、ナポレオンは日本とマニラという国への興味を示し、これらの島の位置を正確にたしかめようとする。しかしバジルの船は日本へは寄港していない。鎖国状態にあったのだから仕方ない。バジルは彼が上陸した琉球《りゅうきゅう》島へ話題を向けた。ここで驚くべき会話が行なわれる。

「武器が少しもないって——つまり、大砲も全くない——彼等は小銃すら持っていないのか？」

驚くナポレオンにバジルはマスケット銃さえないのですと答えた。

「おお本当にか。槍《やり》も、弓も矢もないと」

どれもございませぬと答えると、

「短刀もないのか？」

と声を大きくして、ナポレオンは叫ぶ。ありませんと答えると、皇帝は拳を握りしめ、

「しかしだ。武器がなくてどうして戦う？」

と聞く。バジルは発見しうる限りにおいて、彼等は戦争をしたことがないと答えた。

「戦争がないと？　この太陽の下で戦争を知らない人間がいるのか」

ナポレオンは驚きの余り、黙ってしまう。

これがバジル・ホールの『大琉球島航海記』の一節である。なんとも愉快な話である。

ナポレオンが戦争を知らない人間がいることを知ったのが、東洋の、それも日本の海に浮かぶ島の人々であったとは。

この会見から三年半後、ナポレオンは孤島で生涯を閉じる。しかしどの資料にも、次に生まれ変わったら、戦争のない国で生きてみたいとは記されていない。

セーヌのほとりで眠りたい

ナポレオンの体調に異変があらわれたのは、死の十ヶ月余り前からだった。

一八二〇年の夏、皇帝は発熱と嘔吐《おうと》をくり返すようになる。容態が変わる一年前、セント・ヘレナ島へ〝小キャラバン〟と称す補充の召使いと侍医が派遣される。この侍医に選ばれたフィレンツェ大学の若い解剖学助手、アントムマルキが皇帝の病気をさらに悪化させることになる。

このほとんど贋《にせ》医者と呼んでいい若者を送り込んだのは、実はあの賢母レティチアとその親族であった。母后は女占師からナポレオンが天使に抱かれてセント・ヘレナ島を脱出し、皇帝が健康であり、近いうちに良い報せがあると告げられる。それ故にすでに我が子はセント・ヘレナ島にはいないので、派遣する医師は誰でも良いと信じた。ナポレオンの症状が少しずつ悪化するくだりは、ここでは書かない。読んでいて楽しいものではない。

その代りに、セント・ヘレナ島でのナポレオンの生活が必ずしも悲嘆に暮れるものばかりではなかった点を述べたい。

皇帝は怪しい〝小キャラバン〟が島に到着した前後、庭仕事を楽しんでいた時期があった。

今で言う、ガーデニングである。

　皇帝は庭仕事の道具一式をジェームス・タウンで買い整え、自分も南京木綿の上着とズボンに麦藁帽子の装いで、すっかり農夫姿になり、朝五時半に起床し、バラの花を植え、樫の大木を植樹する。ともかく何かをはじめると徹底する性格は以前と同じで、庭仕事をはじめると屋敷中の住人すべてをかり出した。おそらく後にも先にも、ナポレオンが農夫の恰好をして庭いじりをしていたのは、この時だけであろう。各資料を読むと、この庭仕事は監視の目から身を隠すための木蔭をこしらえたとか言われるが、私としては単純に花や木を愛《め》でる気分にいっときなったのではと思いたい。

　もうひとつナポレオンらしいのは、島に来てからの彼の読書量である。ラス・カーズの『セント・ヘレナ日誌』に記述されている書物でもジャン・ジャック・ルソーの『新エロイーズ』、シャルル・ローランの『ローマ史』、アダム・スミスの『国富論』、ラシーヌやモリエール、そしてギリシャの悲劇集などがある。モントロン夫人は皇帝が三日間で歴史書二十二巻を読み切ったと証言している。ともかく読書の速度は異様に速く、その上理解力も高かった。ナポレオンが亡くなった折、ロングウッドの屋敷の書庫には三三七〇冊の蔵書があり、そのうち一四五五冊が彼の所有であったという。最も皇帝が好んだのは、フランス政府の官報にあたるル・モニトゥール誌で、その中に自分の名前を見つけると夢中で読んでいた。

この書物は食事の後の朗読会に使われた。ナポレオンの朗読を何時間も随員たちは聞かされて、大欠伸をしながらつき合っていたという。さぞ辛かったに違いない。

一八二一年の元旦、ナポレオンは発熱と嘔吐をくり返し、食事も満足に摂れなくなる。春にむかって、苦痛のための失神が日常のものとなり、四月になると皇帝は遺言の作成をはじめる。遺言は三部からなる長文で、皇帝自らが清書した。彼の生涯で一番明確な書体と言われる。

五月に入り、ナポレオンは横臥したままになり、五月五日の夕刻、息を引き取る。

——死は夢のない眠りである。

生前のナポレオンの言葉である。その言葉どおり、皇帝は五十一年の生涯を眠るような安らかな顔で終えた。最後まで皇帝に付き従ったベルトラン伯爵、モントロン侯爵が英雄の手に接吻《せっぷん》をし、そこに立会った召使いたちが別れを告げた。

ロウ総督はナポレオンの死を確認すると、クロカット当直将校をただちにイギリスに派遣させる。この報せがロンドンに届くのは二ヶ月後の七月四日であった。

皇帝の死はヨーロッパではさして大きなニュースにならなかった。母国フランスでさえ、七月二十日付のラ・フウドル紙は〝彼の死は天気の話と等しく、もはや事件ではなく、ニュースの切れ端にすぎない〟と記している。

ところがそれから九年後、ヨーロッパにひろがった産業革命は社会構造を根底から変化させ、大衆はブルボン王政を拒絶し、七月革命を蜂起させる。

ルイ・フィリップはナポレオンの復権をフランス国民を統一させる象徴のひとつとする。

かくしてナポレオンがその死の後に望んでいたセーヌのほとりに眠りたいという願いどおり、ナポレオンの遺骸の返還のため、国王の子息を指揮官にした大派遣団がセント・ヘレナ島へむかう。この遺骸の発掘は、随行した人々の中のフェリックス・コクロー神父の著『セント・ヘレナ旅行の回想』に実に詳細に記述してある。

この回想録の圧巻は、幾重もの木と金属からなる柩が開かれた時の記述である。皇帝の遺骸が、墓の中で十九年も過ごしていたのにもかかわらず、ほとんど無傷の状態であらわれた。

その一節を紹介すると、

〝遺骸全体がうすい苔《こけ》におおわれているように見えた。半透明の雲を通じて見ているかのようでもあった。そこに見えるのは、まさしく彼の顔であった。その顔を枕が幾らか持ち上げていた。広い額、瞼の下に鮮やかにその眼球の形を見せ、数本の睫毛を残している両眼。両頬は鼻の下の方だけが、損なわれていた。口は半ば開かれており、非常に白い三本の歯がそこから覗いていた。顎には明らかに髭の跡があった。両手はとくに、まるで生ける人のようであった。それほど外形も色調も生き生きしていた。〟

以上のごとく正確な文章である。これは遺骸の発掘と言うより、死の直後を描写した詩と言った方がいい。

この皇帝を確認したのは、年老いたベルトラン伯爵と彼の三男であり、グルゴー男爵、ラス・カーズの息子のエマニエル、そして召使いの人たちだった。

ナポレオンの遺骸は一八四〇年の冬、十二月十五日に凱旋門をくぐり抜け、八万人の兵士が並んだシャンゼリゼの大通りを下り、アンヴァリッドの正面でルイ・フィリップ国王に迎えられた。

――セーヌのほとり、愛するフランス人のさ中に眠りたい。

とナポレオンが生前望んだ場所へ柩はおさめられたのである。

この復権がナポレオンを今日まで英雄たらしめることになったのは事実である。

私は歴史の中に名を残すことが、どのような意味を持つかはわからないし、そんなことに少しの魅力も感じない。しかしナポレオンに関する著書が、三十万冊以上も世界に存在し、それに一生涯をかけた人が大勢おり、今も歴史の中のひとりの人物の等身大とも思える影を見つめている人がいることを何とも奇妙に思う。その影を一年半余り、見ていた私自身がそうであるように。

次回はその影を洗い落す最後の章にしたい。

道の終わりに

――ナポレオン・ボナパルトとはいかなる人物であったのだろうか？

正直なところ私にはこの不世出の英雄のことはとうとう最後までわからなかった。

もっとも人間が他人のことを完璧に理解できることはありえない。なぜなら人間は自分のことですら理解できないからである。

この旅でナポレオンの生きた人生の足跡を調べ、ある時は彼にゆかりのある場所を訪ね、ナポレオン研究家たちに会って話を聞いてみた。ナポレオンに関する書物にしても、ゆかりの土地または建物にしても現存する研究家たちにしても、この数奇な運命をたどった英雄を適確に表現しえたものはほとんどない。

ナポレオンを理解するにあたって、なぜあれほど厖大な量の彼に関する書物（三十万冊以上）が世に出たのだろうかを考えてみると、やはり彼が生きた時代が地中海の孤島で生まれた彼を皇帝にまで昇りつめさせたのだろうと思う。

フランス革命は彼にとって広い海まで運んでくれる、まさに大河の激流であったのだ。貧困な家庭で育ち、賢母に庇護されながら島を出て兵学校へ入り、卒業した後も彼を迎えてくれる舞台はなく、うす汚いフロックコートを着てパリの街を徘徊していたいなか青年が突如歴史の檜舞台に登場する。それからの彼の出世ぶりは奇跡に近い。

おそらく栄光の階段を数段飛びで駆け上がって行く青年の姿は何万何億分の一の確率であった。まさに奇跡である。

この奇跡こそ大衆が、歴史家が、権力者たちが何よりも望むものである。奇妙なことに権力者はナポレオンに己を投影したいと望み、歴史家たちは世界が一人の人間の個性によって驚くような変遷をたどることを学び、そして大衆はひとつ生き方が嵌《はま》り込めば、私たちでさえ英雄になれるという見果てぬ夢を具現化してくれた皇帝に酔いしれるのである。おそらくナポレオンこそが時代とは何か、歴史とは何か、夢とは何かを自ら証明した存在なのだ。

ソルボンヌ大学のチュラール教授が私との対談の中でいみじくも歴史の中（ヨーロッパにおいてであるが）の重要な人物としてイエス・キリスト、ナポレオン・ボナパルト、カール・マルクスの三人を挙げたのは、ひとつの見解であった。

人類は地球上の他の生物とは違って社会、文明、文化、芸術を築き上げてきた。しかしその築かれたものの前提に他者を殺戮するという残忍な行為をし続けてきた。

彼は軍人である。軍人は、戦士は、戦うために生きる類《たぐい》の人間である。私がナポレオンのことに最後まで馴染めないでいたのはこの点である。

ある歴史家は、歴史上の重要人物にアレキサンダー大王、ジュリアス・シーザー、チンギス・ハン、ナポレオン、ヒットラーを挙げている。この五人は並はずれた権力と、それを巧みに使う才能を持っていた。しかしその才能は冷酷無残というもうひとつの顔を持ち合わせていた。この五人の人間がこの世に現れたことで、いったい何人の人間が亡くなったことだろう。

英雄たちのなしてきた行為は歴史の中に遺跡や古文書や歌になって後々まで伝えられるが、名もなき犠牲者たちは何も語るすべを持たないで土へ帰って行った。

これは不平等ということではなく、歴史とはそのようなものなのである。私は戦争を憎み、軍人を忌み嫌う。それは戦場は人間性を喪失させるものであり、軍人はすでに人間の大事なものをどこかへ置き忘れて武器を平気で相手に向けるからである。

ナポレオンの軌跡をたどるにあたって、私はヨーロッパを何度か旅した。

いつもかつもナポレオンのことばかりを考えて旅をしていたわけではない。むしろ旅の最《さ》中《なか》ではぼんやりと海を見たり、過熱気味にカジノで目を赤くしていたりした。それは長友さんも、案内人のジャンヌ嬢も、カメラマンのＯ氏も、担当のＩ氏も同様であったと思う。それぞれがみな大人だから、取材の時以外はバラバラで訪ねた国なり街を見て回っていた。

旅というものはまことに厄介で魅力的なものである。ガイドブックにないものを発見しそれがひどく魅力的なものだったりすると、その遺跡なり、酒場なり、レストランなりが自分を待っていてくれたような気分になる。それとは逆に危険やトラブルが待ち受けている土地もある。

　旅をしていると妙な安堵に包まれる時がある。

――ひょっとして私はこの街にこのまま住めるのではなかろうか。

という感情が起こることが数年に一度ある。

　初めて訪れた街なのに歩き出すと、その風景が不思議に懐かしく感じられ、見慣れた路地を奥へ進むと、もう一人の自分がカフェーに佇んで誰かを待っているのではないかと思ったりする。

「やあ、遅かったな」

　私に向かって笑うもう一人の私。

「ああ、少し手間取ってしまって……。元気かい？」

　そんな白日夢にこの地球のどこかでめぐり逢えるのではと妄想するのは私だけであろうか。

　街道とは、人と人が、異文化が交流することで踏みならされて自然と必然で生まれた道である。見知らぬ国の道を歩いているとそこを歩いてきた様々な人間たちの表情が浮かぶ時がある。ある人は己の夢をかなえるためにその道を歩き、ある人は逃避行のために歩いていたかもしれない。しかし理由はどうであれ、その先に何かが自分を待ってくれているという希望がその人たちを歩ませたのではないだろうか。

レティチアは子供たちを連れてコルシカ島のマキの中を歩き続けたし、ナポレオンは雪に覆われたアルプスを登って行った。それもこれもみな、その先に自分を包んでくれるまぶしい光の当たる場所があると信じていたからだ。

街道は人間のこしらえた、もっとも人間らしい軌跡なのかもしれない。国と国を結び、街と街を結び、村と村をつなぐ道は人間が築き上げた歴史の遺産である。しかしその遺産は喪失するものではなく、むしろ日々誕生しているものかもしれない。

ナポレオンの街道を歩いてきて、わかったことは街道が人間の作ったこの上なく愛《いと》しいものではないかということだった。

長い間、つき合っていただきありがとうございました。

バルト海
ロシア遠征（1812）
モスクワ
プロイセン王国
ワルシャワ大公国
ワルシャワ
ロシア帝国
アウステルリッツの戦い（三帝会戦）（1805）
ウィーン
オーストリア帝国
オスマン帝国
黒海
イスタンブール
ナポリ
王国
オスマン帝国
地中海
ロゼッタ
アレクサンドリア
エジプト遠征（1798〜99/1801）
カイロ
エジプト
ロゼッタ・ストーン発見

ナポレオン時代(1798〜1821)
北海
デンマーク王国
イギリス
(グレートブリテン=アイルランド連合王国)
オランダ王国
ベルリン
ロンドン
ワーテルローの戦い(1815)
プラハ
アミアンの和約(1802)
ライン同盟
マルメゾン
パリ
フランス帝国
スイス
大西洋
アルプス
ヴェネチア
ジェノヴァ
アンティーブ
マルセイユ
トゥーロン
教皇領
サン・ジュアン湾
ローマ
コルシカ島(コルス)
ポルトガル王国
マドリード
アジャクシオ
スペイン王国
サルデーニャ王国
シチリア王国
エルバ島に流される(1814)
ロシュフォール
2度目の流刑(1815)
ナポレオン死去(1821)
セント・ヘレナ島(英)
N
W
E
S
エジプト遠征(1798〜99/1801)
おもな戦場
おもな条約締結地域

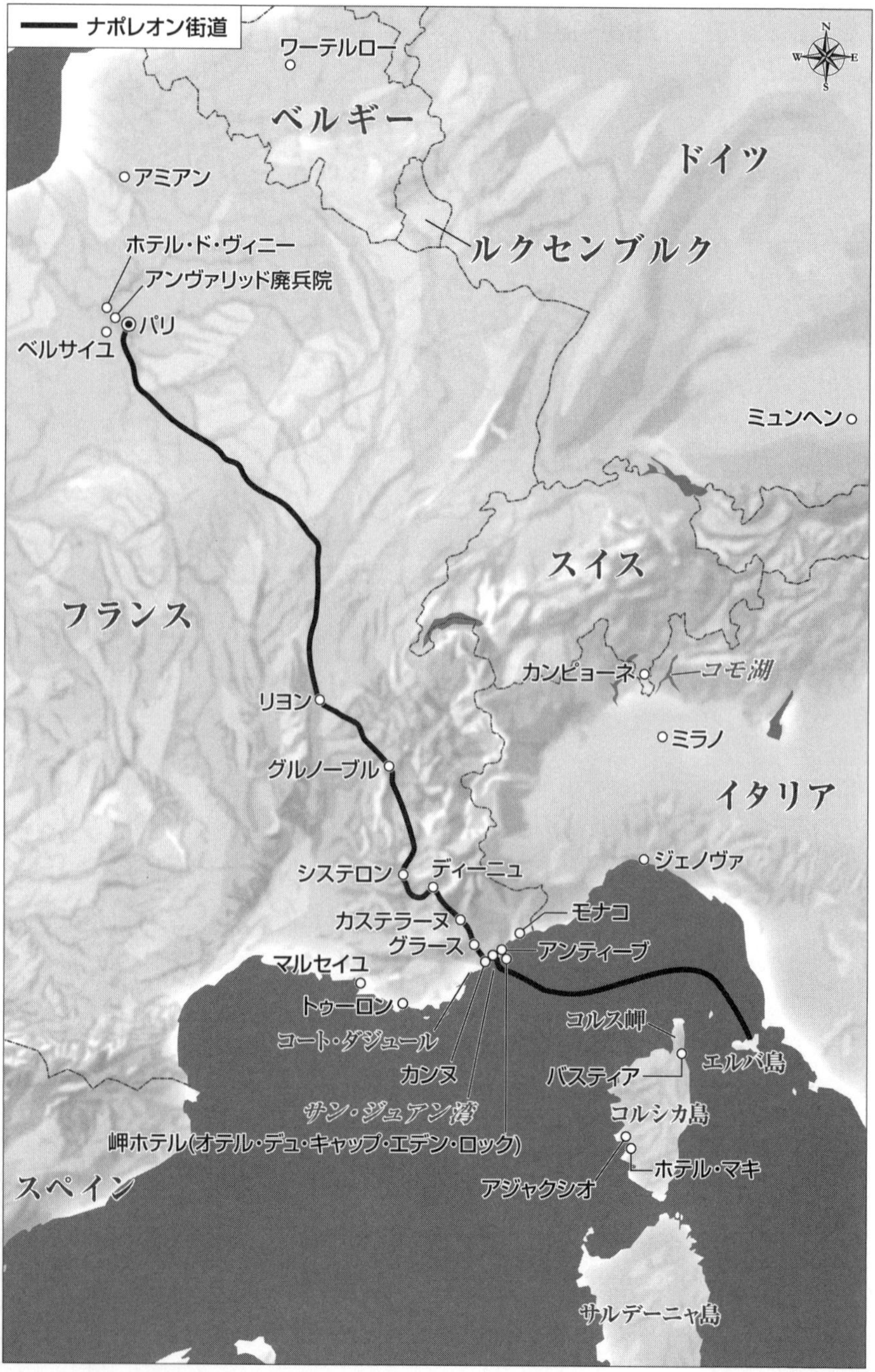
ナポレオン街道
N
W
E
S
ワーテルロー
ベルギー
ドイツ
アミアン
ルクセンブルク
ホテル・ド・ヴィニー
アンヴァリッド廃兵院
パリ
ベルサイユ
ミュンヘン
スイス
フランス
カンピョーネ
コモ湖
リヨン
ミラノ
グルノーブル
イタリア
ジェノヴァ
システロン
ディーニュ
カステラーヌ
モナコ
グラース
アンティーブ
マルセイユ
トゥーロン
コルス岬
コート・ダジュール
エルバ島
バスティア
カンヌ
サン・ジュアン湾
コルシカ島
岬ホテル(オテル・デュ・キャップ・エデン・ロック)
ホテル・マキ
スペイン
アジャクシオ
サルデーニャ島

本書は『週刊ポスト』（小学館刊）誌上において1996年7月26日号から1998年2月13日号まで連載された「ナポレオン街道――遊びをせんと旅へ出た」に加筆、修正、編集した作品です。

装丁　前橋隆道　千賀由美　写真　太田真三　装画　濱愛子　地図　地図屋もりそん　協力　門前貴裕

伊集院静（いじゅういん しずか）
一九五〇年山口県防府市生まれ。立教大学文学部卒業。「皐月」で作家デビュー。その後『乳房』で吉川英治文学新人賞、『受け月』で直木賞、『機関車先生』で柴田錬三郎賞、『ごろごろ』で吉川英治文学賞、『ノボさん 小説 正岡子規と夏目漱石』で司馬遼太郎賞受賞。二〇一六年紫綬褒章受章。二〇二一年野間出版文化賞受賞。「美の旅人」「旅だから出逢えた言葉」シリーズはじめ、『なぎさホテル』、『君といた時間 大人の流儀Special』『哀しみに寄り添う』など著作多数。

ナポレオン街道 可愛い皇帝との旅

二〇二三年九月十八日　初版第一刷発行

著　者　伊集院静
発行者　石川和男
発行所　株式会社 小学館
〒一〇一-八〇〇一
東京都千代田区一ツ橋二-三-一
電　話　編集 〇三（三二三〇）五四三八
販売 〇三（五二八一）三五五五

編　集　和阪直之
印刷所　凸版印刷株式会社
製本所　牧製本印刷株式会社

造本には十分注意しておりますが、印刷、製本など製造上の不備がございましたら、「制作局コールセンター」（フリーダイヤル〇一二〇-三三六-三四〇）にご連絡ください。
（電話受付は、土・日・祝休日を除く九時三〇分～十七時三〇分）

ISBN978-4-09-389132-5

「恋多き女性」ジョゼフィーヌにナポレオンは戦場から恋文を書き続け、1796年に結婚する

ジョゼフィーヌの居城マルメゾン。ナポレオンと離縁後も住み続け、1814年生涯を閉じた

贅をつくした品々で溢れるマルメゾン内部

「ローズの館」と呼ばれたマルメゾンの門

パリの凱旋門は1805年アウステルリッツの戦いに勝利したナポレオンが記念に建設を命じた

サン・ロック教会で王党派の反乱を鎮圧

今も戦勝記念日にはフランス国旗がたなびく

フランス革命で荒廃したフォンテンブロー宮殿をナポレオンは再び権威の象徴として利用した

パリのヴァンドーム広場にある記念柱の上のカエサルの姿をしてローマを向くナポレオン像

現在大英博物館にあるロゼッタ・ストーン

ルーヴル美術館は収奪した美術品を展示

1798年ナポレオンはエジプト上陸、ピラミッドの戦いに勝利。ギザのピラミッドを見る著者

エルバ島を脱出し復位したナポレオンは直後にワーテルローの戦いに敗れ、百日天下となった

馬好きナポレオンは騎兵を重視し、各地に国立の牧場を造らせた。いまも「繋駕レース」が残る